U0450557

走啊走，黑发变成了白发

陶斯亮即将离开父母

陶斯亮与父母在家门口

陶斯亮与女儿、儿子

陶斯亮的《一封终于发出的信》一经发表震撼全国，此时她正给读者回信

四兄妹共庆母亲最后一个生日

慈善是一种优雅的生活方式

从一九九一年进入中国医学基金会算起，
陶斯亮此时已从事公益慈善事业三十年左右

热血难凉

陶斯亮 著

我的人生与道路

湖南文艺出版社
·长沙·

© 中南博集天卷文化传媒有限公司。本书版权受法律保护。未经权利人许可，任何人不得以任何方式使用本书包括正文、插图、封面、版式等任何部分内容，违者将受到法律制裁。

图书在版编目（CIP）数据

热血难凉 / 陶斯亮著. -- 长沙：湖南文艺出版社，2024.11. -- ISBN 978-7-5726-2113-0

Ⅰ.I267.1

中国国家版本馆 CIP 数据核字第 20248EH728 号

上架建议：畅销·文学

RUXUE NAN LIANG
热血难凉

著　　者：陶斯亮
特约策划：张文龄
出 版 人：陈新文
责任编辑：匡杨乐
监　　制：于向勇
策划编辑：王远哲　王子超　王婧涵
文字编辑：赵　静　刘春晓
营销编辑：陈睿文　秋　天　黄璐璐　时宇飞
封面设计：利　锐
版式设计：李　洁
出　　版：湖南文艺出版社
　　　　　（长沙市雨花区东二环一段 508 号　邮编：410014）
网　　址：www.hnwy.net
印　　刷：北京嘉业印刷厂
经　　销：新华书店
开　　本：875 mm × 1230 mm　1/32
字　　数：230 千字
印　　张：10.75
版　　次：2024 年 11 月第 1 版
印　　次：2024 年 11 月第 1 次印刷
书　　号：ISBN 978-7-5726-2113-0
定　　价：65.00 元

若有质量问题，请致电质量监督电话：010-59096394
团购电话：010-59320018

推荐序
母亲的芬芳

和陶阿姨成为公益伙伴和文友，成为有说不完的话的忘年交，于我而言是一件我以前想都不敢想的事情。中学时候的语文课文《松树的风格》非常深刻地烙印在我的记忆中，影响着我最基本的人生观和价值观的形成。对陶阿姨红色家庭的崇敬，是我们那一代千千万万人共有的情愫。我跟陶阿姨的联结，最开始是两年多前我偶然得知陶阿姨喜欢我的书。后来，我在北京的一个小土菜馆跟陶阿姨首次见面，陶阿姨露出明净的笑容，亲切得可以融化冰雪，她笑声爽朗，像一个无忧无虑的孩子，她拉着我的手说话的样子让我想起了我离世多年的母亲。那天一起见面的还有几位社会成就很高的企业家和退休的部级领导，仅仅是旁听他们的交流，对我来说，也是一种学习。然而，我感觉到了陶阿姨特别呵护我的感受，好像生怕我受到冷落，她总是没说几句话就会面向我，亲切地笑着把话题引过来，让我能够时时参与到交流中。陶阿姨成长在革命家庭中，而我只是一个在山区农村长大的普通孩子，但是她的一举一动让我觉得我们像是在同一个屋子里长大的。陶阿姨的父母为了普天之下的劳苦大众奉献了一生，而陶阿姨待人接物的风格恰恰是最能体现这个革命家庭的成长氛围的。

那年春节，得知陶阿姨来南方过年，我和爱人霞一起去看望她，陶阿姨和霞是第一次见面，但她们欢乐拥抱，就像是重逢的母女。后来，我成了陶阿姨创立的爱尔公益基金会（全称为北京爱尔公益基金会）的理事，也到过陶阿姨家里跟陶阿姨和理由叔叔促膝畅聊，陶阿姨还带着爱尔公益基金会的伙伴来到深圳恒晖公益基金会交流。和陶阿姨打交道多了，我观察到她对人对事真的是始终保持着极度的一致性，就如同她看待这个世界的态度一样——简单真诚，随心所欲，爱我所爱，无问西东。

拿到陶阿姨的书稿后，我坐在灯下安安静静地看完。陶阿姨对她母亲的深情回忆笔触细腻，让人泪目，让人动容；她对成长过程中陪伴过她的那些不是亲人胜似亲人的长辈和同辈的回忆，就是一幕幕革命时期的影像，让我回忆起少年时看过的《啊，摇篮》，感到无比温暖；她对中国现代慈善的奠基人阎明复的回忆，令人百感交集；她笔下的从医经历和慈善事业经历，看似平铺直叙，实则静水流深，无不闪耀着她极度真诚的人性的光辉。这哪是一个外人想象中的有显赫家世的人啊，这是一个灵魂干干净净，内心无比纯粹的赤子啊！这样的书，是能够给人带来无尽的温暖和力量的。

能够给陶阿姨的书写序，是一件让我这样的后辈热泪盈眶的事。这种感觉不是"与有荣焉"，而是一朵白云连到另一朵白云的清爽,也是一阵风儿遇到另一阵风儿的亲切;是在他乡旷野之中遇到家乡故人的温暖,也是默契同频的灵魂在世间相遇的欣喜。

想到"母亲的芬芳"这个题目,是因为陶阿姨仅比我母亲大两岁,我爱人第一次见到陶阿姨后,回来跟我说她恍然间好像见到了奶奶(我们都跟着我儿子称呼我母亲为"奶奶")。的确,陶阿姨的笑容与我母亲极为相似。陶阿姨曾跟我说,她特别喜欢我在《我是演说家》上讲的那篇《我的母亲》,我想这是她们干净善良的灵魂在共鸣。还有一个原因就是陶阿姨的母亲曾志老人,她是中华民族母亲形象的时代缩影,只要提到曾志老人的名字,我们就会联想到母亲。

谨以这些简单的文字为陶阿姨的新书作序,祝愿陶阿姨和理由叔叔身体健康,快快乐乐地安度晚年。

陈行甲

自序
走着走着头发就变白了

一九九一年,我主动放弃体制内的"铁饭碗",到一个已经快散摊的基金会谋食。当时完全没想过离开体制的风险,我就是觉得既然当不了官了,也回不去医院了,这个医学基金会好歹跟医沾点边,多少能弥补一些我因任性离开空军总医院(今空军特色医学中心)的缺憾。

没有雄心壮志,没有远大目标,我稀里糊涂地就进了中国医学基金会。别看基金会牌子挺大,但由于被"假李逵"夺了权,新上任的会长郭子恒(原卫生部[①]副部长)不得不带着我们另起炉灶。我去的时候没有办公室,甚至连一张办公桌都没有,当时首都儿科研究所的王永麟书记将他们的一间房子借给我们暂时栖身。事业没开展,没有资金进账,基金会发不出工资,上级主管单位每月发我两百元生活补贴。

我进基金会的第一件事,就是进行了一场惊心动魄的"夺

---

① 今国家卫生健康委员会。——编者

印"斗争。组织、队伍"纯洁"以后，基金会就慢慢走上了正轨。郭部长（指郭子恒）栽培我，把会长一职让给了我。后来，我被调去中国市长协会，不再为生计发愁，但也未舍得离开基金会，并且一干就是十年。这期间，基金会开展了"智力工程"项目，设立了"医德医风奖"，成立了"戒毒专项基金"……

后来，卫生部人事司把我弄去听也没听说过的中国听力医学发展基金会，这又是一个账上没钱，发不出工资的基金会。我当时担任理事长，这一干又是十多年。这期间，我们开展了"中国贫困聋儿救助行动""爱尔启聪中国行"等公益活动。成立"女市长爱尔慈善基金"后，我们在甘肃东乡族自治县（以下简称东乡县）组织了"女市长手拉手扶贫助学"活动。我还与聋儿康复专家万选蓉、时任基金会秘书长的李京华一道远赴美国，请来了国际著名的大慈善家奥斯汀，并于二〇一二年在中国开展了斯达克"世界从此欢声笑语"大型捐配助听器活动，至今已执行完毕，受惠者超过四万人。

二〇一六年，我与中国市长协会联合发起成立了爱尔公益基金会。由于有几个特别有爱心、公益心和社会责任感的企业家鼎力支撑，基金会总算摆脱了自我安慰式的"小而美"模式，迎难而上，豪情万丈，专啃硬骨头。二〇一七年，爱尔公益基金会开展了"爱尔向日葵计划——脑瘫儿童救助工程"项目，成为一家以手术方式解救脑瘫儿童的慈善机构。二〇一九年，爱尔公益基金会又启动了"启明星工程——孤独症儿童关爱行动"项目。除此之外，爱尔公益基金会还做了很多扶贫助学活动，足迹几乎遍布中国西南、西北各省。

我认为，所有的事情都是从一个点开始的，连至高无上的宇宙都是由一个奇点爆炸形成的。我也只是从一个点出发，从一个不高、不轰轰烈烈、不引人注目的原点起步，走了一段，点就变成了线。线越来越长，待走了三十年，回首一望，我才发现自己走过的原来已经是一条路了，一条弯弯曲曲的小路。我在这条路上走啊走，黑发慢慢变成了白发。

我做梦都没有想到我这些杂七杂八的文章能结集出书，除诚惶诚恐之外，还有点不知所措。我何德何能啊！这感觉就像是范进中举一样。我之所以如此，是因为一直以来自己都有一个文学梦想。我父亲写的散文《松树的风格》及《理想，情操，精神生活》一书，影响了整整一代人。《松树的风格》在很长一段时期里都是被选入中学语文课本的。我母亲的《一个革命的幸存者》，也是一版再版，成了脍炙人口的一部传记。他们做到了立身、立德、立言、立行这"四不朽"，我也想成为他们那样的人，至少是朝那个方向努力的人。

我从小就热爱文学，一直有一个文学梦想。我这一生，做过医生，当过官员，任过社会组织掌门人，还当过这个委员那个常委。其间，我对公益痴情难放，一直不间断地做公益。不过，我对文学一直都是心有戚戚的，不敢奢想自己有一天会圆梦。

感谢命运，我在七十四岁退休之后，终于可以"随心所欲"了。虽然激情和灵感都大不如前，但对社会、对人生却看得更加深刻和透彻。我悟到，一切事物就像是一块黑白相间的布，如果我们把黑色相加,那这就是一块黑布;如果把白色相加,那这就是一块白布。然而,黑布也好,白布也好,不可否认的是,它们都不如黑白格子布漂亮。所以,我的文章不会一个劲地诅咒黑暗,也不会廉价地歌颂光明,也就是说,我不会有那种黑色相加或白色相加的极端行为。我给大家展现的,就是我眼中看到的一块块黑白格子布,真实、朴素、干净!

我虽有文学梦想,但一直难以抽出时间从事写作。因为疫情,把我堵在海南岛的一个小渔村半年多。百般无聊中,我拿起了笔,一口气写了多篇文章,没想到反响还不错。

因为我没有博客,不开微博,不是"大V",也不是网红,当爱尔公益基金会的秘书长告诉我,在"爱尔公益"微信平台上,我还有几千名粉丝时,我又吃惊又感动。尽管我的粉丝数量与那些明星大腕、网红的相比就是一毛对九牛,但他们依然是我写作的动力。后来应出版社之邀,我又写了十几篇杂感随想,一直遵循我的风格,不专捡黑,也不专挑白,而是有白有黑。白,就是赞扬祖国的进步,点赞各行各业的凡人小事;黑,就是不掩盖、粉饰社会上的种种丑陋和不端。

我认为,爱与善是不可分割的,爱是本心,善是行动。没有爱的行善是假善,光有爱而无善举则是空头支票。所以概括地讲,我这本书的核心就俩字——"爱"与"善"。

我的第一本书,注定不会是畅销书,但我依然是这样的快乐!因为如我父母一样,我也有一本书了!

目录

辑一 陶家忆语

陪床记事 / 002

污泥与红漆 / 022

曾志与夏明震 / 031

致母亲 / 036

同化碑记 / 041

妈妈,"江山"没有忘记你! / 049

辑二 逝水余波

平凡圣人杨叔叔 / 054

我与干爸爸王鹤寿 / 071

跨进革命这个"门槛" / 080

我的王昆姐 / 085

阎明复:周而复始的光明 / 088

辑三 穿过杏林

医学院的生死课 / 100

忘了没有,希波克拉底誓言! / 105

与鼠争食的人 / 113

我曾为西部山区老乡一哭! / 118

中国医界一大旗——邓家栋 / 124

几张粮票换来的传奇爱情 / 128

辑四 市长之风

亦师亦友叶维钧 / 134

张百发东乡助学记 / 137

潇洒农民黎子流 / 143

我爱女市长 / 153

热血难凉 / 165

那年,我们这样接待港澳富豪 / 171

辑五 恋恋公益

三十年慈善公益路 / 182

智力工程 / 189

让蓝蝴蝶飞遍中国 / 205

启明星,夜空中最亮的星 / 224

白发为脑瘫患儿而生 / 231

我的禁毒公益路浅谈 / 235

善良与聪明,公益与科技 / 244

辑六 语浅情深

侃侃我的老伴理由 / 250

女儿,有爱就好! / 256

白云山上松风石手印之谜 / 260

四十年匆匆忆祖慰 / 269

善哉!我的老哥们儿、姐们儿! / 275

一个行者 / 279

辑七 白头新识

人类最高贵的情感 / 288

北京的哥 / 298

草莽、精英与正能量 / 303

希望你扶起我,尽管我并不需要 / 307

对待乞丐之我见 / 311

"赴淄赶烤"背后 / 316

中国社会正在变好吗? / 326

辑一　陶家忆语

多年来,她一直坐在这张椅子上流泪,牵挂着尚未成年的女儿的命运,久而久之,泪水竟将椅子扶手浸出一片永存的湿迹!

陪床记事

从一九九五年秋我的母亲曾志发病以来,到现在(一九九七年)整整两年过去了。在此期间,母亲三进三出北京医院,接受了八次化疗。我陪床前前后后也达七八个月之久,目睹了一位八旬老人与癌症抗争的近乎悲壮的经历。这些发生在病床旁的事情,大都是些零星小事,但它们却是如此生动、如此感人,令我难以忘怀。今得闲暇,特意将它们记叙下来,以此种形式,向我那坚强的、具有非凡勇气的老母亲,献上我的崇敬和挚爱!

瘦削的肩膀是全家的依靠

母亲虽然已经八十多岁了,但身体一向健康。前两年,在重阳节的老人登山比赛中,她还获得过第二名,仅次于比她小很多的著名电影演员陈强。

有一次,我与几位朋友聚会,她们都是身居要职的女性领导。在一大锅热气腾腾的日式火锅面被干掉之后,大家的女性感也随着热气而升腾起来。也许是由于女性对幸福的渴望来得更强烈些,大家竟不约而同地倾诉起自己对幸福的理解。我的回答出乎所有人意料:"像我这样的年纪,还拥有一个妈妈,还能享受母爱,这份幸福感是一般人体会不到的。"众人一致点头称是。

从小学、中学到大学,我大部分时间是在外地上学,与我父母在一起的时间很少,即便是宝贵的寒暑假,也是多和父亲亲近。那时的母亲,漂亮、能干、英姿勃发,正一心一意地干事业,根本就顾不上我们爷俩,因此母亲在我心目中远不如我父亲那般形象鲜明和亲切。

一九六九年,父亲去世后,母亲就成了我唯一的亲人,我与母亲相依为命,尤其是一九九二年之后。这二十八年来,我一直与母亲共同生活,不曾有过一天分离。在母亲的教育和照顾下,我从一个十分幼稚的人,逐渐趋于成熟;第三代小亮和阿妹(我的儿女),也是由他们的姥姥含辛茹苦带大成人的。一九九四年,母亲从中组部(中央组织部)退下后,就更加全心全意地照料我们了。

在一个家里,最显示权力的大概就是钥匙和账本了。在我们家,这两项大权全握在母亲手里。家里所有的钥匙都由她保管,每把她都用白胶布做了标记。如果她不在,我们什么门也打不开。她管着好几个账本,始终亲自记账,一笔一笔地写下去,绝不含糊。家里是打醋还是打酱油,是吃米饭还是吃馒头,每餐两个菜还是三个菜,红烧肉里是放香菇还是放栗子……事无巨细,都由母亲统一号令,甚至一个空瓶子扔不扔都得去请示她,我们

曾志晚年视平凡如甘饴

已经习惯让母亲去操心这一切了。在家里,我是头号大懒虫,在餐桌上从不挑肥拣瘦,但也绝不进厨房。两个小懒虫比我有过之而无不及,假如我们家的酱油瓶子倒了,他们准是大眼瞪小眼,谁都不会去扶起来,最后肯定是母亲把它扶起来。我们家就是这个样子的!

母亲终年在厨房里忙碌,亲自做这做那,但在饭桌上她总是带头吃剩菜。我会象征性地吃一点(我家从不倒剩菜),但孩子们是连筷子都不会沾一下的。多少年来,我不曾见母亲吃过鸡腿,她把鸡腿都让给孩子们和我吃了。

母亲年轻时爱打扮,也会打扮,是个引人注目的人物。可现在,她似乎刻意追求一种清贫和简朴,比之从前,判若两人。她全身上下没有一样高级的东西,至今手上戴的一块上海牌手表,还是她八十大寿时我送的。无论春夏秋冬,她穿来穿去就是那么三四件衬衣,还多是捡我们淘汰的。甚至有些是已经当垃圾扔掉的,她也会捡回来洗干净,留给自己穿。她用的毛巾,是将两条破的缝在一起的,用的茶杯是没有把手的,牙刷是少了毛的,梳子是缺了齿的,而且她从不用护肤品……用现在的眼光看,母亲活得很"粗糙"。可是,如果我给她买点东西,那她是一百个看不上,横挑鼻子竖挑眼,不是将东西打入冷宫就是转送别人。母亲其实本性慷慨大方,凡是好点的东西她都会送出去,有时送得我们心疼。她也从不让我们往家交伙食费,哪怕是一分钱也坚决不要。

母亲就是这样的节俭、辛苦、操劳,用她那不高的工资供养着我们这些第二代、第三代，甚至第四代（我大哥的孙女也被接到北京来上学了）。如今她老了，已经八十六岁了，体重只有三十七千克，真的是一阵风儿就能把她吹倒，但是我们这一大家子人谁也离不开她那瘦削的肩膀。有了母亲这博大无尽的爱，我越来越体会到一种幸福感，无论走到哪儿，令我牵肠挂肚的永远是我那亲爱的母亲！这几年，随着母亲年龄的增长，我平添了一种恐惧感，有时因为胡思乱想，竟会无缘无故地默默流泪。不过，我不会让母亲知道，在她面前，我永远是个笑口常开的大肚佛。

最害怕的事发生了

最令人担心的事终究还是发生了，母亲病倒了！这回可是病得不轻。

一九九五年八月底，母亲总是说身体乏力，干家务大不如从前了。并且，她的血色素急剧下降，几乎每周掉一克，到最后掉到只有六克/分升。人也消瘦下来，锁骨上和腋下的淋巴结像葡萄串那样肿大起来。作为一个有二十年临床经验的医生，我知道情况不妙，但母亲死活不肯去医院检查。有一次我看到她摊开在桌上的一本医书，翻开的那一页上写的是"淋巴瘤"和"白血病"。"她也想到了？"我鼻子一酸，心里特别难受。我那一向对什么事都漫不经心的儿子也慌了神，一个劲地问我："姥姥究竟怎么了？"

母亲既然已经怀疑自己患了癌症，那么为什么还会拒绝去医院呢？说来也是真不凑巧，这场病耽误了她酝酿已久的一件大事。二十世纪七十年代末，胡耀邦任中组部部长期间，作为副部长，母亲曾协助耀邦同志从事拨乱反正、平反冤假错案的工作。岁月流转，耀邦同志离世了，许多老人也不在了，耀邦同志一些尚不被人知的可圈可点的功绩，再不整理就没有知情人了。母亲深感自己责任重大，她决心为党、为后人、为耀邦同志做一件事情，就是将她了解的这一段情况整理出来。为此，她召集了几位当年参与过此项工作的老同志，调出了一批当年的资料，借了一间房子，安了一台电脑，又从石家庄请来了一位"笔杆子"。一切就绪，正准备着手开干时，不料病魔却抢先了一步。我那一向要强的母亲深知住院就意味着放弃整理耀邦同志的相关资料，她决心与病魔争一短长。任我怎么劝说，她直接来个徐庶进曹营——一言不发，只有一次说漏了一句："我就是拼命，也得把这段历史写出来，就怕突然死了。"

　　那是我心情最黯淡的一段日子，母亲紧闭其口，我也不好向她捅破，我们就这样在心里较着劲。望着母亲日渐憔悴的面容，我焦急、恐惧、忧伤，几次躲在自己的小屋里抹眼泪。我不敢想象，若是没了母亲，这个世界会变成怎样？！

　　作为女儿，明知母亲病了而不让她及时治疗，这岂不是罪过！我将会终生痛悔！于是，我与北京医院的医生共同合计，以做活检需临时住院为由，连哄带骗地将母亲弄进了病房。母亲还以为做完活检就可以回家了，但我心里明白，她将会长期住下来。就在她住院这天，她的秘书从北京人民大会堂替她领回了刚刚颁发的"健康老人"证书。

活检是由大名鼎鼎的外科专家吴蔚然教授做的，母亲在七十年代的胆结石手术、八十年代的脂肪瘤切除手术也都是他给做的。十月十一日，吴教授将我唤到走廊，对我说："我刚刚去病理科看了片子和报告，已经确诊为淋巴瘤，但究竟是T型还是B型，还要做进一步检查。"

十月十三日，肿瘤医院的孙燕教授来会诊，他是这方面公认的权威。会诊结束后，我被唤进办公室，由北京医院肿瘤科赵主任向我通报会诊结果：恶性淋巴瘤（非霍奇金型）。病理：中度恶性；病期：三期（总共四期）；治疗：准备上化疗。医生们说，他们从未在八十四岁高龄老人身上实施过化疗。在他们的病例中，最大年龄的患者也就八十岁。年龄越大，做化疗的风险也就越大，但他们看到母亲精神状态很好，情绪稳定，有一定的承受能力，故而也就决定上化疗了。

轮到家属表态，我哽咽得说不出话来，还是我先生理由替我说了几句。他是专程从广州赶回来看望母亲的。我记得那天他说："这个老人是个非常通情达理的人，也有顽强的忍耐力，什么事她都会尽量忍受，是不愿给医生护士找麻烦的。她一定会尽最大努力来与你们配合……"

虽然母亲被诊断为恶性淋巴瘤，但看到医生们的积极态度，我还是受到了很大的鼓舞，决定陪同母亲去迎接一场无论对她还是对我而言都很严峻的考验。

规律而温馨的病房生活

我在母亲病榻边摆上一张钢丝小床，就此开始了我的陪床生活。

首先，我要改造病房那过于沉重的气氛。我特意去买了件大红毛衣，穿在身上像一团火似的，显得特喜庆。我还要求来看望母亲的人只许送花，这样病房里到处摆着花篮和花瓶，有时多达十几个。每次化疗开始前或恰逢节日，我都将这些花堆放在一起，让母亲在花团簇拥中照相。女儿讥我"制造虚假繁荣"。我还摆了一张印有西藏唐卡《白度母》的贺卡，画上那位面如皓月的观音，是我见过的观音像中最美的一个。经我这么稍稍一布置，暖暖的红色就盖过了冷冷的白色，病房显得温馨、亲切，充满芬芳。护士们每次进屋都说："你们这间病房好香啊！"

对化疗病人来说，加强营养至关重要。此时病人因药物的副作用而食欲不振，甚至恶心呕吐，不想方设法补充营养，身体就会垮下来。为了让母亲能吃得可口些，我们每个人都学会了用小奶锅烧菜的绝活。我这个从不下厨房的人，也学着用小奶锅做菜，每次总能给母亲端上几样来。她也总是笑眯眯地说："不错嘛！"其实，她不知道我的诀窍就是多放味精。

母亲视力不好，一只眼睛有黄斑裂孔，另一只有白内障，看东西十分吃力，所以每天的报纸、文件都需念给她听。这事我是最干不来的，因为每次念不了几行就自个儿先睡着了。大多数时间，母亲都是抱着个收音机听广播。她什么都听，就是不听音乐。每当这时我就干些自己的私活，主要是看书，几部"砖头"，如《曾国藩》《康熙大帝》等就是在医院看完的。

陪母亲住院时，我还要做的一件重要的事就是照顾她洗头、洗澡。她每次洗澡能把我急死！她总是坚持自己洗，非常细致地、一条泥一条泥地搓，为了节水，她把水龙头的水放到最细最细，一遍又一遍地冲洗，洗个澡得一个多小时，每次都把她累个半死，也把我急个半死！

病房生活是很规律的。每天早上起来，我给母亲煮个鸡蛋，冲杯奶粉，就算做好早餐了。上午八点秘书李东梅或其他人来接班后，我就匆匆忙忙去上班。中午我尽量赶回来陪母亲吃午饭，下午若没事就在病房里张罗，总会有很多琐碎的事要做。房间紫外线消毒时，母亲就到走廊中散步，我拿本书坐在走廊的长椅上，一面看她，一面看书。晚上，孩子们大都会来，他们的分工是：饭前小亮躺到小床上去睡觉，阿妹陪我一同准备晚饭，我们通常到小卖部去买一两样菜，再自己做点，然后所有人围绕着母亲吃饭。这么热热闹闹的，母亲不知不觉就多吃了一些。吃罢饭，阿妹就一头扎到小床上去睡觉，轮到小亮收拾桌椅碗筷，他每次都洗得干干净净。最后，两个孩子睡足了，吃饱了，天色也晚了，这才告别姥姥回家。我和母亲则要磨蹭到深夜，直到她那收音机收听不到任何电台，这才睡去。

病房的生活几乎天天都是这样。母亲三次住院，有两次是我陪的，加起来达八个月之久（中间也有出差）。所以儿子称我为"第一大陪"，这"第二大陪"当然是我表妹曾丽，秘书东梅算

"第三大陪"。至于女儿,只值过一次班(守夜)!她那天来医院,带着睡衣、拖鞋、浴巾、洗发液、吹风机……还有一个沉甸甸的化妆箱,美其名曰注重生活质量!我说:"得了,得了,还不够你折腾的呢!"以后就再也没敢排她的班了。

三代人,有代沟更有爱

我们家是三代同堂,有一段时间甚至是四代同堂(大哥的孙女毕业后去了广州)。无论二代、三代还是四代,都是以母亲为核心的。

我的丈夫理由也算是个顶天立地的汉子,但在家里当不了核心,况且他去了南方,忙着开天辟地干一番新的事业,而我在北京也有自己的事业。理由对什么人都不像对我母亲这么好,尤其这次在母亲生病后,他表现出的亲情竟是那么深厚。我这才知道,孤高的他原来也是爱我母亲的。这两年来,为了治好我母亲的病,他愿意倾其所有。所以母亲说:"治好我的病,一是靠医生,二是靠理由。没有他我哪吃得起这些营养品啊!"

像中国大多数家庭一样,我们家也有代沟,也经常磕磕绊绊。谢晋导演来过我家后,曾对人说:"陶斯亮他们家三代女性都够典型的,真是绝了!"但我们的分歧不是政治信仰上的,这不成问题。我们都爱这个国家,相信共产党"振兴中华"的千秋大业,只不过母亲的信念刻骨铭心,而孩子们的仅仅是些皮毛罢了。我们三代人之间的分歧主要是在价值观和生活态度上,母亲仿佛还生活在过去，只讲奉献而不屑于谈索取；而孩子们则已提前进入明天了，精于享受，但尚未学会奋斗和创业；只有我是生活在今天的现实之中。尽管如此，我们三代也还算生活得其乐融融，这主要是由于母亲不图回报，从无怨言，而且孩子们也还算乖巧。儿子有一次在餐桌上说过一句话："妈妈总是把好肉夹到我的碗里，我总是把我不想吃的下意识地就扔到姥姥碗里，姥姥总是特别自然地就吃了！"这就是我们三代人之间的关系了！

小亮长到二十九岁，从没离开过我母亲，对我母亲的感情还是很深的，这次我母亲生病，他真急了，天天往医院跑。他在医院其实也干不了什么，但只要他在，病房就显得活跃。我这个儿子从小就滑稽，虽然没少惹我母亲生气，但能逗笑我母亲的也唯有他了。我常说他："你是咱家的'味精'，靠你吃不饱肚子，也毫无营养价值，但家里少了你还就欠点味！"不过这"味精"也有放错的时候，今年（一九九七年）迎来我母亲八十六岁大寿，他给忘了，情急之下给我母亲一个红包，我母亲气得扔回给他，斥之："岂有此理，哪有晚辈给长辈送红包的！"

我女儿的性格像我母亲，个性强，脾气倔，小时候老觉得我母亲偏心小亮，不喜欢她，为此没少跟我母亲吵架，闹别扭。长大后渐渐懂事，特别是出国后，她才体会到我母亲和我将她抚养成人是多么不容易，这才有了理解，有了思念，有了爱。一九九五年底，她从悉尼某商学院预科毕业，收到昆士兰大学的录取通知书，还在一家会计公司找了份很满意的兼职工作，她的老板正在给她办绿卡。我写信告诉她姥姥病了，她二话没说，放弃一切回来了。我这个女儿虽然很时髦,但还是讲点精神上的东西的。回国后,她与全家同甘共苦了一段日子,发现家中才有真爱,"现在我觉得姥姥真好"。

不过说起男人这个话题,我们三代之间有场很有趣的谈话。有一次我女儿来看我母亲,那天病房里很安静,我突发奇想,提了一个问题让每个人都回答。这个问题是:如果让你再有第二次选择,你会选择什么样的男人?"我会选个坏男孩!"我女儿脱口而出。看来真是男孩不坏,女孩不爱!"要是我,我会选择一个比较优秀的男人。"我说。我原以为母亲不会回答这个无聊的问题,没想到她认真想了想后,斩钉截铁地说:"他首先要是个共产党员!"我和我女儿都大笑起来,但母亲可没笑,她是从不说笑话的人。

不一样的母爱

母亲看那些外国电影、电视剧,最感困惑不解的是:这些外国人怎么张口就说"我爱你"?怎么能说得出口呢?母亲从不言爱。从小到大,我甚至不记得母亲抚摸和亲吻过我,她仿佛本能地讨厌缠绵。长期的革命生涯,特别是险恶的秘密工作环境,使她养成了不轻易流露感情的性格。由于受她的影响,我对她也从来不说爱字,几十年来,我们母女只是在默契中传达着感情的信息。

母亲几乎从不表扬、称赞我,相反地,她总是像中组部部长审核干部那样,一天到晚从头到脚地对我进行"扫描",指出我的种种不是来。如我的发型多么难看,穿着多么不合身份,在客人面前是怎样有失体统的。有一次,她瞅着我,很严肃地说:"你现在太胖了,你这个样子影响不好!"吓我一跳!我胖我的,招谁惹谁啦?"你搞统战工作,要注意仪表形象,你看你接触的那些有身份的、高层次的人,有几个像你这么胖的!"经她这么一说,我望着自己那像气球被吹起来一样的身体,感到它似乎与自己从事的统战工作有点不相称!去年,我去了趟五台山,拜了几个菩萨,回来后满心喜悦地告诉母亲,我为她求神许愿来着。没想到她厉声呵斥道:"你是一个共产党员,去搞烧香拜佛这一套,像个什么样子!"弄得我全没了兴致。母亲就是这样,总是不失时机,一有苗头就敲打我。那天她听我打完电话后,就又敲我的脑壳了:"你近来脾气见长啊!电话里口气那么大,把自己当大姐自居,你原来不是这样的,要注意啊!"我顿时就没了脾气。

总而言之,我碰到再大的困难、挫折或者委屈,说给母亲听,她回赠给我的永远只有一句话:"你是共产党员,你干的是一番事业,而不是为某个人干的,因此不必在意他对你怎样。"

怨天尤人、牢骚怪话、是非短长,这些在母亲那儿是没市场的。她要求我将名利、地位和金钱看得淡而又淡,因此,才有了我的"不亢不卑、宠辱不惊"八字座右铭。

母亲十五岁就离开家,成为一名职业革命者,但对我姥姥始终怀有一份柔情,即使到了耄耋之年,也还是会时时思念我姥姥。她有一次讲了一段关于我姥姥的往事，令我十分感动。那是母亲离家十载后第一次回去，我姥姥指着一张藤椅上的斑斑印记说，多年来，她一直坐在这张椅子上流泪，牵挂着尚未成年的女儿的命运，久而久之，泪水竟将椅子扶手浸出一片永存的湿迹！但几天后，她又不得不送我母亲踏上那腥风血雨之途，明知那可能是永远不归之途，她们也默默承受，再次选择了别离！唉，母亲这代人付出的代价真的是太沉重了，为了追求自己的信仰和理想，他们舍弃了一切。但是，年轻一代能理解老一辈的情怀和志向吗？

不论姥姥还是母亲，母爱是一脉相承的。母亲对我的关切就无时不在，它有时表现在一些非常细小的事上。例如有时我累极了，回到医院会一头倒在小床上先睡一觉，睡得好沉！一觉醒来天已大黑，室内黑麻麻、静悄悄的，母亲坐在黑暗中动也不动，泥塑一般，不知这样坐了几个时辰了。这时我会一边揉着惺忪的睡眼，一边想：这无言之爱真好！

以超人的毅力与癌魔抗争

当医生将"恶性淋巴瘤"的诊断告诉母亲时，她从容地接受了这一事实。她说："我一点都不害怕，当初参加革命时我才十五岁，都不知怕死，现在活到八十四岁了还怕什么？我已经是个幸存者了！"医生将她当作特例实施化疗，也如实相告我们："这种化疗不是根治性的，只能是带病生存，也就是说她只要活一天,就需跟那可恶的癌细胞斗争一天。"母亲以平静的心态接受了一次次的化疗,医生夸她精神状态好。但我与她朝夕相伴,深知对她而言,这两年的生活是多么不易,她一直经受着怎样的痛苦和煎熬!

八次化疗已使她虚弱不堪,而这期间又总是发生这样或那样的灾难。去年八月份,母亲摔了跟头,脸颊的青紫还没退下,就又患上了带状疱疹(俗称"缠腰龙")。由于这种病的病毒侵犯的是神经,所以疼得厉害,只是一小条水疱都能使人痛得死去活来,而母亲整个左前胸和左后背都是,赤红赤红的一大片,她疼得日夜不宁。"这真是比上刑还要疼,上刑还有间歇的时候,可这种痛是无时无刻不存在的,像刀割,像针扎,像火烫!"她受不住的时候会这样说。剧痛折磨了我母亲大半年,她没等全好就又必须上化疗了,一上化疗人就厌食,她见饭就想吐,头发一把把地脱落……母亲现在瘦得可怜,才三十七千克,突出的骨脊,硌得她坐也不是,卧也不是,真让人心疼!

但是母亲在精神上从来没垮过。她很听医生的话,医生叫吃肥肉就大块大块地吃,不让吃甲鱼就一口都不沾。每次化疗期间她都强迫自己吃饭,强迫自己散步,坚持按家里习惯作息:早上起床,晚上上床,白天听广播,晚上看电视,非不得已不卧床。她什么事情都要自己干,而且一丝不苟,绝不马马虎虎:洗澡时,每个脚趾缝都要来回搓几遍;拧毛巾要赛过洗衣机;洗个小东西也是泡了洗,洗了泡;头发掉得没几根了,但洗起来一点也不从简。

原先她的床头有个拉铃，已安了二十几年了，但她一次没拉过。这次生病，理由给她换了个遥控的电子铃，她仍一次不按，晚上发生心绞痛、心房纤颤等症状时就强忍着，或自己服点药。为了这，我老生她的气。今年七月份，我去北戴河看望她，发现每早她都独自去散步，跟跟跄跄的，就是不叫人陪她。我七点爬起来，她六点就出去，我六点爬起来，她五点多就出去。那晚，我干脆将闹钟拨到三点，等到她房间一看，吓了一跳！只见母亲坐在沙发上，头无力地垂在胸前，白发凌乱，呼吸困难，全身汗津津的，我立即用听诊器听她的肺，整个左肺布满水泡音。我知道这是严重贫血导致了心力衰竭，是个很危重的症状。可母亲说："不要紧张，你今天是看到了，其实我天天晚上都是这样的，坐一会儿就好了！"我望着老母亲那极度虚弱的样子，又急又气："你为什么不按铃？我们这么多人，谁都可以陪你，为什么也不叫一声？""叫你们还麻烦，还啰唆，你们也很累，叫你们干什么？"都病到这个份上了，我母亲还这么逞强！

最后的辉煌

在母亲的朋友中，有这样几位忘年之交——他们将照顾老同志视为自己的使命，多年来我们家也一直得到他们无微不至的关怀。他们就是石家庄解放军军械工程学院原副院长黄耀荣以及他的朋友李汉平、杨仲瑜、孟晓苏等人。一九九六年，他们精心策划，为母亲举办了一个庆祝活动。

我陪母亲一走进会场，映入眼帘的首先是那条大红横幅"祝贺曾志大姐加入中国共产党七十周年"。到场的人有六七十位之多，特别是几位老妈妈——刘英、李昭、朱仲丽也都到场了，这令母亲格外感动。活动办得隆重而热烈，尤其军械工程学院政治部原主任安然的那首贺诗，写得何等之好，令在场所有人为之动容。

有这样一位老人，
岁月的沧桑，
没有抹去，
她年轻时的妩媚；
历史的风云，
更增添了她动人的沉稳！
满头银发，
一身素裹，
透着精、气、神！

有这样一位女性，
品格如玉，
气节如虹。
把少女的芳龄
献给了中国的革命；
把妈妈的爱心

献给了所有的儿童!

有这样一个战士,
不屈不挠,
心红胆赤!
不计荣辱,不避生死,
巾帼不让须眉志,
飒爽英姿,奔波天下事。

有这样一个党员,
八十五岁春秋已过,
党龄七十年!
七十年的风云变幻,
七十年的党性锤炼,
用生命谱写了忠诚,
把理想付诸了实践,
坚定的信念,
在心中
永远不变!

母亲显然很激动,她接过话筒,说了至今我听过的最感人肺腑的一席话。她说:"刘英大姐入党也七十年了,她年纪比我还大,我感到受之有愧!"说着就站起来向老妈妈刘英深深一鞠躬。接着，她又说道："今天老中青同志这样热烈地祝贺我，我实在感到有愧。我觉得我为党做的太少太少了，我只是个普通的党员，没当过模范，没当过先进工作者，没得过一枚勋章，这就说明了我确实很普通。相反，我一生犯过很多错误，受过很多次处分，有留党察看、党内警告，甚至撤销职务、隔离审查。对这些处理，我经过自己的分析，认为是对的就坚决改正，如果处理错了，我也绝不怪组织。因为跟随党是我自己选择的道路，没有人强迫过我。那是不是七十年来我是平平静静、安安逸逸度过的呢？那倒也不是。我入党时正是马日事变后，国民党反动派凡抓到共产党员立即就地枪决，我是在敌人屠刀下干革命的。这七十年来也是风风雨雨，经历很多艰难和挫折，而且大部分时间我是独立开展工作的（母亲曾长期从事白区的工作）。那么，为什么我会坚定地跟着党走过这七十年，失去了联系总要千方百计地去寻找党？我觉得我凭的是信仰、信心和决心；是坚定、坚强和坚决！我选择了这条路就走下去，我坚信革命一定会胜利，从来不动摇……"之后母亲又以抱歉的口吻说："我讲得语无伦次，对不住大家，但我说的都是心里话。"

母亲一席情真意切的讲话，感动了所有在场的人，包括那些不知革命为何物的年轻人。

我喜爱的奥地利大作家斯蒂芬·茨威格曾说过："在人生的中途，在富有独创性的壮年发现了人生的使命。在人的命运中，还有什么比这更大的幸福？"母亲十五岁就找到了自己的使命，并终生追求，无怨无悔，如此看来她是幸运的！

好友赵洁在看了母亲的自传材料后，曾对我说："曾妈妈给我启示最深的一点是，她经历的那么多磨难，是我们这辈人都难以想象的，可是从她的面容到她的气质，竟没有受过摧残的痕迹。她显得那么清秀、平和、安详，只有视苦难为甘饴的人才能做到这一点。"此刻我望着母亲，想起了赵洁的这番话。母亲曾叫"曾霞"。她曾经有过灿烂的朝霞，有过辉煌的正午，如今夕阳正红，映得晚霞如此美丽。

就在我写这篇文章时，母亲第四次住进了医院。照例，我也陪着我母亲住进了医院，新一轮的医院生活又开始了。

母亲还需要继续与癌魔做斗争，她又将进行第九次、第十次乃至第十一、第十二次化疗。看她那副泰然自若的样子，你会感到，与其说她是为了一般意义上地活着，不如说是为了追求某种境界，为了挑战意志的极限，为了最后的自我善成！

不过，母亲这次向医生提出了一个请求——要想方设法地让她能如期参加党的十五大的开幕式，她是特邀代表之一。在那样的时刻，我母亲要是能够站在党旗下，再次听到《国际歌》响起，那么她七十余年的艰辛当可笑付东风了！

污泥与红漆

一九四五年开春,抗日战争形势发生了根本扭转,我父母奉命去湖广一带开辟新的游击区。路途迢迢,万水千山,母亲决定要做绝育术,父亲倒也开明,没有传承香火、光耀门第那些老观念,于是我就成了父母的独苗。

独生女,自然对父母会格外依恋,但在不同的时期、不同的年龄段,对父母的爱则有不同的表现。在我童年和少年的时期,母亲忙于她的事业,似乎是父爱代替了母爱。在广州时,我印象最深的就是等待,漫长的等待,我永远都是在等待父亲回家。我盘腿坐在父亲的床上,百无聊赖,把一串珠子项链拆了穿,穿了拆,再困也硬撑着,直到深更半夜父亲回来,我才肯去睡觉。后来上了军医大学,离家去到远方,我对父亲的爱转化成思念,常常会在睡觉时偷偷地哭。有时胡思乱想,我一想到终有一天父亲会离开我,简直伤心欲绝,但转而一想,那都是杞人忧天,于是挂着泪珠儿睡着了。"文革"爆发后,我并没有像母亲那样为父亲担心,对父亲即将面临的大祸浑然不觉。直到一九六七年一月四号,半夜三更,同学敲开了我的门,塞给我一张小字报,我一看标题——"打倒中国最大的保皇派陶铸!"顿感天崩地裂、五雷轰顶,当时唯一的想法就是去出家,避开人世间的一切纷扰,避开即将临头的暴风骤雨。

在父亲受冤屈、被侮辱、被谩骂的日日夜夜里,"打倒刘邓陶"的口号不绝于耳,而且持续了将近十年之久。这时,我对父亲的爱除了刻骨铭心的思念,更多的是信任。我变得坚强起来。为了维护父亲的尊严,我常常会做出一些无疑是挑衅的举动。如我刚分配到甘肃临夏市的中国人民解放军第七医院(以下简称第七医院)后,常有人对我指指点点,特别是那些三五成群的家属,一看她们的眼神就知道在议论我。我径直走过去,若无其事地对她们说:"我就是陶铸的女儿,你们看够了吗?"这反倒让那些家属挺尴尬的。

一天,我收了一个脑外伤病人。因为第七医院是野战医院,条件有限,故而连夜请兰州解放军第一医院(中国人民解放军第一医院)的专家来会诊。那个时候没有专家餐,吃饭的时候专家也在食堂打菜。我不愿意和大家一起吃饭,总是拣没人坐的僻静处默默地吃。这位专家端着菜和饭,放眼在食堂看了一圈后,竟坐到我旁边来了。他知道我是从上海第二军医大学(今中国人民解放军海军军医大学)分配到这儿来的,对我有些好奇,问这问那的,就是想搞清楚我是谁。我放下筷子,直视着他脱口而出:"我叫陶斯亮,我是陶铸的女儿!"他先是愣了一下,继而哈哈大笑起来,这一笑解除了我浑身竖起的刺,我们成了朋友。

有一次去兰州，送走了来看望我的妈妈及两个孩子后，我哭得不能自已，有种断肠人在天涯之感，是他和他的夫人给了我温暖和安慰。他叫陆庄樵，虽然几十年未曾相见，但我从来没有忘记过他。

一九七一年，我调到陕西临潼解放军第二十六医院（今中国人民武装警察部队陕西省总队医院）当医生，一年后，当我准备调回北京时，科室给我开了个鉴定会。有个参会的小护士叫胡小力——后来成为大学教授，她前些年写了一篇文章，叫《无花时节》，对这场鉴定会有非常细致的描述。她的记录如下：

> 鉴定会上，教导员汇集了战友们对陶斯亮的最高评价："认真学习马列，走又红又专的道路，能够和陶铸划清界限，工作一不怕苦，二不怕死，关心集体、热爱同志……"
>
> "陶医生，你的意见呢？"
>
> 陶斯亮的脸微微泛红，深沉的大眼睛涌出一股泪水，倔犟的嘴唇轻轻咬着，半天不出声。"谈谈吧，陶斯亮医生……"教导员郑重地说，声音里竟有几份伤感。
>
> 陶斯亮微微垂下头，眼睛盯着自己的脚尖。"谢谢同志们对我的帮助和关心，这一年多，我真的没做什么。鉴定最好不要这么写，特别是……"她犹豫了片刻，抬起头来，"我……我没有和我父亲划清界限，也不可能这样做，我和他有不可分割的关系，是他把我抚养成人的……"她的目光坚定而热烈，饱含着期待和恳求："请原谅……请理解

我。"会场鸦雀无声。一时间大家都不知道说什么好。我偷偷地瞥了一眼四周,理解、埋怨、茫然……什么都有,又好像什么都没有。还是教导员打破了沉默:"你向党说了真话,你的意见组织会考虑的。"

理直气壮地对人说"我就是陶铸的女儿",这是我当时唯一能表达的对父亲的爱。如今,我真是感激这位教导员,他并没有因为我不合标准的发言而为难我。

一九七二年,我随母亲回到北京,被分配到空军总医院,除了上班,我将所有心思和时间都花在为父亲平反上。我抄材料,写申诉信,联络那些与父亲共同在南京坐过监狱的人,还到图书馆查阅二十世纪三十年代的旧报纸。申诉信永远都是泥牛入海,无后续消息,但我从没气馁过,我不停地写申诉信,不停地找人,不停地寄信……这个时候我对父亲的爱,就是一心想洗刷掉粘在他身上的污垢,还他一个清白。再后来,父亲被平反了,我在人民日报发表了文章《一封终于发出的信》,亿万人民用泪水涤荡了强加在父亲身上的罪名和耻辱,我用笔将对父亲的爱送上了顶峰。此后,我与母亲相依为命,生活了二十八年,把以往对父亲的爱逐渐转移到母亲身上。

再后来发生了两件事,使我开始思考父亲所犯的错误。

一件事是王任重叔叔在广州设宴,把我和古大存的孩子都请了去,王叔叔的小儿子四龙真挚地希望我和古家后代能放弃恩怨,握手言和。另一件事是纪念叶剑英同志诞辰一百一十周年的时候，很多"红二代"被请去梅州。叶向真在宴会大厅，把古大存的孩子、冯白驹的孩子、方方的孩子，以及我唤到台前，让我们手挽手做大团结状。无论是四龙还是向真，他们的善意我都是心领神会的。我开始认真思考，父亲在广东土改（土地改革）和"反地方主义"等运动中是有过失、错误的。我曾多次通过报纸和广东的党史杂志，一再向在运动中受到打击的干部群众表示歉意。那时我对父亲的爱已经上升到理性层面，我认识到世上没有完美的人，知错认错是唯一可以弥补人性缺陷的智慧之举。

二〇〇八年是父亲的百岁诞辰，广东省委决定出一部纪录片、一本画册和一本纪念文集。我随广东电视台的黄若青导演访问了"四清运动"时父亲的试验点——花都区炭步镇。令我欣慰的是，父亲在这儿没有大搞阶级斗争，而是带领村民移风易俗——修旱厕，修道路，修田埂，大力种树，减免摆渡费，没有一个基层干部被整。四十年过去了，炭步镇的农民始终念念不忘陶铸。为了这份不忘之情，我自掏腰包，让几位父亲当年的老农朋友来了一次北京游。我还参观了湛江的青年运河、电白的防风林、海陵大堤……这些在当年让父亲付出心血和汗水的工程，让我更加确信父亲是一个全心全意为老百姓服务的好官。有了这样的自信，我对党史办替中央领导人撰写纪念会发言稿的李主任说："这是一次中央对我父亲功过是非的总评价，希望功绩摆够，错误也要提，因为这样才会使我父亲显得更加真实和生动。"

只有自信——对父亲的自信、对我自己的自信，我才能要求党史办全面评价父亲。党史办的同志笑着对我说:"别人家属都要求把错误删掉,你却要求把错误加上去。"我说:"因为我相信这些缺点损害不了父亲的光辉形象。"

二〇一九年五月,我带着儿子一家回到闽东(宁德地区),沿着当年母亲的足迹寻觅一个女革命者的芳华岁月。一九三三年六月,二十二岁的母亲从福州来到闽东,搞武装斗争,发展壮大组织,建立苏维埃政权,成为闽东主要领导人之一。她曾担任闽东特委委员、组织部部长,还曾只身闯西洋岛,收编了"海匪"柯成贵(一九三四年一月,柯成贵加入中国共产党,一九三五年英勇就义)。年纪轻轻的她,用双足走遍了闽东的崇山峻岭,而今我们坐汽车寻觅她的足迹,一天下来还觉得累。

在柏柱洋苏维埃政府遗址,有一座新修建的纪念馆,大厅里有一组大型群像,雕刻的是当时闽东的党的主要负责人——中间两个人是叶飞和我父亲,我父亲高大威武、气宇轩昂。我看了后非但不觉欣赏,反而别扭不安,因为雕像严重违背了事实。我父亲是黄埔生,参加过南昌起义和广州起义,又成功指挥了厦门劫狱(厦门破狱斗争)。一九三二年六月,作为福州中心市委书记,他到闽东主持成立了闽中工农游击第一支队(闽东工农游击十三支队),并负责训练农民武装。但他七月就回福州了,并没有参加兰田暴动。后来暴动取得成功,闽东工农游击十三总队经过血与火的洗礼,壮大成为独立师(闽东红军独立师)。抗战爆发后,独立师在叶飞的率领下编入新四军,汇入解放军的百万雄师之中。我父亲仅在闽东待了一个月,没有在闽东留下什么丰功伟业，他顶多是闽东工农游击第一支队的缔造者之一，更不曾是闽东特委主要领导人，把他放在群像的中央位置，而且高人一头（我父亲的个头不到一米七），这个意思再明显不过了。

　　我很沉重，这组雕像对不起那些牺牲了的闽东革命领导人，如詹如柏、马立峰、阮英平、苏达、叶秀蕃……尤其詹如柏，他在受尽折磨后慷慨就义，极其壮烈！群像中的叶飞是少数几个活下来的闽东特委和军队领导人之一，一九五五年获上将军衔，其雕像位置是众望所归。纪念馆之所以这么重视父亲，我认为是出于对父亲的敬重，我心存感激。但历史不可违背，我对陪同我的闽东党史办的同志说："既然这里是红色教育基地，那就一定要尊重历史，特别是要对得起牺牲的先烈。这组雕像容易误导观众，我建议把我父亲的像拿掉或改掉。"

　　在雕塑这件事上，我的反对实则是维护。对于父亲，我不怕有人抹黑他、骂他，因为公道自在人心，我现在最担心的反而是那些"低级红"及捧杀。前几天，微信上流传着一篇文章，写的是我父亲与他哥哥陶自强的不同人生轨迹及恩怨往事。开始读时文章写得还像那么回事，可读着读着就不对劲了，后来作者干脆就是胡言乱语，什么陶铸在二野、三野的威望，授衔时李先念说的那段话，陶铸如何撑主席和林彪……靠臆想篡改历史要不得！该文的作者连最基本的事实都没有搞清楚，查一下百度也不至于荒谬至此。当然，通篇看，作者并非心存恶意，其出发点也许与纪念馆修建群像雕塑时的如出一辙。但用不实的表述过誉我父亲，还不如喊"打倒刘邓陶"，这样对父亲的伤害还小一些。

陶斯亮与"闽东工农游击第一支队成立纪念碑"合影

以往我对父亲的爱，更多是在感情层面的，后来有了一些理性认识，因为无论对自己还是对父亲，我都有了自信，承认父亲的错误不仅不会抹黑他，反而使他更加真实。如今我要重点提防的是那些"低级红"，因为吹捧比抹黑杀伤力更大。

父亲已经去世半个世纪了，但我依然要捍卫他——捍卫他的名誉，捍卫他的信仰，捍卫他真实的一生。我既要为父亲挡住污泥浊水，也要为我父亲挡住廉价的"红漆"，这才是对父亲真正的爱。

曾志与夏明震

夏明震之死

一九二八年，轰轰烈烈的大革命在蒋介石的残酷镇压下转入低潮。国民党利用年轻的共产党人所犯的幼稚错误，煽动土豪劣绅和愚昧农民暴乱，发动了"白带子反水事件"。暴民见共产党人就杀，一时间血流成河，仅在郴县（今彬州市）遇害的共产党人就有一千多名。

我母亲的革命引路人，她的第一个爱人夏明震，被暴乱分子捅了几十刀，暴尸于河滩，现场惨不忍睹。这位才华横溢且英俊潇洒的共产党人，当时虽仅二十一岁，却已是中共郴县中心县委书记，工农革命军独立第七师党代表。他们夏家满门忠烈，有五人为革命壮烈牺牲，大哥就是著名"就义诗"的作者夏明翰。当时年仅十七岁的母亲，目睹了新婚丈夫被如此残杀，受了极大刺激，愤怒几乎使她失去理智。但要强而任性的她，在为夏明震送葬时，却做了个事后令她痛悔终身的决定，她没有去送自己的亲人最后一程，因为她不愿让人们看到她的眼泪，她宁可一个人躲起来让泪水决堤。

紧接着，郴州地区发生了彪炳史册的湘南起义，我母亲跟随朱德、陈毅上了井冈山。岁月倥偬，六十年弹指一挥间，直到一九八八年她才重回故里，但当年烧炮楼的那个红衣小姑娘早已是白发苍苍的老人。她此番回乡，是为了找到夏明震的墓，在人生即将进入终点时，祭扫亡夫的英灵，以深埋心中的那份未了情。

当初，她听说夏明震被葬在文庙附近的山上，可是现在哪还有什么文庙？那儿早已变成一条公路。她在山上、山下四处寻找，然而再也找不到夏明震的一丝遗迹了！烈士的骨骸可能早已被当了铺路灰。"我的心里至今还十分不安啊！后悔当初没有去送他那最后的一程。"我母亲在她的自传中这样写道。

在夏明震墓前

一晃又一个十年过去，一九九八年三月，在纪念湘南起义七十周年之际，郴州人民在烈士公园内为夏明震立了一个墓。然而，当时母亲已重病在身，我义不容辞地代母出席这个纪念活动，特别是要代她祭拜夏明震的墓。

一九九八年三月十六日，我手捧鲜花来到郴州市烈士公园凭吊夏明震。墓后刻着夏明震的生平事迹："生于一九〇六年十二月二十四日，衡阳人，一九二二年就加入了中国共产党。一九二五年在广州农民运动讲习所学习，一九二六年任湖南特委组织部长，一九二七年任郴县中心县委书记、工农革命军第七师党代表。一九二八年三月十二日上午牺牲，年仅二十一岁。"后面还刻有与夏明震同天牺牲的黄光书、何善玉、周碧翠、焦玉才、陈代长等八位烈士的名字。墓周有白色的汉白玉护栏，墓前有两根石柱，上刻一副对联："有弟如兄为求主义真铁血头颅酬壮志，犹生虽死招唤忠魂住衡郴云树寄哀思。"

从一九二二年加入中国共产党到一九二八年壮烈牺牲，短短六年，夏明震已为党立下丰功伟业，是共产党早期的卓越领导人之一。我怀着无比崇敬、无比虔诚的感情，将鲜花放在夏明震的遗像前，并向他深深三鞠躬。我默默地对我母亲说："您十年甚至六十年的心愿，今天我为您了却了！夏明震从此不再是飘零的孤魂，他的英灵终于有了归宿。"三个月后，我母亲无憾地离开了这个世界，享年八十七岁。

谁是大哥的亲生父亲

一直以来，我都有个疑问深埋心间——大哥石来发的亲生父亲究竟是谁？是蔡协民还是夏明震？大哥的出生日期是一九二八年十一月七日，而夏明震牺牲于当年三月份，母亲与蔡协民的结合是在夏明震牺牲以后的事。如此推算，大哥应该是夏明震的遗腹子，但大哥出生时的父亲是蔡协民，而真正养育他的是石连长。

对母亲而言,谁是大哥的亲生父亲并不重要,因为他们都是革命先烈。特别是她觉得石家全家被国民党杀害,唯独保留了大哥这么一个红军后代,大哥理应传承石家的香火。蔡协民是井冈山的高级领导人之一,也是看着大哥出生的人,他在井冈山有很高的声望,所以大哥拿到的烈士遗属证就是蔡协民的。一辈子在井冈山务农的大哥,一方面守着石家的祖墓,一方面守着蔡协民的英魂。他并不知道有个叫夏明震的人。

直到我母亲逝世前几天,我才下决心问个究竟。我说:"妈,你一定要回答我个问题,大哥是不是夏明震的儿子?这很重要,爸爸有我,蔡协民有春华,可是夏家几乎满门抄斩,都那么年轻,没来得及留下后代就遇害了。'杀了夏明翰,还有后来人。'只是烈士的豪言壮语,可如果大哥真是夏家的后代,那对中国革命史上牺牲最惨重的家庭来说该是多大的安慰啊!"我母亲沉默良久,突然说了句:"石来发长得就跟夏明震一个样子!""那您为什么不早说呢?""都是烈士后代嘛,不要搞得那么复杂。"我真不能赞同我母亲的逻辑,搞革命就可以不讲血缘啦?

母亲留给孩子们的话

一九九八年的四月四日,是我母亲八十七岁大寿。她知道这将是她最后的一个生日,上午六点就起来了,擦了点头油(这可少见），换上一身干净的病号服，又让我用鲜花布置了房间。上午十点，全家人齐刷刷地来给她祝寿。

自一九九五年我母亲病后，二哥春华和二嫂统惠就一直住在位于北京的家里，但这次我特意从井冈山请来了大哥石来发。我们兄妹三人共同为母亲祝寿还是平生第一次，也是最后一次。

我母亲今天有点激动，讲了不少话。她对大哥和二哥说："我对不住你们，让你们吃了很多苦。春华残疾了，石来发至今还是个农民劳动者。但是当时我也是没办法，我也只是个小孩子，又要行军打仗，环境很苦，没有办法养孩子，我请你们原谅我！"这是我第一次听我母亲向她的两个儿子讲这样的话，这话可能在她心里埋藏了很久很久。我早看出她试图以关爱的行动去补偿，但晚了！她和他们都老了！从不说温存话的母亲，今天能讲出这么情真意切的一番话来，说明她心中始终惦念着这两个苦命的儿子。

春华几次哽咽流泪，他对我母亲的感情太复杂了，可以说是爱怨交加，有一肚子的委屈，我很同情他。相比之下，大哥简单得多，他诚恳地对母亲说："你白养我们了，你病了我们都不能来照顾你，劳累妹妹一个人了。"

母亲去世四个月后，我带着来自井冈山的两个侄子和侄孙女，特地到郴州为夏明震扫墓。夏明震若地下有知，当会欣慰地看到，现在他不仅有儿子，还有两个孙子、一个重孙子、四个重孙女，还有两个第五代孙儿孙女。这正是：杀了夏明震，还有后来人！

致母亲

亲爱的妈妈：

　　您还记得吗？二十年前，您带领我们一家来到白云山这一处僻静的山坡上，安放了这块松风石，并埋下一只盛过我父亲九年骨灰的破盒子。这样做，是为了让蒙冤而逝的我父亲，能够魂归他一生钟爱的广东大地。

　　今天（一九九八年七月四日），我带领孩子们，按您的遗愿又来到这儿，而这次埋下的将是您的骨灰。您在广东的老战友们、老朋友们，以及亲人们，冒着冷冷的阴雨来为您送行。

　　您之所以选择这儿，我想，一是唯有在此处您才能与我父亲相会，二则广州是您一生中工作时间最长的地方，长眠在这儿，可以永远守望着这座承载着您无限深情的城市。

　　您的遗嘱，我是在您逝世当天才拆看的。在一只旧牛皮纸信袋上写着一行字：我生命熄灭时的交代。看了您的遗嘱，我不禁泪流满面，一半是由于悲伤，一半是由于感动。

　　您以一个彻底唯物主义者的生死观来对待自己的后事。在遗嘱中您交代：死后不开追悼会，不举行遗体告别仪式；不要在家里设灵堂；京外家里人不要来奔丧；北京的任何战友都不要通知；遗体送医院解剖，有用的留下，没用的火化；骨灰一部分埋在井冈山的一棵树下当肥料，另一部分埋在白云山有手印的那块大石头下；绝不要搞什么仪式，静悄悄的，三个月后再发讣告，只登消息，不要写简历生平。您写道："我想这样做才是真正做到节约不铺张。人死了，本人什么都不知道，亲友、战友们来悼念，对后人安慰也不大，倒是增添了一些悲哀和忙碌，让我死后做一名彻底的丧事改革者！"

弥留之际，当您刚从一场昏迷中清醒过来，看到有那么多人来看望您时，您用责备的眼光看着我，从失声的喉咙中发出费力的请求："不要把我抬得太高！不要把我抬得太高！"妈妈，您真的是想静悄悄、静悄悄地走啊！就在您临终前不久，您让我清理了您的存款和现金，我从八十只信封袋（工资袋）中掏出了几万元的现金，这是您多年来逐月存下来的。您再三嘱咐我："一定不要扔掉那些信封，因为它们可以证明这些都是我的辛苦钱，每一笔都是清白的。"

此时，您已病得奄奄一息，剧烈的疼痛常常令您浑身哆嗦，神志恍惚。但您仍集中起全部意志力，向我口述了您的另一份遗嘱。您开宗明义："共产党员不应该有遗产，我的子女们不得分我的这些钱。""要将钱交到中组部老干局，给祁阳和宜章贫困地区建希望小学，以及留作老干部活动基金。再留一些做出版我的书之用。"您在让我念了几遍，确认没有违背您的地方后，才拼足最后的气力，用颤抖的手，签了您一生中最后的"曾志"二字。

您以八十五岁的高龄与癌魔搏斗了近三年，已经创造了奇迹，更何况在这三年中，您还指导、参与两本书的撰写，一本是胡耀邦主政中组部的纪实，另一本是近四十万字的自传。就在您被报病危的当天晚上，我与广东出版社签了出书协议。第二天，您瞬时回光返照，我赶紧将这一消息相告。我知道，您是多么渴望能亲眼看到这两本书的出版！特别是前一本。这是因为您已将该书的版权赠给了中组部老干局，您希望那点稿费所得，能够为从外地来京看病的老同志们做补贴之用。

亲爱的妈妈，您一生追求崇高，却又甘于平凡；您从轰轰烈烈开始，却以平平淡淡结束。当年那灼灼锐气已变为如水般的平静，唯独对自己的信仰、忠诚不曾有丝毫褪色，热情不曾有丝毫丧失。您对物质生活的淡泊与您对精神信仰的执着形成巨大反差，这正是您品格上的最大特色。

静下来的时候，我有时也想，您会为我们买了一元钱的时令菜而大为生气，却将自己一生的积蓄捐给了社会；您一张面巾纸都要撕成四瓣用，却将自己的版权赠给了老干局，您几乎是刻意把自己的生活搞得如此清苦，何必呢？可转而又想，您是对的，谁叫您是共产党员呢！对自己的信仰守身如玉，您是真正做到了！

妈妈，这几日来我总是感到不安，因为您的遗嘱我无法彻底执行，您太让我为难了！我可以做到没有挽联，没有花圈，没有灵床，没有悼词，没有官方的仪式，不邀请新闻单位，不发通知，不打扰一线的领导同志。您的遗体已交医院做了解剖，您的一部分骨灰已撒到了井冈山的一棵树下做了肥料，您的辛苦钱也已交给了老干局。但是，我如何能拒绝组织上对您做出评价呢？即使是一名普通百姓，也该有个生平啊！何况组织上对您的评价是如此的中肯和恰如其分呢！我更是无法拒绝您的那些老友们、曾经共事的同志们对您的那份感情，无法剥夺他们与您告别的权利。您火化那天，来了那么多的人，都是自发来的，那场面既俭朴又感人。特别是当双目失明的蔡斯烈叔叔摸摸索索走过来时，一直强忍悲痛的我再也忍不住那倾泻的泪水。蔡叔叔用双手抚摸着由小亮抱着的您的遗像，摸了一遍又一遍，然后将脸颊贴了上去，与您喃喃话别。此时，革命战友的那种生死之谊，令我们在场的每一个人都为之震撼和动容！

妈妈，您知道吗？当您变成一缕青烟飘入高空时，我也感到从内心深处得到了某种净化。在我送给您的那只小小花圈上，我写下了两行字："您所奉献的远远超出一个女人；您所给予的远远超过一个母亲！"是这样的，当您将自己化为"零"的时候，却把"无限"留给了我们。

今天，我们在这块松风石下，埋下的是您和我父亲混合了的骨灰，你们在分别二十九年后终于可以长相守了。这只骨灰盒，是您的外孙和外孙女为您买的；这上面的党徽是小毅为您贴上去的；"伟大的共产主义战士"这几个字，是孩子们合计了很久后写上去的，它表达了年轻一代对您的评价。

当一切结束后,这里就变得静悄悄的了,一如您所期望的那样。从此,您留给我们的是一棵树和一块石。那树为井冈山增添翠色,那石供游人们小憩,您将以新的生命形式与这个世界、我们同在。

该与您做最后的告别了,亲爱的妈妈,一路保重,我的爱会永远陪伴着您!

同化碑记

"情一样深呵,梦一样美,如情似梦漓江的水",这是大诗人贺敬之赞美桂林的名句。年轻时读过它后,我就再也不曾忘却。

一九九二年六月,全国女市长工作研讨会在桂林召开,我终于有机会来到这个渴望已久之地。

清秀而优雅的女市长袁凤兰与漓江秀色十分协调。从她的情况介绍中我们得知,为了漓江的山清水秀,桂林人民做出了很大的牺牲!最早是为了抗美援越,后又是对越自卫反击战,广西作为前线不准搞建设。改革开放后,为了保护桂林山水,当地又不能发展工业,在漓江两岸建成的二十七家工厂统统被拆除,全市工业产值才三四十亿,不及广东一个小县的。"山青了,水清了,人也清了!"这是桂林的实际情况。但是为了上苍赐给中国的这块钟灵毓秀之地,桂林人民没有别的选择。

桂林很美,然而为了这美,桂林人民付出了巨大的代价,这是我对桂林的第一个印象。

而第二个印象却是我不曾预想到的,那儿的人总是向我提及父亲陶铸。

父亲当年不止一次来过桂林。他曾设想将桂林建设成日内瓦那样美的城市。桂林市住建局的同志告诉我,桂林的城市规划,至今还在沿用当年父亲构想的大框架。著名的"芦笛岩"三个字,也是父亲的手迹,历经"文革"的浩劫,却还能保存下来。

而这次桂林之行最令人难忘的还是雨中踏访同化村。

新华社桂林记者站的一名记者来找我,说"文革"前父亲曾在桂林市灵川县同化村蹲过点,那儿的百姓至今仍怀念着父亲,建议我不妨去看看。我欣然接受了邀请。

在霏霏细雨中,我们驱车前往同化。同行的还有女专员廖新华及当年社教工作队队员、如今的地区检察院副院长李汝芬。我们没走多远就到达了目的地。这同化村也美得像一幅淡墨的山水画,它是桂林景色与田园风光的结合,尤其新雨之后,愈发显得"翠滴田畴,绿漫溪渡"(陶铸诗句)。但有一座山峰却秃了一大块,远远看去像少女的一头青丝被剃去了一块,煞是难看!这是石方工程的劣迹,农民们对此说,不开山就没得钱呀!

父亲一生钟爱林木,无论走到哪儿都要苦口婆心地讲绿化造林。在百色,他曾讲:"百色应是个好地方,有各种各样的山,有各种各样的树,有各种各样的花,多姿多彩、五彩缤纷,好看得很!可现在山上就是没了东西,我说怪得很,你们不栽树,只会砍树，把百色变成白色恐怖。太阳很大，四周光秃秃的，看上去都是白的，可恼火呀！"如今若是让他看到同化这块"白色恐怖"，不定多恼火呢！

在同化，我见到了好几位当年的村干部和老农，还见到了父亲的房东秦运七——一位老实巴交的贫苦农民。他们给我讲了许多父亲当年的事。

同化是父亲抓的一个试点。从一九六五年到一九六六年，他数次来这儿，与农民同吃、同住、同劳动，前前后后有二四个月之久。我至今不知他为何要千里迢迢来这儿蹲点，是因为这儿贫穷，还是因为这儿美呢？

为了不干扰群众，他每次来，总是在离村子远远的地方就下了车，然后踩着牛屎，不张不扬地进村，身边只有一个秘书和一个警卫。

他化名"金科长"，穿着一身旧布衫，脚踏两只解放鞋，对村民们热情和蔼。他还常常牵上一头牛，悠然自得地与农民们在田头草坡上聊天，了解农民们的疾苦和对运动的真实想法。他太普通，太没架子了，与贫苦农民亲密无间，以至谁也不拿他当个什么"人物"来看待，倒是将那位又高又壮的警卫当作大官而恭敬如仪。

他关心百姓，更爱护干部和尊重人才。春节时，他专门将两位到同化提供帮助的农艺师和果艺师请到广州家里做客。同时，他也没忘记给留守的工作队队员带去很多吃的东西和书籍。

我去秦运七家里看了当年父亲住的屋子。那屋子破旧不堪，除一张木板床外，什么都没有。狭小的木栅窗透不进阳光，室内黑黝黝、潮乎乎的，没有顶棚的房顶让人觉得随时都可以掉下老鼠、毒蜘蛛、蜈蚣之类的东西……我只能用"可怕"二字来形容我当时的感受。可是父亲却能在那铺着发霉的草垫子、用木板搭起的床上酣然入睡，打着他那特有的惊天动地的呼噜，与鼠和虫和平共处。他与运七一家共同吃饭，伙食标准是每月九元。运七家很穷，天天吃红薯饭。有时，运七千方百计地在红薯里掺些米，好让父亲能吃点米饭。但父亲总是扒开米饭专拣红薯吃，一吃就是两大碗，吃得别提多香了（在我的印象里，父亲从来没有食欲不振的时候）。运七过意不去，下河沟摸点鱼虾改善伙食，父亲就命令增加伙食费。

所以，当天中午在县城一家餐馆吃饭时，满桌的鸡鸭鱼肉，我一个劲地往运七碗里夹。"吃！当年你和父亲没什么东西吃，过得很苦，今天咱们替他多吃点。"

在同化期间，父亲为老百姓办了三件实事。

第一件事是他看到同化经济落后，老百姓生活困苦，决定必须设法使当地脱贫致富，于是从湖南调来一批无核蜜橘良种，安排老百姓在同化种植了一千三百株，从此同化地区发展起了柑橘业。如今，同化的柑橘已种植了二十多万株，成为当地的经济支柱。他亲自率领同化人种的第一个果园，至今仍是果实累累的。而且怪得很，据说这个园子结的蜜橘特别甜，每年秋天各地来收购橘子的人指名要"陶铸蜜橘"。

第二件事是他见同化人不懂种晚季稻，粮食产量低，群众吃不饱肚子，于是从广东调来晚季稻良种，从潮汕请来经验丰富的老农，还派人空运来一台手扶拖拉机，亲自下田试验，教同化农民种晚季稻。运七专门带我去看了当年的那块田，只见田里的禾苗像茸茸绿毯，静悄悄地迎接着我。想起当年那改变同化历史的一幕，我眼前又浮现出父亲的身影：穿着旧文化衫、牛头裤，剃着光头，宛如老农，唯有腕上的手表才能将他与农民区别开来。

第三件事是他因为每次下村都深受颠簸之苦，灵川的路太差，木桥也太窄，常常造成堵车。于是，他拨款修了公路，还建造了水泥桥。当时流行这样一句话：要想富，先修路。三十多年前，父亲不论到哪儿，都在强调要修路架桥。

不久后，"文革"爆发了，父亲在同化试点的工作被迫中断。但是同化乃至灵川的老百姓坚持认为，如果父亲能活到今天，一定会为这儿的百姓做更多事情。

在同化，最让我感动的还是人们对父亲的那份感情。岁月无情，往事如烟，更何况父亲早已作古，但人们仍满怀深情地诉说着他的一切。桩桩件件、点点滴滴，包括他在哪儿下的车，他从哪条小径进的村，他在哪儿放过牛……特别是秦运七，感情显得格外真挚，但又不善言辞，只会来来回回重复一句话："这个人实在太好了！"当年的工作队队员李汝芬对父亲则有更深一层的了解，谈起老领导时，她不止一次流下眼泪。

同化，这个不起眼的小村子，多年来一直是先进典型村。在村公所的墙上，挂满了县、区、自治区乃至全国的各式奖状。它是广西比较富裕的地方，仅次于沿海地区，又是文明模范村，其村党组织还是中组部树立的优秀基层组织。我见到了年轻的村支书，完全是新一代有文化、有抱负、思想解放、眼界开阔的基层干部。若父亲九泉有知，该是怎样的欣慰啊！

父亲身陷囹圄时，曾在一张旧报纸上写下这样一句诗："我欲卜宅漓湘，贫雇永结邻芳。"这里的"湘"指的是祁阳，那是他挚爱的故乡；而这"漓"则必指同化无疑。当年在囚室里，他深深思念着运七和同化的乡亲们，向往着能回到那儿，与贫苦农民友好相邻。他坚信善良而纯朴的农民能抚慰他心灵巨大的伤痛。他曾多次上书中央，请求去最贫困的山村，做一名自食其力的老农。然而除了囚室，他别无选择，至死未能实现重返同化的愿望。

在返回桂林的路上，我望着那苗壮、碧绿的水稻田，望着那郁郁葱葱的柑橘林，回想同化百姓对父亲那份历时近三十载而不曾淡忘的感情，不禁感慨万分。像焦裕禄、孔繁森这样的好干部，可以称得上鞠躬尽瘁，死而后已；呕心沥血，殚精竭虑。他们境界之高，用"高山仰止"来形容不为过。但是我想，对那些握有重权的党的高级干部来说，并不需要付出如此高昂的代价，他们利用手中的权力为老百姓们办点事情，本是很容易的事啊！拿父亲来说，作为国务院原副总理，中南局第一书记，为一座小小山村调些果苗和稻种，运一台拖拉机，拨点修路款算什么呢？不过是一句话的事情。可是这些事做起来说难也难，难的是心中装没装着老百姓，如果心里没百姓，那他官再大，权再重，与民又有何干？

在父亲抓的另一个试点——广州市花都区炭步镇，农民们给我讲了这样一件事：陶铸在渡口看到群众在排队等候买票上船，太阳晒、冷雨淋，很是辛苦，于是指示一律先上船后补票，并将摆渡费由两分钱减至一分钱。我听后咯咯笑起来："这也算个事？""解决我们的大问题啦！你不知道，那时我们一些后生娃去对岸上学，坐不起摆渡船，就将书顶在头上，泅水过去，再泅水回来。"看上去是说一句话的事情，实质上是对百姓有没有感情的问题。

父亲凭借手中的权力为同化做了点事情，同化人民就念他一辈子的好；父亲凭借手中的权力为花都农民减少一分钱的负担，花都农民就三十四年不忘。这么重情重义的百姓世上哪儿找啊？所以为官一任，怎么也要为老百姓办点好事，更何况是共产党的官呢！

父亲在百色还讲了这样一段话："工作队走了以后，要留点碑记，让老百姓怀念你们。除了增产，还要做一些永久或者半永久性的建设。我们搞基本建设不仅要对现在的增产起作用，而且要对今后的增产也起作用。林则徐是福建人，当两广总督，烧鸦片出了名，是爱国主义者。可是清朝不高兴他，在帝国主义的压迫下，把他调到新疆去充军。他在伊犁帮助群众种棉花、种葡萄、修水利，所以伊犁那地方的老百姓至今还怀念他。林则徐又不是工作队，又没有搞社教，他是去充军。我们呢？叫作社主义教育。旗子两大面，一面是改造人，一面是改造自然。结果呢？如果什么也没改造，我们就走了，这能成吗？"

我凝望着车窗外的大地，这儿并无父亲的"碑记"，但是我知道它确实存在，它存在于老百姓的心中，这比帝王的九鼎之尊更荣耀。

妈妈,"江山"没有忘记你!

妈妈,在您的忌日,凡逢五逢十,我们大家都会到井冈山来看望您。今天,在您去世二十五年之际,又来了很多很多人。除了您的家人和亲人,还有曾经您身边的工作人员,闽东(宁德)的同志,以及很多崇敬您的年轻朋友。大家自发地、踊跃地,从四面八方奔波千里,就为给您鞠一个躬,献一束花,仪式很简单,但表达了对您深深的缅怀、爱戴与崇敬。

亲爱的妈妈,大哥一家已经为您守了二十五年的墓。大哥活着的时候,每年都会拿着一小桶红漆,把已斑驳不清的"魂归井冈"几个字描得鲜红。如今,金龙、草龙以及小军依然在"薪火相传"。我万万没想到,当年撒下您的骨灰时,我一个无心之举——放了一块小石头(只为以后好辨认您的骨灰撒在了哪儿),竟成为井冈山最感人的景点之一,每年会有成千上万人来这儿凭吊。妈妈,您不要责怪我,是金龙、草龙、小军用他们的亲身感受讲述您的故事,其质朴又满含深情的表达感动了成百上千万人。

妈妈，有两个现象出乎我的意料又让我欣慰。

一个是二十五年来我们从未忘怀过您，相反，越发地怀念您、敬仰您、热爱您。我们总会有意无意地在众生百态中，不经意地将您与他人进行比较，越比较就越觉得您可爱、可贵、可敬、可亲，越比较就越觉得您与众不同，现在已经很难找到您这样的人了。

随着时间的推移，我们更多的是从母亲、姥姥、奶奶、大姐这些平凡的称呼里，从点点滴滴生活琐事的回忆中，细细品味当初我献给您的那句话是多么有深意："您所奉献的远远超出一个女人；您所给予的远远超过一个母亲。"亲爱的妈妈，我们如今懂了，懂了您给我们的爱，我们也因此更加爱您、思念您，我更是对您刻骨铭心，一刻也不敢忘。

另一个现象是过去只是党内不多的同志认识您，而您去世后却被成百上千万人所知道。人们都说，从您身上理解了什么才是共产党员的初心。"初心"就是把人民的利益看得高于一切。在您心里，江山就是老百姓，您的一生跌宕坎坷，所作所为就是为了稳固人民的江山。党性和人民性，在您身上双辉闪耀。如今，您已经成为中国社会认同的一位伟大的女革命家，成为大家竞相学习的精神楷模。在某种程度上，大家被一位有着崇高信仰的人具有的高贵品格所感动。

我知道这非您所愿（我永远记得您临终前用尽最后气力捶打病床，重复说着"不要把我抬得太高！"），但如果您知道来给您献花鞠躬的都是普通老百姓的话，您应该会心安的。"有的人活着，他已经死了；有的人死了，他还活着"，您属于后者无疑。

今天的一个场景令我泪目。宁德社洋村的书记和一位村民（您当年与他的奶奶曾共睡一床）驱车近千公里赶到了井冈山。他们说今年（二〇二四年）是您进社洋村搞土改的九十周年，闽东人民还记得当年那个二十三岁的共产党人，她三进社洋村搞革命、分田地，帮助贫苦村民拥有了自己的土地。

如今，他们靠种植水果发家致富，特地给您献上带着绿叶的新鲜水蜜桃，又将一捧闽东大地的土壤撒在小石头周围，最后带上一包井冈山的红土离去。

我被这份淳朴而浓烈的情感深深地打动了！一方面，我深知您生前对闽东那片土地有着难以割舍的眷恋，如今您以这样一种方式与之交融在了一起。另一方面，我觉得这有极强的象征意义，象征着"江山"来看您了，"江山"没有忘记您，还有什么是比这更让您荣耀和欣慰的事吗？

时光如梭，如今我们也老了，我都是八旬老人了，因为两次感染新冠病毒，自觉身体大不如从前，不知这次来看您是不是最后一次？但我不是一个多愁善感的人，您最了解，我是一个天生的乐观派。五年后，我们大家还将从五湖四海会师井冈来看望您，妈妈您一定要等着，等着您将近九旬的女儿再来看您一眼吧！

让我们今天所有来的人，都祈福一个伟大的女性在天堂静好。

辑二 逝水余波

　　从此宝塔山下，延河之畔，朝朝暮暮，人们见到形影不离的一老一少，那就是老杨头和他的亮亮。

平凡圣人杨叔叔

有一个人是我永远也忘不了的。

当我还是一个邋遢的小姑娘时,他就像细雨润土一样,滋润着我幼小的心灵。如今,几十个春秋过去了,岁月的流水却未曾涤去我对他的怀念,也未曾冲淡我对他的感情。每当想起他,我总是肃然起敬。因为,他作为我最初一段人生道路上的"渡船",在惊涛骇浪中,载着我渡过了童年时期的激流险滩。

正是他,这样一位普普通通的人,在那艰苦的战争岁月里,代替了我的父母,用他那粗糙的手,抚育了我七年;用他那颗善良的心,温暖了我七年;用他那高尚的情操,陶冶了我七年。在漫天烽火中,在动荡不安的童年岁月里,我虽受尽磨难却浑然不觉,只一味地享受着属于孩童的快乐。真的!无论当时还是现在,我都认为我的童年是幸福的。我引以为豪的是,我的心灵那样早地就在高贵情感的哺育下,萌发了它最初的嫩叶幼芽。

男"妈妈"

杨顺清叔叔是位老红军,与今天许多威名显赫的将军一样,也经历过艰苦卓绝的两万五千里长征。他当过战士、班长、排长。抗日战争时,在太行山,他的面颊和右腿负伤,成了残疾军人,不得不离开战场,来到后方延安。他先后担任过马夫、管理员、收发员等。后来,他又被调来照顾我。

在此,我要郑重说明的是,杨叔叔——杨顺清同志,他始终是一名真正的革命战士,而绝非世俗意义上的"保姆"。

那个年代,正是革命战争最艰苦的岁月。革命队伍里的所有人,上至毛泽东,下至炊事员,都一律过着简朴的供给制生活。父母们进行着极为严酷的战斗和工作,哪有可能去照顾孩子们!孩子们从呱呱落地的那天起,就由组织承担起抚养责任了。因此,在各种各样的革命分工中,就有了一项抚养革命后代的工作。这是当时特定革命环境下产生的特定事务。没有雇佣关系,没有金钱概念,没有尊卑之分,除了对党负责,没有任何私人义务。杨叔叔,就是当时从事这项工作的无数同志中的一个。

最慈祥的妈妈,也不过是像杨叔叔这样了。他从来没有对我板过一次脸,没有厉声说过一句话。在人前,他是个沉默寡言的人,但是对我,却有着滔滔不绝的话。他常常会轻声细语地给我讲道理,话很普通,但却是作为一个农民和革命战士对人生最质朴也最本质的看法。

一九四三年，正是顽固派严密封锁，边区军民面临严重饥荒的时候，为了我的营养均衡，杨叔叔养鸡，有了鸡蛋就给我吃。他还在房前空地上种了西红柿，那些红红的、甜甜的西红柿就是我的水果。他每天起五更睡半夜，摇车纺线，然后拖着伤腿，来往六十里路，到雀儿沟给我换西瓜、枣和梨。有时，他还一瘸一拐地到市场上去揽担子挑（挑柴、木炭……），为的是换些零钱，补贴家用。

我母亲当时在整风运动中被审查，不准回家。这个所谓的家即由父亲、杨叔叔及我组成，实际上完全是靠杨叔叔勤俭操持着。若不是他，我们生活之艰难是不堪设想的。清贫的父母，当然拿不出什么来犒劳他，他也从不计较，似乎一切都是理所应当的。

儿童的判断，往往是最直观、最本质的。杨叔叔尽管目不识丁，却不妨碍他成为我人生的第一个启蒙者。是他，把人性中最美好的东西——善良、诚实、宽容、同情心、信守诺言等灌输给了我。

延河畔送别

一九四五年初，我父母奉命到湘赣粤一带开辟新的抗日游击区。从西北到华南，几乎斜穿了整个中国——一条多么艰险的路程！在日寇占领区发展新根据地，又是多么艰巨的任务！很显然，无论如何是不能带我去的。我母亲为了应对新的战斗和艰苦生活，临行前做了绝育术，这样，我就成了我父母的独苗。

我至今还依稀记得延河畔送别的情景：阴霾的天空、低垂的云幕、刮着阵阵卷着黄沙的寒风。杨叔叔抱着我，伫立在路边。我父亲一如既往爽朗地笑着，与送别的同志们握别，最后才来到我的身边，紧紧握了一下杨叔叔的手，说："老杨同志，要辛苦你了！"然后亲了我一下，就策马而去了。他走得是那样急匆匆，甚至没有回头看我一眼。那情景真是有点"风萧萧兮易水寒，壮士一去兮不复还"的味道。

母亲毕竟是母亲。她看到我那欲哭而又不敢哭的可怜样，禁不住流下泪来。她深沉地对杨叔叔说："老杨同志，我们这次去，有可能会牺牲。万一回不来了，这孩子就当作你的，你就把她带大吧！"杨叔叔挺直身板，一个立正，大声说道："首长，你们放心，保证完成任务！"就这样，我母亲也一步一回头地走了。从此宝塔山下，延河之畔，朝朝暮暮，人们见到形影不离的一老一少，那就是老杨头和他的亮亮。

千里寻父

南下部队行至河南，日本投降，父母奉命转战东北。一九四六年，不知哪位好心人以父亲的名义发电报给中央组织部，请组织托人将我送至吉林省白城子（当时辽北[①]省委所在

[①] 旧省名。——编者

地)。杨叔叔对组织说:"孩子的父母临走前,把孩子交给了我,我要对亮亮负责到底,我不能离开她,我去送她!"

当时抗战的硝烟还没有散尽,内战的炮声又响了起来,我们于八月一日动身,刚来到延安机场,这儿就遭受到敌机狂轰滥炸,马因此惊得腾空嘶鸣,我从箩筐里摔了出来。千里寻父的路,就这样开始了……

和绝大多数从延安出来的孩子一样,我的摇篮也在毛驴背上。我坐在箩筐里,摇啊摇,白天看云朵红霞,晚上看星斗月亮,茫茫的黄土高原啊,哪儿是你的尽头呢?

杨叔叔把我照顾得分外仔细,每当夜间走山路时,他就用绳子把我捆在毛驴背上,亲自牵着缰绳在旁护卫着。有一次,我们本来要坐大马车翻一座山,杨叔叔怕出事,宁可背着我步行。果不其然,那辆大马车翻到山沟里去了,我们幸好免于一死。就这样,杨叔叔背着我,吃力地迈动着他那条伤腿,跋山涉水,朝行暮宿,走过了一条条西北高原的羊肠小道,翻过了一座座荒凉的黄土山岗,穿过了一道道森严的敌人封锁线,终于来到了同蒲线上。我生平第一次见到了火车。

我们满以为这下可以坐上火车直奔东北了,哪知道还要经历以后那么多的磨难!

那个兵荒马乱的年月,到处都是兵。我们好不容易挤进了一节闷罐兵车。里面挤得要命,黑乎乎的,分不出是白天还是夜间。我蜷缩在那儿,一个大个子士兵一条粗大的腿重重地压在我身上,压得我喘不过气来,只得嘤嘤地哭泣起来。我第一次见杨叔叔发那么大火，他狠狠地推开那个大个子士兵，狂吼着与对方大吵了一顿。车越来越挤，那些高大的士兵对我来说简直是一座座大山，我被挤在夹缝中，都快窒息了。杨叔叔怕我被挤死，就抱着我，拼出九牛二虎之力跳下了火车。这样，我们不得不放弃坐火车去东北的愿望，只好东碰西撞，走一程算一程了。

我们走啊，走啊，总算来到了华北重镇张家口，可是又赶上我军撤退，气氛十分紧张。我们搭上了一辆载货卡车，杨叔叔坐在车尾，双腿吊在外面，用他的背来为我挡风御寒。当汽车开过大桥时，他回头看我，只见我站在他的背后，两眼泪汪汪的，原来车装得太满了，就连我这个小不点的人，都没有空隙可以坐下来。杨叔叔心疼了，毫不犹豫地抱着我跳下车。那时已是深夜，无处投宿，杨叔叔就将行李铺在田野上，让我睡下，他守着我直到天亮。第二天我就病了，一连几天发着高烧，滴水不进，整天讲着呓语，原来是得了肺炎。那时正值撤退的紧张关头，敌机天天来狂轰滥炸，杨叔叔急死了，他几乎绝望了，握着我滚烫的小手，泪流满面地说："亮亮，见不到妈妈，怎么办呢？"

在他日日夜夜的护理和照料下，我的病终于慢慢好了起来。那时天已经冷了，转眼就要进入严寒的冬季。杨叔叔见我大病初愈，体质虚弱，再也经受不了严冬的侵袭和路途的颠簸，就决定到崔家庄（那儿是我们的根据地）过冬。我们借住在老乡家里，生活非常艰苦。联系不上组织，就断了生活来源，杨叔叔就到市集上当脚力，也会到一些大户门口乞讨。但是杨叔叔一点都没有委屈我，他总是千方百计地给我换点细粮吃，甚至不惜讨钱，让我到饭馆去吃顿好的。每逢这时，他总是笑眯眯地坐在一旁看着我吃，而他自己一直吃粗粮和咸菜。他还买了棉花和布，用一双战士的粗手，一针一线地为我做了棉衣棉裤。虽然不太好看，但是穿上去是多么温暖啊！

第二年，春暖花开的时候，我们又开始了新的艰苦行程。这时解放战争已经全面打响，根本无法穿过敌占区直接进东北，只能绕道而行。我们从河北经绥远来到山东，从烟台坐船到大连。我还记得那条悬挂在船舷边的摇摇晃晃的绳梯，杨叔叔用背带把我捆在背上，吃力地攀登上去。在杨叔叔的背上，我第一次见到了那无边无际的滔滔大海。从大连又漂洋过海到了朝鲜，然后坐了五天的火车，经图们江再次折回中国境内，又穿过辽宁和黑龙江，终于到达了我们的目的地——当时的辽北省省会白城子。那时已是一九四七年初夏了，我们这一老一少，在战火纷飞的路上整整颠沛流离了一年之久。

我们从延安出来时，除了一张组织介绍信，分文未带。我们是一面行路，一面筹款。无论走到哪儿，人们只要一听是一个远离父母的革命后代，不管认识不认识我的父母，都会热情地给予帮助和照顾。否则，在那样的战乱年月，一个残疾人，领着一个五岁的小女孩，举目无亲、身无分文，要穿过七个省份，行程上万里，如果没有党的关怀，没有革命同志的照应，没有人民的帮助，我们早就抛骨荒郊了。

陶斯亮与杨叔叔初到白城子

回到父亲身边

我终于回到了我父亲身边。我至今还记得初见我父亲时的情景：哨兵进去通报后不久，就从大院深处跑出一群人，为首的是一个中等个穿军装的人，他有着瘦削的面颊，络腮胡子，两道浓黑的眉毛，一双锐利的眼睛。我一见他就不由得害怕起来。当他兴冲冲地一把抱起我时，虽然满脸是欢笑，却把我吓得哭了起来。杨叔叔激动得声音都颤抖了，他说："亮亮，这就是你爸爸啊！"我父亲热情地握住杨叔叔的双手："感谢你！老杨同志，你辛苦了！我们一直打听不到你们的消息，还以为你们早已不在人世了呢！"这时，旁边一个高个子叔叔（高鹏司令员）笑着说："我也是乘这列火车刚回来的，我看到了你们，但是我哪会想到这是陶铸同志的小女儿呢？我还以为是逃难的呢！"说得大家都笑了。我们这才意识到，我们蓬头垢面、肮脏不堪，虽然已是初夏，还穿着棉衣，破破烂烂的，确实跟叫花子一般。

当我父亲抱着我往院里走时，我一直频频回头，在人群中寻找我那亲爱的杨叔叔。只见从不流泪的杨叔叔，此刻正用手掌揉擦着眼睛，泪水从粗黑的指缝间流下，那滴滴的泪水啊……我越发哭得伤心起来。我当时很生这个胡子拉碴的人的气，我认为他把我从杨叔叔身边"夺"走了。进到屋里，见墙上挂着一张我的相片，原来我父母以为我已不在人世，特地放大了两张我的相片，一人一张，以作纪念。

我到达白城子的时候，我母亲正在前方，所以当时没见到她。这天晚上，我父亲、杨叔叔和我，三人摆开了"龙门阵"。杨叔叔光是咧着嘴憨笑，"老杨头千里送亮亮"的故事，还是由我叙述给我父亲听的。我父亲一面听，一面用感激的眼神看着默默不语的杨叔叔。最后，他笑道："亮亮，你这么小就出过国了，我这么大年纪了，还没有你走过的地方多呢！"第二天，我父亲逢人就得意地说："昨天晚上，我跟我女儿聊了六个小时。"人们听了都暗自好笑——这个陶政委，跟一个六岁的小孩子，哪来那么多的话说？

相册里，至今还有我一直珍藏着的一张照片，是初到白城子时，我跟杨叔叔的合影。我们俩都穿着黑色的新制服，顶着新理的头发，整齐而又带点土气。他端端正正地坐着，我规规矩矩地站在一旁，我们俩手拉着手，神态和表情还没有脱掉一年来流浪生活所遗留的惊悸。

回到我父亲身边后不久，我父亲就患了急性风湿性关节炎，全身关节肿得很厉害，躺在床上一动也不能动。加上他过去在监狱中得的肺结核复发，整天咳血不止。见此情景，杨叔叔不忍离去，他继续留了下来。

我们组成了一个奇特的家庭，这个家没有母亲，却由一个小老头来行使主妇的全部义务。他上要照顾我重病的父亲，下要抚养幼小的我，他成了我们这个家真正的支柱和核心。

一个人的价值，绝不是他的地位所能决定的。有时一个小人物能够影响历史的一瞬间，有时一个死去的无名者比活着的英雄有更伟大的贡献。默默无闻，并非无所作为。就像空气，它无所不在，无人不需，却又无人能见，无人介意。然而对人的生命来说，空气不比黄金更贵重吗？杨叔叔的一生，仅从外表和职务而言，的确毫无惊人之处，他所拿的工资还没有我多，在任何场合，他都不会为人所注意。但是他却是一个真正的人、纯粹的人、高尚的人，是我一生中遇到过的最好的人！他那宽厚博大的胸怀，将永远温暖着我，激励着我。

两岁到九岁，是一个孩子最依恋父母的年龄，但在战火纷飞的年代，父母对我来说就是一个概念，看不到也摸不着。而杨叔叔是实实在在的存在，夏天他是一把为我遮阳的大伞，冬天他是一盆给我温暖的炭火。

离别，重逢

由于战争的关系，我不得不多次转学，哈尔滨、沈阳、北京、天津、武汉，每换一处，杨叔叔就跟到我的所在地来照顾我。他白天送我上学，晚上又接我回家；上课时他站在窗口看我读书，游戏时则站在操场边抽着烟袋锅，笑眯眯地望着我玩耍。无论他还是我，都无法设想我们会有分离的一天。

一九五〇年，我已九岁了，杨叔叔也已经是四十多岁的人。有一天，我父亲对杨叔叔说："老杨啊，你已经把亮亮带大了。过去几次想变动一下你的工作，你都不依，这次确实要考虑一下对你的安排了。陈鲁固同志要去贵州，你跟他一块回老家看看吧！若还有家，那再好不过，若已经没有家了，你年纪这么大了，就再成个家吧！"

杨叔叔就要离开我了。那几天我哭得跟泪人似的，杨叔叔也是三餐不思。临走时，他还把仅有的一点积蓄赠给了我（父亲让我用这笔钱买了公债）。父亲摘下全身唯一值钱的手表赠给了杨叔叔。

杨叔叔回贵州后，又找了个老伴，安了个小家，有了两个儿子。他先后担任过指导员、公园管理员、幼儿园管理员、交际处管理员……总之，哪儿需要就去哪儿，从来不计较名利得失。

一九六四年，我因病由上海回广州休养，我父亲说："很久没有见到老杨了，趁你这次养病，把他接来团聚一次吧！"我高兴极了，亲自到车站去接，并且安排他住进当时最高级的珠江宾馆。母亲责备我："为什么不接到家里来住，难道他不比家里人还亲吗？"于是我陪同母亲，又把杨叔叔接回家来。父亲迎上去紧握着他的双手，说："老杨啊，你还是老样子，保持了革命本色！"

父亲让我们去合影留念。照相馆的摄影师问道："你们什么关系？""父女俩！"我毫不犹豫地回答。我觉得唯有这句话，才能最准确地表达我与杨叔叔的关系。

再次与杨叔叔重逢，则是十四年之后了。这时我的父亲已在十年前含冤而亡，我母亲劫后余生，变得与胡同大妈无异，而我也成了两个孩子的母亲。

我至今清晰地记得那一天。一九七八年十月的一个普通工作日，我正在医院查房，突然接到我母亲的电话，话筒里传来我母亲激动的声音："你杨叔叔来了！""杨叔叔?!"我惊叫起来。哦，杨叔叔，他来了！我立即告假，火速赶回家里。

当我满头大汗，气喘吁吁地推着自行车迈进家门时，迎面走来一个矮矮瘦瘦的小老头。我低低叫了声"杨叔叔！"，便哽咽得再也不知该说什么好了。我拉着他的手，兴奋地端详着。十四年过去了，如今的杨叔叔已经很老很老了，他蜷缩着身躯，比我还矮了半头。他脸上密密的皱纹，就像老瓜皮一样。他的牙几乎全部脱落了，干瘪的嘴角抖动着，微微地绽出笑意。唯有那双眼睛，虽然已经呈现出老年人的混浊，却依然闪烁着我所熟悉的朴实而善良的神采。可能是为了进京瞻仰主席遗容，他特地穿上了一身新的、显得过于肥大的中山装，在胸前端端正正地别着一枚塑料名签，闪着"贵州代表团"几个金字。就在我打量他的时候，他也在用目光询问着我。我知道他要问的都是些什么，但是家庭变化之大，十几年的曲折经历，岂能用几句话说得清！我只是默默地看着他。

也就在这次，胡耀邦还专门请他去家里吃饭。我父亲与耀邦叔叔是亲密战友，是延安时的邻居，在我儿时千里寻父的路上，耀邦叔叔是对我们帮助最大的恩人。耀邦叔叔很感叹、敬重杨叔叔的忠肝义胆，"文革"前，每次去花溪，他总会去探望杨叔叔。他当了总书记后，大约是一九八四年，胡耀邦在贵州省干部大会上讲了这样一段话："我昨天见到一位老红军，他是一九三五年参加红军的，一九四六年用个筐筐背着陶铸同志的小孩，从延安背到了哈尔滨（其实是白城子）。他没有功劳有苦劳，没有苦劳有疲劳，你说把小孩从延安背到哈尔滨去，还不疲劳？那是大大的疲劳呀！"

轮到我照顾杨叔叔

一九八五年春，杨叔叔携老伴再次来京探亲，不料在火车上就开始肚子痛，他说是吃坏了东西，不碍事。到晚上，我见他腹痛愈发严重，于是强行拉他去空军总医院急诊。外科主任欧阳怀疑杨叔叔所患的病为急性阑尾炎，听说我与病人情同父女，他连夜请来三零一医院（今中国人民解放军总医院）的外科主任亲自操刀。对外科手术而言最简单的阑尾切除术，两位主任却花了挺长时间。术后他们告诉我，杨叔叔患的是急性化脓性阑尾炎，阑尾已肿胀发黑，再耽误一会儿就会穿孔，如果并发腹膜炎，那就会危及杨叔叔的生命了，我听后惊出一身冷汗。

天亮后杨叔叔转入病房。小时候，杨叔叔一次又一次将我从死神手中夺回来，现在轮到我来照顾他了。幸亏我那时还是空军总医院的医生，每天一得空就跑去三零一医院的外科病房照顾杨叔叔。他住了月余医院，出院后又在我家养了三个月。

我母亲在她的自传里这样写道："以前都是老杨照顾亮亮，这一次像是命运有情有义的安排，在老杨晚年时让亮亮也尽心尽力照顾了他一次。我们亮亮是个知恩图报的人，无论老杨住院还是在家休养，她天天都侍奉在侧，端水喂药，问寒问暖，头这买那。一停下来又陪杨叔叔说话,一老一少仍像四十年前那么亲热。老杨病好之后,我们全家陪着他又游览了北京城的一些风景名胜。我觉得,这次亮亮对杨叔叔的感情有点像女儿对父亲。亮亮一直为陶铸病重和临终时未能在旁守护而抱憾自责,这次她把对父亲的负疚之心化作了一颗炽热的爱心,加倍地奉献给了在战火中保护她,如同父亲那样从小抚养她教育她、亲她疼她的杨叔叔。"

最后的告别

一九八八年一月,湖南祁阳县为陶铸举行八十诞辰纪念暨铜像落成典礼,我和母亲应邀前往参加。会后,我转道去贵阳看望杨叔叔。

到贵阳次日,我便动身去医院探望杨叔叔。我知道他自从一九八五年做过阑尾切除术后,身体便一天不如一天,除了老病——冠心病,又得了食管裂孔疝,无法正常进食。他知道我要来医院,一早便穿戴整齐,端坐在沙发上等候。"父女俩"又见面了,我心中既高兴又伤感。高兴自不待说,伤感的是杨叔叔是那样的苍老和虚弱,以至于他要拼足力气与我讲话。尽管这样,杨叔叔执意要在他家请我吃顿饭。

隔日,我去医院接上杨叔叔一起回家。由于杨叔叔是参加过长征的老红军,当地政府特地为他修了一栋二层小楼,房间布置得不错,有沙发和地毯。除老伴外,儿子、儿媳及孙女与他同住，三代同堂，其乐融融。这顿家宴非常丰盛，满满一桌好菜，杨叔叔自己吃不了什么东西，却仍像我小时候那样，慈祥地看着我吃。

到了告别时分，我难免有点沉重和难过，因为我明白，这很可能是我此生与杨叔叔的最后一面。我们彼此心照不宣，但谁也不愿流露出来。我望着在寒风中伫立着的杨叔叔瘦小单薄的身躯，心里默默地说："永别了！恩人！"

杨叔叔的生命力非常顽强，他在病床坚持了三年，直到一九九二年七月二十一号去世，活到了八十三岁的高龄。

恩重如山

大约是二〇〇九年，我听说杨叔叔的家乡贵州清镇准备将杨叔叔的墓由花溪迁回故乡。此时杨叔叔已成为清镇的一张红色名片，深受当地群众崇敬。我听说此情况后，向当地政府提出申请，自费立一块感恩碑，了我此生心愿，也为后代永远讲述杨叔叔的感人事迹。

二〇一〇年十月十四日举行杨叔叔的迁墓仪式。很不巧，我左膝关节内侧韧带急性拉伤，疼得寸步难移。但为了生命中这一庄严时刻，我还是拄着拐杖，千里迢迢地来到了贵州小城清镇。

杨叔叔的新墓坐落在一块田野的小山坡上，是当地通用的圆形墓，很气派。虽然地方狭窄，来的人却很多，周边山野站得满满的。新墓的左前方有块一人多高的碑，被红绸子盖住。当我揭掉红绸时，全场掌声雷动，"恩重如山"四个红色的大字赫然显露，碑的另一面则刻着四个大字"平凡圣人"。这两组字饱含了我对杨叔叔的深厚情感和由衷评价。

  如今回首经历的一切，我百感交集。我自觉无论做人、做事还是经营家庭，都还算是成功的。这归功于杨叔叔和我父母。我父母赋予了我坚定的信念，让我一生都有所追求。杨叔叔则教会我与人相处的准则，即"人和"。我觉得我这个人其实是杨叔叔塑造的。两岁到九岁，是一个人心智开启的阶段，杨叔叔就是我这个阶段的启明星，为我奠定了做人做事最初的价值观。杨叔叔这个贫苦农民出身的普通红军战士，将传统文化中最优秀的部分——温良恭俭让，潜移默化地给了我。正是由于杨叔叔的精神浸润，几十年来我的心始终是柔软的，始终坚持善良和宽容！

我与干爸爸王鹤寿

在父辈中，我最敬爱的人除了我父母，就是我干爸爸王鹤寿了。在我的相册中，有一张延安时期拍摄的我与我父亲和我干爸爸王鹤寿的合影。大约只有四岁的我，坐在我干爸爸怀里，却扭头望着我父亲，他们两人都是开怀大笑的，而我则傻乎乎地摸着头，稚气的脸上有一些严肃，似乎在想：他们为什么这样高兴呢？这张相片非常形象地反映了我与两位爸爸之间的关系。

我为什么会有王鹤寿这位干爸爸呢？说来话长，我父亲和我干爸爸是南京中央军人监狱中的难友，他们都是狱中最英勇顽强、铁骨铮铮的共产党囚徒，他们彼此敬佩，结下生死之谊。被党营救出狱后，他们先后到了延安，关系自然会更加密切。他们与胡耀邦之间的情谊，据说在当时被称为"桃园三结义"。

别看我那时小，可是却特有主意，这位干爸爸就是我自己认下的。摇篮中的我，对前来看望我父亲的众多朋友都无动于衷，唯独对我干爸爸不一样，只要他一来，我就莫名地高兴，要他

幼时的陶斯亮坐在王鹤寿怀中

抱，对他咯咯乐，他一走我就大哭不止，要伤心好半天哪！这种天然的感情至今无法解释，或许可以归于"缘分"之说吧。事实证明，我在一岁时给自己找的这位干爸爸是多么英明的选择，因为在我的人生中，特别是童年、少年时期，他给予我的父爱，丝毫不亚于我的亲生父亲。我至今存留着在哈尔滨干爸爸家生活的美好记忆，我想我当时一定是个被娇宠坏了的小女孩，因为等我稍长大后，我干爸爸最喜欢逗我的一句话就是："亮亮啊，你还记不记得你在哈尔滨的时候，一次就吃掉半只鸡的事呀？"我当然记得，因为我竟霸道到不许我干爸爸干妈妈动一筷子的地步。在东北解放战争期间，我父母都在前方，幸亏有我干爸爸的抚育，使我在炮火连天的年月、在寒冷的白山黑水间，安逸地度过了童年。

中华人民共和国成立后，我随我父母南下，因不适应广东的语言环境，加之思念我干爸爸，无奈之下，我父母将我送到时任冶金工业部部长的我干爸爸家。这一住就是四年（初中三年，高中一年）。我干爸爸无微不至地关心着我的衣食住行，对我的宠爱是出了名的。我干爸爸家有个小月亮门，每到春天，这个门上便会垂下一串串紫藤花，宛若紫烟一般，散发出淡淡的芳香，成为我对福绥境胡同最清晰的回忆。我干爸爸每天下班回来，只要一从大门拐进这个小月亮门，就开始大声叫"亮亮！亮亮！"，我一听到就会欢呼雀跃地跑出去迎接。那是一段多么美好的时光啊！

我的初中同学至今记得我的一个笑话。那个时代，学生们都是自带午饭，每天上学时在书包里塞一个铝制饭盒，到学校后放进笼屉蒸。由于我干爸爸每天都要亲自检查我的饭盒，所以厨师不敢怠慢，总会用好吃的东西塞满。久而久之，同学们就都知道我的饭盒里有好吃的东西，于是一到开饭时间，一个顶调皮的女同学就会走过来："亮亮啊，有什么好吃的呀？"她说着说着就分享掉了我的好饭，我自己则什么也没吃到。终于我不干了，开饭时间拿回饭盒后，我用两手护着饭盒盖就是不打开，什么时候她们吃完了，我才开始享用我干爸爸给我准备的美餐。几十年过去后，我和我的同学每当忆起此事，都会忍俊不禁。那个时代，吃饭实在是一件顶重要的事情。

在北京这四年的生活，我不仅享尽了干我爸爸干妈妈的宠爱，而且在很多方面都受到我干爸爸潜移默化的影响，甚至可以说，是他塑造了我。如他对信仰的忠贞不渝，对党的事业的热忱虔诚，对原则问题绝不妥协的政治操守，廉洁、正直又有点清高的心性品德，固执倔强又不善掩饰的性格，以及看似刚强、严肃实则体贴、细腻、重情的特点……这一切都对我人生观的确立起到了至关重要的作用。有一件令我至今难忘的小事：我在北京读高一时，有一天在家写入团申请书，团支书让我深刻挖掘小资产阶级的思想根源。我根本就不知道什么叫"小资产阶级"，更不用说"思想根源"了。我干爸爸见我抓耳挠腮的样子，问明原因后，说了句："胡闹！你一个小孩子家哪谈得上什么小资产阶级思想，你无非就是自由散漫点！"我顿开茅塞，给自己戴了顶"自由散漫"的帽子。果然管用，我很快就入了团。

我的很多生活和饮食习惯也都深受我干爸爸的影响，如不爱吃鱼，爱吃酱猪蹄、荞麦面，爱听侯宝林相声……却唯独在读书上与我干爸爸不太一样。我虽然还算是比较爱阅读的人，但与我干爸爸是没法比的。在共产党的高级干部中，很少有像他这样终日与书相伴的人，他的身边永远有一大摞已经读过的书和另一大摞准备要读的书。

二十世纪八十年代，我曾义一次在我干爸爸家住过一年。这座位于麻线胡同的四合院古朴别致，也许是因为住了我干爸爸这等手不释卷的老翁，所以这儿常给我一种好像是书香缭绕的书院的感觉。

说起麻线胡同，还有一件令我终生难忘之事。大概是一九八一年，我干爸爸让我陪他去北京饭店探望一位美籍华人。据我所知，中纪委的工作素来不与外国人打交道。那么，这是一位什么样的外籍客人，竟要中纪委的领导同志亲自去探望呢？我很纳闷。在车上，我干爸爸告诉我，这位美国女士是一九二六年他在莫斯科东方大学的同学，并一起出席过党的六大。回国后，我干爸爸和这位女士先后被捕入狱。被释放后，她投奔了国民党，在中华人民共和国成立前夕逃到了台湾。一九六四年，她迁居美国经商，买卖兴隆，生活富裕。此次回国观光，这位女士多次向有关部门试探、提出请求，她想见见当年同在莫斯科的老同学。组织上安排我干爸爸前往探望这位女士，但他不想一个人面对这位有如此复杂历史的女士，就拉上了我同去。

这是一次多么不寻常的会见啊！在房门打开后，我眼前出现的俨然是一位"阔太太"——她虽然已七十高龄，但依然化着浓妆，上着鲜艳绸衫，下穿绿色的喇叭裤，脚穿尖尖的高跟鞋，身上佩戴着项链和耳环。交谈中，这位老太太首先打听当年同在莫斯科东方大学的同学们的下落、境况。我干爸爸简短的回答、平静的叙述分外感人肺腑。那些曾在莫斯科东方大学求学的共产党人，离开人世的，个个是鬼雄；尚存人间的，亦皆为人杰。这位老太太面带愧色，神情很不自然。她吞吐地向我干爸爸陈述了她一九二七年被捕的经过，极力为她自己的变节行为开脱。她还表示，为了祖国的统一大业，愿意为共产党效劳。最后，她以同情的口吻问道："这几年来，你受苦了吧？"我干爸爸始终神态自若地靠在沙发上，摇着一柄纸折扇，听到这些话，淡淡一笑："这是我们党内的事情，算不了什么！"一句话，噎得这位老太太顿时无言以对。

我望着这两位走过半个世纪再度重逢的老人，心情极不平静。我干爸爸旧衣布鞋、满头飞雪、神情冷峻，一望便知是历尽沧桑之人。中华人民共和国成立前，他曾六次被捕入狱，始终表现出一个共产党人坚贞不屈的气节。"文革"期间，在"叛徒""走资派"等罪名下，他受尽了肉体上的折磨和精神上的凌辱。我干妈妈于一九七二年饮恨病故，那时直到临终前，我干爸爸才被押到病榻前与她匆匆见了一面。由于长年独坐，他的背驼了，身体也垮了，哮喘病搅得他日夜不宁。但他的信仰从未动摇过，意志从未消沉过，自信也从未丧失过。

在回来的路上，我有意激我干爸爸："你这一辈子，蹲过六次国民党的大狱，'文革'又被关在牛棚数年，到头来还是孤老头一个，你不后悔吗？""后悔什么！这条路是我自己选择的，又没有哪个人强迫我，为什么后悔？"他斩钉截铁地回答。"有些人会认为你们这样的人很傻。""我就是愿意做傻子，甘当革命的傻子。"他坦然地说道。听到这样的回答，一股敬佩之情油然而生，我真正体会到了什么叫"崇高"！

一九九八年八月二十一日，我母亲离我而去，我差点因悲痛而崩溃。不到一年的时间，一九九九年三月二日，我干爸爸以九十岁高龄仙逝。当我凌晨时分赶到北京医院时，最后一位宠爱我的人已经静静地躺在白布单下。我抱着他却欲哭无泪。有一个智者曾嘱咐我，亲人去世时千万不可抚尸大哭，要庄严肃穆地送亲人的灵魂升天。所以，在我父亲的追悼会上，我一滴泪没掉；在我母亲走时，我也强压悲痛没有哭。

我干爸爸是个拒绝一切庸俗的人，甚至连一般通俗的做法他也不屑。例如，他竟然没有留下一个字的遗嘱！我认为他是个彻底的唯物主义者，死去万事空，身后任由去！像这样的事在别人看来是不可思议的，但凡是了解我干爸爸性格的人，是不会感到奇怪的。

一九九九年三月八日，上午五点我即起了，上午六点就赶往北京医院，准备与王颖阿姨、王昆姐、微微和敬敬一起，护送我干爸爸灵柩前往八宝山。我出门一看，不由得暗暗称奇，昨夜一场大雪，覆盖了大地，洗涤了空气，天地间顿时变得如此素白，如此洁净，如此澄明，难道寰宇也在为一个伟大的灵魂送行吗？

在告别仪式上，亲属队伍有七十多人，黑压压的一片。这里面除了老王家的，还有谷牧家的、王蒙家的、陶铸家的（就是我了），这些流淌着不同血脉的老人、年轻人和孩子，今天都是我干爸爸的亲人，都怀着沉痛与敬重之情来为他送行。我干爸爸的夫人王颖阿姨站在首位，之后是我干爸爸的妹妹林浦，第三位是王昆姐和周巍峙姐夫，再往后就是我了，我后面才是敬敬和微微。这显然是把我当作家里的女儿来排列的。

从一个人的葬礼上，最能感受到他在人们心中的真实地位，因为此刻已无须玩虚假的把戏，流露出来的应是真性情。我干爸爸的老朋友高扬文去麻线胡同吊唁时哭倒在地，他在挽联上写下这样一行字："老领导，老朋友，你为什么不等等我就去了！"这样的句子必是用心蘸着泪水写就的，读来让人感叹嘘唏。在遗体告别会上，我看到很多人都悲痛地落泪，特别是我干爸爸的老秘书和他身边的工作人员，王颖阿姨则已悲痛得不能自控，需要人搀扶。

我干爸爸殁于元宵节，葬于三八节。且是猝死，逝得有尊严，又有洁白的雪花为他送行，怎么看都是造化了！世上有几人能像他这般潇洒地离去？

时间过得真快，一晃八年过去，我却始终未能拿出写干爸爸的文章来。今天又到了三八节（二〇〇七年三月八日），又到了我与我干爸爸永别的日子。我坐下来，静静地写这篇文章，感怀着与我干爸爸一世的父女情，这才发现我对他的思念非但没有衰减，反而与日俱增。这是因为在我的世界里，像他这么真诚、纯粹、率性的人真是少之又少。对我而言，我干爸爸已经升华为一种精神象征。在现在这样一个物欲横流的社会里，我父母和我干爸爸的在天之灵将护佑我不致迷失，享受只有坚守信仰才能拥有的那份充实和幸福。

跨进革命这个"门槛"

郴州不愧是"九仙二佛"之地，在众多汉字中，人们独独把"郴"字赐给了郴州，其意思为"林中之城"。而宜章县是郴州的一块宝地，这个小小的县城已经有一千四百多年的历史。这里人杰地灵，在土地革命时期，宜章县的革命者就创造了可歌可泣的英雄业绩。中国共产党早期工人运动杰出的领袖邓中夏，曾对同在狱中的地下党支部负责人说："就是把邓中夏的骨头烧成灰，邓中夏还是共产党员。"

宜章县还是朱德、陈毅领导的湘南起义的策源地，从宜章走上井冈山的有近四千人。宜章更有一百六十多名碛石儿女走上了井冈山革命道路，其中男女师范生就有二十多人，他们是井冈山斗争时期不可多得的人才火种。碛石"彭家将"为了革命几乎全部牺牲，他们的鲜血必将彪炳党史、军史，湘南起义也必将在井冈山斗争史中留下浓墨重彩的一笔。我认为，秋收起义与湘南起义，应为井冈山上并列而立的两支火炬。

宜章是湖南的"南大门"，当年有很多图强报国的有为青年，都是通过这条路走向广东，投考黄埔军校的。我母亲正是在这条路上树立了要当女兵的坚定信念。

彭儒、吴仲廉、曾志是宜章"三姐妹"，也被称为井冈山妇女运动"三杰"。她们不仅是同乡，是童年的朋友，还是从小学到师范学校的同学。她们选择了同样的信仰，选择了共同的道路，她们的人生坐标虽然有时分开，但更多的是奇迹般的交叉，这使她们的命运如此相同，充满了大起大落、大悲大喜。彭儒阿姨与我母亲更是成了有八十年革命情谊的战友，是一辈子都在一起的好朋友。

我母亲第一次见彭儒阿姨时才七岁，而彭儒阿姨当时只有五岁，她戴着一顶坠了一圈小铃铛的帽子，头一摇，铃铛就叮当直响。八十年后，我母亲在生命的最后时光，竟还能回忆起这样一个细节来。而这一细节，也让我能想象出彭儒阿姨童年时的可爱模样。

我母亲性格刚烈又内向，对来看望她的老朋友、老同事百般热情，却不爱串门。我所知道的她看望最多、最为惦记的只有两个人：一个是她和彭儒阿姨共同的小学老师，两人革命的启蒙者彭镜秋老妈妈，我母亲终生都称呼她为老师。另一个就是彭儒阿姨。她们之间可以谈的内容可太丰富了，从五六岁的小女孩时谈起，谈到十六七岁的少女革命者、井冈山上的女战士，再谈到延安岁月，以及中华人民共和国成立后的风风雨雨。八十年的友谊让她们有说不完的话。在母亲的感情深处，一直很记挂彭儒阿姨这个妹妹，总说彭儒阿姨善良厚道，是个老实人，所以格外照顾彭儒阿姨。逢年过节，或有人送了什么好东西时，她总是不忘让司机给彭儒阿姨送一份。一九七九年，廖承志乘"中日友好之船"，带领一行六百人访问日本，我母亲任副团长，本来安排我随行照顾，但母亲不让我去，而是邀请彭儒阿姨同行。

我与她的小女儿延生，也是好到不分彼此，经常在两家住来住去。那时北京刚解放不久，陈正人叔叔和我父亲都住在北京饭店，我和延生钻一被窝。刚进城的傻丫头没见过世面，有一天我俩到餐厅不知天高地厚地要了一瓶红葡萄酒，我们当时还以为是甜水，当时走来一个留着小胡子的长者，笑眯眯地问："这是谁家的娃娃？怎么还喝酒啊？""要你管！"我和延生妹妹给他一个白眼，后来才知道那是大名鼎鼎、威风凛凛的贺龙元帅！一九九八年，我母亲去世后，我去彭儒阿姨家过年，彭儒阿姨对我说："以后这就是你的家。"由于两位母亲的友谊，我与彭儒阿姨家的孩子也都成为挚友，我觉得自己也是他们兄弟姐妹中的一员。

在我眼里，彭儒阿姨和蔼可亲、真诚热情，性格温和善良，一直都非常朴素廉洁，是一个标准的革命妈妈的形象。深入了解了彭儒阿姨非凡的一生后，我才知道彭儒阿姨是多么杰出。她是井冈山最年轻的女战士，当时只有十五岁；她是"彭家将"里唯一活下来的小妹；她是最后一位撤离井冈山的红军；她是参加过井冈山斗争的最后一位离世的老红军。在她九十八年的生命中，有八十四年都奉献给了党。

彭儒阿姨出生在具有光荣革命传统的宜章碛石村，她父亲是一位开明的乡绅,因在辛亥革命中有作为,当过四届县议员。以彭儒阿姨家当年的经济条件和社会地位,她完全可以过安逸舒适的生活,但是她却选择走上一条充满艰辛且随时可能付出生命的革命道路。

曾志和吴仲廉的家庭条件也不错,三姐妹上小学时,就受到老师彭镜秋开明思想的启蒙。年纪稍大以后,三人又先后考上孕育了很多革命者的衡阳省立第三女子师范学校,并且都入了党,一同参加了湘南起义,一同上了井冈山。从此,三人追随着党直到生命终止。

彭儒阿姨她们三姐妹,是二十世纪初中国的新女性,她们受过良好教育,思想开明、富于理想,可供她们选择的道路有千万条,可她们偏要选择一条需要用血肉之躯去开辟的荆棘之路。她们奋不顾身地走上了这条路,不曾回过一次头。

此时,我联想起年轻时曾读过的俄国大文豪屠格涅夫的一篇散文诗《门槛》:

> 正面一道窄门敞开。门里一片阴森的黑暗。高高的门槛前站着一位姑娘……一位俄罗斯姑娘。
> …………
> "好,你准备牺牲吗?"
> "是。"
> "你准备着无名的牺牲吗?你会灭亡——没有一个人……甚至没有一个人会尊敬地怀念你……"

"我不要人感激,不要人怜悯。我也不需要名声。"

……………

声音停了一会,然后又问下去。

"你知道吗,将来你会不再相信你现在这个信仰,你会认为自己受了骗,白白地毁了你的年轻的生命?"

"这我也知道。然而我还是要进来。"

"进来吧!"

姑娘跨进了门槛——一幅厚的门帘放下来掩住了她。

"傻瓜!"有人在后面咬牙切齿地咒骂。

"一位圣人!"不知从什么地方传来了这个回答。

在我的心目中,年轻时的彭儒阿姨,就像门槛前的这位姑娘,坚定勇敢,心中的信仰像火一般炽热。跨进革命这个"门槛"后,八十多年的漫漫长途,彭儒阿姨始终坚守信仰,本色不变,既是职业女革命家,又是我们心目中的好妈妈,不断激励我们去做一个在党不谋功名,为民不图私利,清清白白的人。我想,唯有此,我们才能告慰我们伟大的前辈!

我的王昆姐

我是父母的独生女,但我始终认为自己有个姐姐,那就是王昆。

说来话长,王昆姐小小年纪就被她三叔带出家乡投身革命,这位三叔正是我亲如生父的干爸爸王鹤寿。王昆姐称我父亲为叔叔,两家关系这样近,听我母亲说,在延安时,王昆姐经常在演出后到我家泡脚。

从我出生到王昆姐故去,我们虽不算频繁来往,但姐妹情深从未间断过,算算竟有七十年之久了,所以我怎能不把她当姐呢?她是我唯一的、真正的姐姐!她呢,要不直呼我为"妹妹",要不就叫我小名。七月、八月更是亲热地叫我"小姨"。我见到周巍峙从不叫部长,而是叫"姐夫"。

我母亲一生中唯一的一个皮包——墨绿色的,有金色纽襻,在二十世纪五六十年代稀罕得不得了,是王昆姐从国外带给她的。我有一只保留至今的手袋,也是王昆姐送的。

我还记得二十世纪五十年代在武汉上寄宿制小学时,王昆姐在母亲的陪伴下专门来学校看我的情景。作为一只丑小鸭,我眼里的姐姐年轻漂亮又时髦,特别是她身上洋溢出一种特别鲜活的东西,那时我还悟不出这东西是什么,只觉得这东西让她容光焕发。后来我才明白了,这就是魅力!

王昆姐是革命家、艺术家,但她从不摆老革命的谱,也没有某些搞艺术的人的矫揉造作。她很真实、很直率,加上有坚定的信仰和艺术修养,这使她的魅力与众不同。

我曾在我干爸爸家住过很长时间。王家是个大家族,王昆姐对引导她走上革命之路的三叔最敬重,也最亲近,而她在王家的地位也是无人可及的。我干爸爸大小事都重视王昆姐的看法,但由于他一直希望王昆姐上学而不是唱歌,所以对王昆姐的艺术之路不以为然。

在文艺上,我干爸爸最喜爱的是京戏和相声,所以每次见王昆姐都要揶揄挖苦一番,诸如"指挥就是自己在那儿比画,没什么用,你看哪个演奏的会盯着他看啊""美声就是吊嗓子,没一个词能听得清"等。他有时干脆讥讽王昆姐唱得如何如何,总之对王昆姐的艺术从不说好话。王昆姐也很强势,针锋相对,说三叔是老古板,不懂现代艺术。每当看到这叔侄俩唇枪舌剑,我总觉得很好玩,但也感受到王昆姐捍卫心爱艺术的执拗。

作为一个革命家、艺术家、艺术界领导,王昆姐无论是在战争年代革命艺术形式的传播上,中华人民共和国成立后社会主义文化艺术的创建上,还是改革开放后现代流行文化的普及上,都是开风气之先的,都是时代先锋。中华人民共和国成立后，她创办的东方歌舞团蜚声中外，成为国家名片，也深得国内赞誉。

中国第一批流行乐歌手也大都出自东方歌舞团，如崔健、朱明瑛、郭峰、成方圆、程琳、韩磊、郑绪岚……一九八六年，百位歌星为"国际和平年"演唱的《让世界充爱》红遍大江南北，其影响力和声势至今无法逾越，而这件事也是在王昆姐的支持下才得以顺利进行的。

"音乐界的伯乐"这一称号，王昆姐当之无愧。我就目睹过她是如何对待年轻演员的。欧阳铭芮是战士歌舞团的一位青年歌手，在北京开个人音乐会。王昆姐在新闻发布会上发现她声音很好，于是特意坐轮椅去观看她排练，并予以指导。正式开演那天，王昆姐再次坐轮椅出席。由于司仪的疏忽，在介绍出席嘉宾时，竟然将本该列头一位的王昆姐漏掉了。但王昆姐根本没当回事，一直看到散场，还对我说："这女孩子声音真不错！"她对一个名不见经传、素不相识的年轻歌手尚且如此，可以想见她对她的学生会投入怎样的心血。

王昆姐突然病倒后的第四天（二〇一四年十一月十六日），亲友们特地为她建了一个微信平台，我从没见过一个小小的微信平台上，会有那么多人发送海量的留言、文章和相片。如今一个多月过去了，但人们仍在抒发着对王昆姐的怀念、景仰。但一个小小的微信平台如何能承载得下"王昆"这两个字的分量呢！

阎明复：周而复始的光明

解放战争期间，在辽北省委大院里住着三家人，一家是当时的辽北省政府主席阎宝航夫妇，还有他们的女儿阎明光、小儿子阎明复；另一家是时任副主席的朱其文，还有他的两个儿子朱育理、朱育诚及女儿朱丽；第三家就是我家，时任省委书记的陶铸——我父亲、杨叔叔和我（我母亲在前线）。

原本辽北省省政府主席是朱其文，阎宝航来了后，朱让位给了阎。省委大院里有人议论：怎么能让一个民主党派来当正职呢？我父亲陶铸和朱其文都知道阎宝航的地下党员身份，但那时还不能公开。我父亲陶铸在大会上说："阎宝航是党外布尔什维克，革命性坚定，是组织上信任的人，以后谁也不许私底下再议论阎主席！"父辈的这份交情，维系了我与阎明复、朱育理、朱育诚之间的友谊。我们几人中阎明复最年长，所以我们都尊称他为大哥。本来就是世交，后来我又成为阎大哥的部下，我们还住在同一个大院里，他常来探望我母亲。因此，我得以近距离、多角度地观察这位大哥。

谍报传奇之子

阎大哥有一个极不平凡的家庭。他父亲是大名鼎鼎的谍报传奇人物阎宝航,为抗日战争的胜利乃至全世界反法西斯战争的胜利做出了无人能及的贡献。这位深受宋美龄青睐的基督徒、英国爱丁堡大学的毕业生、风度翩翩的国民党新生活运动总干事,在周恩来的信念和魅力感召下,义无反顾地改信共产主义,并成为杰出的红色谍报英雄。因为他深信,在中国,只有共产党才能拯救积弱的国家和苦难的人民。

阎大哥以第一名的成绩从"俄专"毕业后,为苏联专家做了七年翻译,无一句翻错,被称为俄文口语翻译的奇才,因而得以被调进中南海,担任毛主席等中央领导的首席俄文翻译,还成了中南海孩子们最喜欢的"小阎叔叔"。

一九七八年后,胡乔木调阎大哥去大百科全书出版社任副总编,后又被彭真要去当了全国人大常委会副秘书长。一九八六年,中央要物色一位新的中央统战部(中共中央统一战线工作部)部长,时任政治局委员的杨尚昆推荐了阎大哥。很快,阎大哥又升为中共中央书记处书记和全国政协副主席,成为中国政坛一颗冉冉升起的新星。阎大哥以他独特的主政方式、极强的服务意识、非典型的官员形象、真诚热情的个人魅力,获得了民主党派、知识分子,以及地方统战部部长们的一致好评。

在阎大哥身上看不出僵板的官气、装腔作势的官样。他热情、谦和、真诚地对待每一个人,不仅特别尊敬党内老同志,对党外朋友也是肝胆相照。当年，每次中央统战部召开党派会议，他都会提前在楼门口恭候，将那些年迈的各党派领袖一个个扶下车，搀进会议室。赵朴初说："这短短两分钟就是交心的过程。"民进中央原副主席邓伟志给我讲过一件事，那还是阎大哥在大百科全书出版社的时候。有一天，出版社内部放映苏联片，这种片子是从电影资料馆拿来的，没有译制，完全靠人即时翻译。"我说怎么听着这个翻译的声音那么熟啊？回头一看，见明复坐在后面的一个小板凳上，一句一句地翻译给全场听。你说这个人好到什么程度！"邓伟志感叹道。

流着泪的阎大哥

一九九一年，阎大哥被分配到民政部当副部长。从副国级到副部级，他没有一点负面情绪，而是欢天喜地地去了民政部。见他又是一番豪情万丈的模样，老秘书王健民既心痛又气恼地说："又犯过去那个德行了！"我也不以为然："服从组织分配就得了呗！至于那么高兴吗？"有一位大哥干脆说："明复真傻，给个副部长也当？"阎大哥逢此，每每诚恳地说："毕竟受党那么多年的教育嘛！"母亲对阎大哥的坦荡很是赞赏："这才是真正的共产党员！"

有一次，珠海新机场搞启用仪式，珠海市委、市政府从中央请了一干要员，正副国级的就有好几位，我也特例受邀。活动那天，我在人头攒动的会场上意外碰到了阎大哥，我说："他们又没请你当贵宾，要是我，我就不来！"他笑着说："珠海市民政局的同志们很热情，他们带我来看看，不也挺好吗？"阎大哥开开心心地挤在我们中间，认真地听台上那些曾经是他部下的人讲话。君子坦荡荡，说的就是阎大哥这样的人吧！

阎大哥主动去拜访时任民政部部长的崔乃夫，恳切地说："我来民政部绝不拆台而且是补台的，是安定因素，绝不是不安定因素。"上班没几天的他完全进入了角色，一张口就是"我们那儿"，他还说："原来以为让我出来是象征性的，不会重用，现在看不是这样的，还是真让干的，给压担子，我分管了……部门。"他数了足有十个单位。一说起他自己现在的一摊事，他总是眉飞色舞的，告诉我们他分管精神病院、养老院、弃婴院、荣军院，开展"三项康复"（小儿麻痹后遗症矫治、聋儿听力语言训练、白内障复明）工作，所辖五千两百万人，连同他们的家属共两亿多人。阎大哥认为，过去在中央统战部，他是为民主党派、党外人士服务；现在在民政部，他是为残疾人服务，都是一样的服务。他还说来到民政部后他才真正接触了底层民众，才了解了社会。阎大哥对天底下受苦受难之人有种本能的感情，他见不得穷苦人，见不得弱势群体。

到民政部后，阎大哥的天性流露得更加淋漓尽致。每到孤儿院、福利院或去一些贫困地区，他常常会情不自禁地流泪，掏出身上所有的钱，甚至摘下手表救济他人。我就亲眼见过多次。一次，阎大哥到甘肃临夏市下乡，在路上偶遇一位大脖子病（甲状腺肿）的老乡，他立即让部下送那位老乡去兰州进行手术治疗，一切费用由他全包。在孤儿院，他向演出节目的小孤儿们鞠躬，周围人员忙不迭地阻止："不可！不可！哪有爷爷给孙儿鞠躬的！"看到孤儿院里的胖厨师，他会莫名地愤怒，因为孩子们太瘦弱了⋯⋯

他不仅仅是动情，更是付诸行动。争取资源、解决问题是他擅长的事情，比如在武汉儿童福利院，他看到孩子们的生活环境太差，立即打电话给台湾慈济基金会，要了两千万，并且现场办公，敲定配置工程，让在场的所有人感动。我曾见阎大哥讲述他亲睹民众疾苦的经历，他眼圈红了，声音也哽咽了："我们一定要为中国的穷人做事，能帮一个是一个，但是要真心实意地帮他们，保证募得的每一分钱都能用到他们身上。"

张学良与阎宝航是老乡加老友，他曾说，没想到玉衡（阎宝航的字）有这么一个有出息的儿子！张学良的侄女张闾蘅女士曾随阎大哥下去考察，回来后对我说："不行，不行了！大哥见到穷人就止不住落泪，他掏钱我们也得掏啊！都掏得光光了！"当时，好友老徐也向我抱怨："这个明复啊，什么人都见，什么事都帮，他就说不出一个'不'字来。"

一九九四年，在阎大哥的一再坚持和亲手操办下，中华慈善总会成立了。世界著名的慈善组织纷纷开始与中国合作，从此中国有了真正意义上的现代慈善事业。说阎大哥是中国"现代慈善之父"一点也不过分。在一九九八年特大洪水中，中华慈善总会一开始便筹到将近四亿的捐款，远超民政部和红十字会。阎大哥曾两次去湖北灾区，逢人就热情地感谢，只要时间安排得开，不管是捐大钱的还是捐小物的,他都热情接见。

中国特殊奥运会(全国特殊奥林匹克运动会)也是在阎大哥任上蓬勃发展的,它融入国际,推动了全社会对中国约一千一百万智障人士的关注和尊重。

说起"智障",不禁让我莞尔,想起一桩趣事。

阎大哥调到民政部后,先后担任过很多职务,但都是副职,他的夫人克良佯装不屑。某天,阎大哥一回家就兴高采烈地对克良说:"这次我担任正的了!""什么机构?"克良问。"中国特奥会主席。"阎大哥蛮得意地说。"怎么个特殊?"克良又问。"就是指智障者。"阎回答。"嗯,挺适合你。"克良幽默地说。

克良大姐才貌双全,可惜后来得了与我父亲同样的绝症,手术后突发严重情况。抢救时,原中央统战部六局的小郝拉着我一起去医院,阎大哥悲痛得一直流泪。克良大姐虽然被抢救过来了,但生命之火如风中之烛,最终还是熄灭了。

虽然中华慈善总会是阎大哥一手创立的,但他当时还在民政部副部长任上,他请退休的崔乃夫出任了第一届会长,五年后他才担任了第二届会长。二〇〇二年年底,阎大哥退职时,中华慈善总会共募到十亿元以上的善款。此外,总会还开展了多个誉满中国的项目,如"微笑列车""烛光工程"等。阎大哥的挚友、美籍华人王嘉廉先生,在阎任会长后才带着慈善项目进入中国。自一九九九年至今,"微笑列车"已为四十多万名唇腭裂儿童做了手术。

时任《公益时报》总编的刘佑平采访阎大哥,他问道:"您当过毛主席的翻译,又当过中央统战部部长、全国政协副主席和民政部副部长,还做过中华慈善总会会长,要您自己总结,您觉得一生中最满意的事是什么?"阎大哥略思片刻,深沉地回答:"我自己觉得,这一生最有意义的是两件事:一是组织出版了中国的第一部大百科全书,二是参与创办中华慈善总会并在此工作了五年。这两件事,前者是提高国民科学文化素质的,后者是救助困难群众的。"

为什么阎大哥把"救助困难群众"作为他一生中最有意义的两件事之一呢?我想有两个原因:一是党的多年培养和教育,二是他的家庭教育。大哲学家罗素在其名著《教育与美好生活》中着重提到了家庭教育的重要性。阎明光大姐曾说,"爱人如爱己"是阎家的家训。这给我留下了深刻的印象。阎宝航出身贫苦,早年在他的家乡辽宁海城办过贫儿学校,开慈善办学之先河。在陪都重庆,阎公馆专门收容从东北来的抗日志士,小洋楼变成了骡马大店,人称"阎家老店"。阎宝航的子女也都继承父愿,在张学良的资助下,成立了阎宝航社会公益基金会,现已九十多岁高龄的明光大姐,至今仍奔波在慈善路上。"爱人如爱己"的训导、父母的潜移默化,加上与生俱来善良的天性,形成了阎大哥与我们这些革命后代有所不同的人生观。我想,这大概也是阎大哥会那么与众不同的原因吧!

堪称奇迹的疾病史

阎大哥从中华慈善总会退下后,从头开始学电脑,用了十年时间。他在与病魔的艰辛较量中,还能在他八十四岁那年(二〇一五年),为党和国家贡献了一部近百万字的《阎明复回忆录》。此书有巨大的文献价值,特别为中苏关系的演变提供了第一手的珍贵资料。人民出版社原社长黄书元这样评价道:此书是二十年来不可多得、可遇不可求的原创好书。阎大哥对十年著书的艰辛也是一如既往的泰然。他在自序中写道:"如今,我已经八十多岁了,这几年免不了时有患病,幸有家属津利、南南精心照顾,每天能坚持散步、游泳,感觉自己记忆力还清晰,思想也不迟钝。一边回想往事一边记录过程,使我获得了饱满的情绪和积极的心态,去更客观地对待历史,更乐观地看待生活。精心收拾起过去的岁月,想来是很有意义的。"

"鞠躬尽瘁",阎大哥配用这个词!很多人都不知道,阎大哥在中央统战部工作五年,因无名原因导致高烧住院达六十六次,这是多么惊人的数字!他常常撕掉病休单,带着高烧坚持工作。人们只看到阎部长日益消瘦和苍白,但他那饱满的工作激情,怎会让人想到他是个病人呢?我曾是个医生,依我的判断,长期的牢狱生活损害了他的免疫系统,而中央统战部高强度、高压力的工作环境很容易造成免疫系统紊乱,从而引发反复高烧。最终他还是没能躲过自身免疫系疾病——重症肌无力,一种难治且可致死的顽疾。那是二〇〇二年(也是他退下来的当年)十二月的一天，阎大哥被确诊了。我去北京医院看望他，觉得他整个人都脱相了，眼睑下垂，眼球转动缓慢，吞咽有障碍。由于咽喉部麻痹，他说话得用鼻音，所以呼噜呼噜的，我忍不住笑了，他竟然也跟着呵呵大笑起来，依然乐观如初。

从那年起，阎大哥就失去了健康。十八年来，他一直在病中艰难生存，先看看他那惊心动魄又堪称奇迹的疾病史吧！最早，他于二〇〇二年患上不亚于癌症的重症肌无力，四年后居然被治愈了。二〇〇六年，他被发现肝占位性病变，后其自行神奇消失了。二〇〇七年，因发烧使用抗生素，造成全血细胞减少，阎大哥被诊断为MDS[①]，医生说只能生存一两年，结果后来控制良好。二〇一三年，阎大哥突发大面积心肌梗死，医院通知家属准备后事，结果阎大哥起死回生，连支架都没放。二〇一六年，由于护工失手，阎大哥被摔得三窍出血、面目全非，面部多处骨折，他跟没事人似的，没有一句抱怨。二〇一八年初，阎大哥感染重度肺炎，恶化为"大白肺"，后来病情竟然奇迹般好转。二〇一九年初，阎大哥又患上吸入性肺炎（护工将酸奶误倒进他的气管里），且遇血栓与大出血这种棘手难题，住进医院ICU（重症监护病房）被抢救。每一次都凶险无比，几乎必死无疑，但阎大哥保持着他一贯的达观和从容，对随时准备吞噬他生命的病魔毫无感应。他从来不提他的病，从来没有说过哪儿不舒服，相反，他整天都在寻找快乐，直到二〇一八年还一直坚持游泳。而

[①] 即骨髓增生异常综合征。——编者

最让他开心的事就是吃。他病得那么重，一次还能吃掉半斤三文鱼和一盘基围虾，可见疾病从不会影响他那超好的胃口。对这种毫不在乎的病人，疾病能奈他何？阎大哥的女儿南南说，她父亲每次康复的秘诀在于"对自己的病视而不见，总是关心别人"。南方冰雪、四川地震、云南支教、救助早产儿……没他不惦记的。这次又全力关注"战疫"形势，时不时地向护士询问消息，心中装满了大爱和小善。专注于关心别人，他的病倒好了。

当时，台湾最大慈善会的工执行长，恭贺阎大哥九十岁大寿的对联为"德为世重，寿以人尊"，短短八个字高度概括了阎大哥的一生。

在阎大哥最痛苦的时候，陈津利博士放弃事业，成为阎大哥忠实的老伴。她无微不至、尽心尽力地照顾阎大哥，但命途多舛。这期间，津利自己也两次患癌，但每次都受到阎大哥的感召，在病情稍稳定后又回到阎大哥的身边，两个人相依为命，共同抵抗命运的残酷。

二零二零年初，由于感染新冠肺炎，医院对阎大哥采取隔离治疗手段，不允许津利继续陪床，也不让阎大哥心爱的独生女儿南南来探望，对阎大哥来说，这比病魔对他的打击还要致命，我担心他这一关怕是过不去了。国庆前夕，津利和阎兰终于获准去看望大哥，大哥再次颠覆了我的认知！津利在探视后发微信给我："他的精神状态很好，我看到他气色好、眼睛发亮，还胖了一些，我们告诉他，他越来越年轻了，他笑了！我们与他沟通交流得很好，替大家给他祝福，他还不断地与我们说话，用眼神沟通、做手势,临走告别时紧紧地握着我们的手(当然也含泪光和渴望)!"

这真是我没想到的,于是问津利:"不管病成什么样,大哥的精神一直没有垮掉,我想不明白,是什么力量在支撑着他活下去?""是什么力量支撑着他?这像是人为什么活着的哲学命题一样,他从未亲口讲,他独自享受着对生命意义的领悟。不论躯体经受多少磨难,他的精神一直扛着,让自己保持着对社会的认知,推翻了精神科专家'消极'的预后评估结论,他一直是那个不断打破各种预言的人。"津利如是说。

民政部的一位同志在阎大哥八十寿辰上说了这样一段话:"向前八十年,这个世界上有了一个奇特的人。这个人出身名门,却充满了平民意识;这个人是当过党和国家领导人的人,却没有丝毫官气;这个人坐了七年的牢,但对党的忠心不改。这个人正直、善良,甚至真诚得有些天真,慈悲得像个菩萨!"这个概括很到位。但津利说的一段话更让我感动,她说:"明复是属于那种本能向往光明的人,哪怕那束光只是从门缝中透出一线的阳光,他也会拼命地朝那束光一点点趋往。"

阎大哥是为光明而生的人,所以光明磊落,年已高龄仍向光趋往,因为他就叫明复——周而复始的光明!

陶斯亮与母亲一起
整理母亲回忆录资料

温馨的病房生活，曾志及其女儿、外孙

曾志在松风石下

陶斯亮和她一生务农的大哥石来发

曾志与石来发全家

在杨叔叔家中

朱阎陶三家人，
左起：朱育成、阎明复、陶斯亮、朱育理

陶斯亮与东乡县的孩子们在一起

辑三　穿过杏林

无论至于何处，遇男或女、贵人及奴婢，我之唯一目的，为病家谋幸福……请求神祇让我生命与医术能得无上光荣，我苟违誓，天地鬼神实共殛之。

医学院的生死课

医生,终身从事拯救生命的事业。我们把一个个行将熄灭的生命从死神那里夺回来,又往往万般无奈、无比痛惜地看着暴虐的死神将那些宝贵的生命掳去。从事这种工作,有我们的幸福,也有我们的痛苦。我们的工作是平凡琐碎的,但同时也是庄严神圣的,因为我们面对的是人,一个个鲜活的生命,一个个有灵魂的躯体。

可是在高中毕业时,要不是父亲坚持,我是绝不学医的,理由很可笑——怕死人。医生是跟死人和死亡打交道的职业,比起充满浪漫主义色彩的女记者、女历史学家、女文学家来,女医生就显得太平凡了些。我是多么不情愿地去上军医大学的啊!

记得上第一堂解剖课时,我和另一位同样怕死人的女同学,拖着两条发软的腿,几乎是互相搀扶着走进教室。我眼睛始终盯着地上,哪儿也不敢看,尤其是不敢看讲台上用塑料布盖着的那堆东西。课间休息时,一位调皮的男同学拎起一串内脏,拿腔拿调地吆喝道:"猪尾巴,大肠头喽——"引得哄堂大笑。"请严

即将就读中国人民解放军第二军医大学的陶斯亮

肃！"这是教员严肃的声音。教室里顿时鸦雀无声，我也抬起了头。教员用责备的眼光看着我们说："你们以为这是什么？尸体吗？是可以随便摆弄的吗？这是科学，是你们学习的教具。一个人，当他死了后，还将自己的遗体献给医学的后来者，不是很可贵的吗？我认识一位终身从事解剖事业的同志，他的遗嘱是把他的遗体泡在福尔马林池子里，供给未来的医生们解剖用。同学们，这里就有他！"从此，上解剖课时，再也没有人开玩笑了，甚至连说话都不由得放轻了声音，仿佛怕吵醒了这些长眠者。我也不再害怕那塑料布下、瓶子里和罐子里泡着的东西了，因为这都是科学啊！

克服对死人的恐惧，可并不是件容易的事。两年后，当我第一次看病理解剖时，我远远地躲在角落里了。刚刚死去的人，太像活人了，又绝对是个死人，真是不可思议的可怕！我不敢看人们是怎样把那个老太太从冰箱里抬出来，又是怎样搬上解剖台的。但是，站在解剖台旁的那位年轻漂亮的女教员，却吸引了我的全部视线。每次上理论课时，我都目不转睛地看着她，那秀丽的脸庞、娴雅的举止、温柔的声调，都令我赞叹不已。可是此刻，她身穿解剖衣，手执寒光闪闪的解剖刀，微皱眉头，紧抿双唇。真让人难以置信，这么娇弱的一个人，可怎么下得了手呢！我的心直颤。这时，也不知是哪个捣蛋鬼，叽里咕噜地说了几句俏皮话，又咯咯地笑了起来。女教员用刀柄敲敲解剖台，厉声问道："谁在笑？"那表情是如此的严厉，往日那柔媚的微笑荡然无存。"解剖是一件严肃的事情，病人死了以后，最后一次服务于科学，你们还能笑吗？过去，每次解剖前，医生都要先向死者脱帽致哀。现在虽不这么要求，但至少要保持肃静，也算是对死者的一种敬意和哀悼。"我大为惊讶地看着女教员，在这阴森森的解剖室里，我觉得她从来没有像今天这样"冷"得如此动人。

还有一件难忘的事情，发生于我在急诊科实习时。那一天夜里，救护车突然令人毛骨悚然地号叫着开进医院。原来是某大学实验室发生爆炸，塌了一层楼。救护车上的是从瓦砾中扒出的第一批伤员。我豪情满怀地迎了上去。人们从车上抬下来一个大黑板，黑板上横七竖八地堆着几个人，我伸头一看，哎呀妈呀！吓得头发都好像竖了起来，我本能地往后一跳。急诊室忙成一团，全体医生护士都像是在进行一场殊死战斗，唯有我踯躅在急诊室外，按着一颗怦怦跳动的心，愧惧交加地站在月光下。最后，我还是硬着头皮走进了急诊室。我来到一张检查台前，不敢看那被压扁的脸，也不敢检查那血肉模糊的身体，我只敢轻轻地用两指按住他的腕部。也许是由于我的心过于狂蹦乱跳，我仿佛感到他还有微弱的脉搏。这时，我的上级医生走过来，急切地说："你还在这儿干什么？赶快把他抬走，腾出地方抢救别人！""可是他好像还有脉搏呢！"我不太有把握地说。

"死的活的都看不出吗？快腾地方！"这位医生几乎要发火了。事后，这位医生对我说："你是怎么啦？惊慌得连起码的检查都没有做，甚至心脏都没有听一下。你没看到，他的胸廓都成软的了，还可能是活的吗？"我羞愧地低下了头。这位医生又意味深长地说："对一个医生来说，最宝贵的莫过于病人的生命，你只要珍惜生命，你就不会害怕死亡。"这几句话，永生永世铭刻在我的心上。

我是个极其普通的医生，但也在自己的工作岗位上度过了十三个春秋，几乎天天都在接触生与死。孩童时代对死的恐惧和憎恶，已在不知不觉之中转化成另一种感情了，那就是陪伴病人战胜死亡后的欣慰，以及被死亡击败后的沮丧。

珍惜生命、敬畏死亡，这就是人道主义精神。

忘了没有，希波克拉底誓言！

前些日，我在网上读到一位急诊科医生的文章，这位医生以朴实且有温度的文字，记述了他与一位烧伤老人从最初问诊到十年后再次见面的故事。文章中医者崇高的使命感与无奈、患者的求生欲与贫穷之下的放弃，使读者动容。此文也获得网友一片赞誉。在医患矛盾层出不穷的当下，能读到这样一篇文章，犹如从污浊空气中嗅到一股清新的芳香，在人性荒芜的沙漠中吮到一口甘霖，弥足珍贵！

我是学医的，当了二十年临床医生，于一九八七年脱离专业改行。我之所以离开，完全是因为一时任性，我的内心一直保留着对医生的眷恋，保留着当医生时的记忆。

我们那会儿，病人以性命相托，医生以心承诺，压根就没有"医患矛盾"这个词，大家说得最多的就是"救死扶伤"。这位急诊医生的文章勾起了我的一些回忆，这些回忆历经了半个世纪尚未被遗忘，连我自己都感到意外。

我一入学，首先接受的是"救死扶伤，实行革命人道主义"

的教育,"一切为病人,病人至上"是那时的金科玉律,在校园里、医院里处处体现。我的老师、上级医生、同级医生、护士,甚至行政干部,无一不在用行动践行着这种精神。置身其中,我不能有丝毫懈怠。

还在当实习医生时,我轮转到普外科。当时,我有一位病人是个年轻小伙,患急腹症。他虽然做了手术,但并发了腹腔感染(是大肠杆菌性的)。医生给他做了引流,但换药是我的事。我至今都忘不了那个臭味,那是腐尸般的恶臭味。我每次去换药,同一个病房的病人都千方百计地躲出去(那时都是八人的大病房)。尽管穿上隔离衣,戴上手套,再戴上双层厚口罩,但一掀开被子,一股无法形容的恶臭味依然差点让我背过气去。只见引流出来的脓液早已浸透三层厚棉垫,稍稍压一下他的肚皮,那浓浓的黄绿色脓液就如同泉涌。每次给他换完药,我都吃不下饭,一整天都觉得自己臭烘烘的。他的肚子就像深渊一样——脓液源源不断,不见减少。随着这样的日益耗竭,他的生命之火正一点点熄灭。望着他那瘦削蜡黄又如此年轻的脸庞,我心急如焚,心想:"我就不信排不干净你肚子里的脓液!"我跟他的肚子较上劲了,每次换药都格外认真:排脓,盐水灌洗,注入抗生素,盖上三到四层棉垫,再换下他的被罩和病号服。我每次都累得汗流浃背。真是一分耕耘,一分收获啊!经过这样不间断地引流、换药,再加上全身药物治疗,十几天后终于看到了疗效,一个月后,病人痊愈出院了。拯救这个病人的,不仅仅是手术和抗生素,如果没有我这个实习医生执着认真地换药,恐怕结局也不会这么好。

也是在当实习医生的时候，我分管的病房收进了一个厌食症患者。他是复旦大学的学生，上海人，看上去不到二十岁，白白净净，眉清目秀，但就是不能吃东西，一吃就呕吐，以致看见食物就恶心。他没有任何器质性病，完全是神经官能症，他入院时已形销骨立，天天输葡萄糖、白蛋白，但谁都知道这仅仅是安慰性的治疗，病人最后也是饿死。这么年轻，又是大学生，这样的结局未免太残酷了，于是我决定试试我的办法。每天晚饭后，我会先在口袋里放一个橘子、一根香蕉，然后用轮椅推他出来，看看哪儿热闹就去哪儿。他喜欢看排球赛、篮球赛，趁他看得入神时，我就往他嘴里塞一瓣橘子或一小段香蕉，他下意识地就吃了下去。我不动声色，天天傍晚推他出来看热闹，然后时不时地往他嘴里塞点吃的。后来，我干脆放一整个橘子在他手上。直到一天，他举着吃剩的半根香蕉，疑惑地看着我，我才笑着说："谁说你不能吃东西的？你这不吃得挺好吗？"此后，他再无食道异物感，开始进流食、半流食，直至正常饮食。不知这位病人出院后是否重返校园，后来的命运如何。我们是同龄人，如果他的厌食症真治好了，那么此刻，他是否如我一样共赴残阳，享受天伦之乐呢？

"文革"时，我被分配到遥远、荒僻的第七医院当医生。这儿是个少数民族杂居的地区，有回、藏、东乡、保安等多个民族。我们虽是军队医院，但也常收治危重的少数民族病人。我记得有一天从甘南藏族自治州送来一位藏族妇女，她患的是急腹症，生命垂危。但当被推进走廊时，她拼尽全部力气撑起了上半身，只见她双眼发光，惊叹道："多美丽的房子啊！"其实，第七医院是野战医院，是非常简朴的，但几辈子住帐篷的藏族同胞，从来没有见过那么白的墙。她后来死了，死在四面白墙的病房里，她走得很安详，因为这白色的病房就是她心目中的天堂。整理床铺时，我看到床上满是虱子，就只能将全部卧具烧掉。

那时给老乡看病，我们都得把袖口扎紧。即便是这样，我们每晚睡觉时仔细地检查衬衣，也总能发现一两个又肥又大的虱子。但虱子并不妨碍我们对病人的热情服务和精心治疗，我们不会离病人远远的，而是经常与他们手拉着手，抚摸着他们的头发，耐心地说啊说！有一次，一位大娘特意爬起来看着我说："闺女，你说话真好听！"这就是我们内科医生的基本功——"话疗"。

还有一件难忘的事，发生在我任空军总医院主治医生时。那一天，病房收进了一名战士，高烧不退，身上鼓起一个又一个的脓疱，用什么抗生素都无效。经协和医院专家会诊，确诊其患有罕见的脓疱症，这是一种如红斑狼疮般的免疫性疾病，需用大剂量激素冲击治疗。但病人身上有大小十几处切口，由于使用激素而难以愈合，形成了一个个溃疡，这让病人很痛苦，也很危险。请外科医生来换药？嘴都张不开。让下级医生干？恐怕有推脱苦活、累活之嫌。于是，我决定自己换药。我每天跑到外科大楼去借换药包，给病人彻底消毒清创，再撒上生肌散，盖上干净的纱布。就这样，我忙活了一个月，终于，病人在仍使用激素的情况下，所有的切口都愈合了，这名战士最后治愈出院了。当时，协和医院的专家对我说："你能这么坚持换药，不容易啊！"

我以上举的几个病例，没有一个是需要高超医术或高级药物的。只要心在病人身上、情在病人身上，你就一定能找到为病人解决痛苦的办法。我写的这些事例微不足道，那时的医生随便拉一个出来都会比我做得更好，比如我在空军总医院时的科主任戴主任、江主任，他们都是全心全意扑在病人身上的好医生。那会儿，没有收红包一说，连病人送的土鸡蛋、小磨香油这样的土特产也是一律婉拒的。反过来，当时的医生还会为病人做很多分外的事，如给病人购买生活用品，给营养不良的病人熬汤炖肉，设法为交不起医疗费的病人减免，甚至自掏腰包代为补交……他们是我一生学习的榜样。当我将抓捕"四人帮"的消息悄悄告诉给戴主任时，这位老同志一下跌坐在椅子上，眼含泪花，喃喃地说："中国有救了！"但是，让人痛心的是他却无救了，就死在我的眼皮底下——只见他突然抽搐了一下，面色变紫，嘴发乌，只几秒人就没了。他因主动脉瘤破裂而瞬间死亡。我眼睁睁地看着自己敬爱的恩师魂飞魄散，却一点办法都没有，那是一种怎样的心情呢？我至今都忘不了那一刻的情景。

近些年，我会偶尔回下空军总医院，与当年几位老同事议论当下的医患矛盾。当我为"杀医现象"愤愤不平时，却听他们说："陶医生，现在的病人不是咱们那会儿的病人，医生也不是咱们那会儿的医生了！"我有点蒙，怎么想也想不明白这是为什么，是从何时开始的。是呀，医患关系是从什么时候起变坏的呢？又是为何变坏的呢？难道仅仅是由重商主义引发的吗？

不必否认，现在医生的服务态度和质量比不上他们的前辈，我都有过体会。有一次，我老伴千方百计地挂了一家有名的医院的专家号，那位专家草草地看了一眼片子，又问了一下我老伴的年龄，然后说了句："这么大岁数了，你就凑合着活吧！"气得我老伴发誓再不去这家医院看病了。但换位想一下，现在医生的压力比我们那会儿大得多。三甲医院门诊楼里，人群乌泱乌泱的，医生被里三层外三层地包围着，医生纵有三头六臂也忙不过来啊！我认识的一位年轻医生说，他们看前十名病人，头脑清楚，看了二十个以后，就烦躁了，到了第五十个，人就变得麻木了。可我们的医生往往一天要看七八十甚至上百名病人，这时医生的头脑可能一片空白，只是机械地应对病人，那他们的看病质量就可想而知了。加之现在有些病人的戾气很重，动不动就骂医生、打医生，甚至刀捅斧砍。这种情况下，医患发生矛盾能怪谁呢？

现实中，我也遇到过许多医德高尚、医术高明的医生。我的外科医生朋友告诉我："收红包是很危险的，因为没有百分之百安全的手术，但若你不接受，病人家属会担心你不会全心全意地为病人做手术。医生的责任心怎么可以用钱买呢？这种情况下，我们往往会先收下红包，待病人安全从手术台上下来后，再把红包还给病人。"这两年，爱尔公益基金会开展了"向日葵计划——脑瘫儿童救助工程"，我有幸结识了中国最优秀的一批脑瘫手术专家，如徐林、于炎冰、穆晓红、李云林、高晓群，以及汝州市金庚康复医院的宋兆普院长、西安中医脑病医院的宋虎杰院长和卓昆利院长。

我亲眼看见徐林团队的医生数度前往新疆喀什，分文不取地为维吾尔族脑瘫儿童手术。他们早上八九点进手术室，晚上十点才能结束当天的手术。其间，他们只能在两台手术间的短暂的空隙时间席地而坐，靠着墙根打个盹。就这样，他们团队以近似疯狂的工作状态创造了一天做三十台手术的中国之最，徐林戏称他们为"神疯手术队"。神经外科专家于炎冰，每年要去西藏一至两趟，为藏族的脑瘫儿童做手术。高原缺氧，于主任边吸着氧气边手术，一天也要工作十几个小时，做二十多台手术，因此被称为"中原好人"。荣获"中华慈善奖"的宋兆普院长，已救助一万多名脑瘫儿童，其中脑瘫弃婴就有三千多名。这些弃儿中，有百名康复合格，被国外家庭收养。他在新疆和田、喀什还收治了数千名维吾尔族儿童。如此辉煌的荣耀背后，是巨大的艰辛和磨难。为此，我写过一篇名为《白发为脑瘫患儿而生》的文章。甘肃省残联副理事长华文哲曾是一名外科医生，有一次，我很得意地让他看我的小小急救包，他说："我也是无论去哪儿，包里都放着急救包，但不是为自己，而是为别人备的。如果在火车、飞机上遇到突发病人，你能不救吗？那太对不起医生的称号了！"他的一席话，让我好生汗颜，同样是备急救包，一个为是自己，一个却是为别人。

行文至此，我感到我们国家不缺好医生，缺的是能让医德、医术充分展示的制度。如果能让医生从容看病，哪一个医生不想当白求恩呢？如果每个病人都能得到医生至少三分钟以上的问诊或看到一张笑意盈盈的脸，又会有哪个病人愿意闹事呢？所以医患矛盾的根子不在于医生也不在于患者，而是在于医疗制度的不公。

每个医生在入职前，都要念希波克拉底誓言："无论至于何处，遇男或女，贵人及奴婢，我之唯一目的，为病家谋幸福……请求神祇让我生命与医术能得无上光荣，我苟违誓，天地鬼神实共殛之。"

如今，我们忘了没有，这神圣的誓言。作为曾经的医生，我没有忘记，我的医生朋友们也永远不会忘记。

与鼠争食的人

说起来,我是个非常没有记性的人,凡是带阿拉伯数字的事,就别指望我能记得住。可是很奇怪的是,有一桩久远的小事,我却不曾忘记。十年来,它已经被深深淹没在不断涌进脑海的新印象、新意识的湍流之中,但有时候,它会一下子冲开层层波涛,跃到记忆的海面上来,顿时就能唤醒我某种正在枯萎下去的感情,使我激动,使我不宁,也使我振奋和思索。

那是在一九七〇年的一个深秋,我来到甘肃和青海交界的积石山区(今甘肃省临夏州积石山县)——我们单位(第七医院)的一个农场,参加秋收。所谓农场,实际上只是在荒山野岭中盖了几间土屋,周围那些光秃秃的山岗就是我们的领地。在平均海拔四千米的高原上,土地瘠薄,气候恶劣,常遭雹灾。紫外线辐射是相当厉害的,我们在劳动时都得涂上厚厚的一层凡士林,否则脸上立即就会灼出水疱。我们来的时候,正值一场大雹灾之后,地里的庄稼被雹子打得七倒八歪,就像是千军万马交锋过的战场。当地的农民们眼瞅着快到手的粮食,辛苦一年的血汗,就这般轻易地被毁于一旦，真是肝肠寸断。他们坐在那被视如珍宝，世世代代养育着他们，但也常常带给他们失望和饥馑的土地上，双手捂着脸，号啕着。可是，在痛哭一场之后，还得千方百计地设法活下去。于是，我目睹了一件对别人来说不足挂齿，而对我来说却是十载难忘的一桩小事。

那一天，我们在蚕豆（这是一种低秆、粗秆的作物，故免于雹灾）地里收割。一大早，就来了一位老乡，他用一把锹，远远地在我们收割过的田地上使劲地挖着什么。见他挖了一个坑又一个坑，我好奇地走过去看了一眼，原来他是在挖田鼠洞。田鼠，这些庄稼地里的盗贼，早已在自己的洞穴里储存了大量粮食，以备过冬。那位老乡，正是在挖这些鼠洞里的蚕豆呢！他拼命地挖着，顽强地与田鼠争夺着粮食。

我们休息时，某人说："把他赶走，说不定一不留神就偷咱们的蚕豆了！""别，让他挖，别惊动他，等他把麻袋装满了，看我的。"另一个人一边抽着烟，一边诡谲地笑了一下。我们割呀割，一片片的蚕豆倒伏在地；那位老乡跟在后面挖呀挖，在地上留下了一个又一个深坑。一直到黄昏降临，暮霭升起，那位老乡才扛起半麻袋蚕豆准备走。这时，那个诡计多端的人猛一吆喝："喂，站住！"那位老乡赶忙收住脚，规规矩矩地站在那儿，愕然地看着我们。那个诡计多端的人走过去，拍拍麻袋，说："你知道吗，老乡，这蚕豆是我们地里的。""没……没……我没偷你们的，我挖的是田鼠洞里的，我真的一颗也没有拿你们的！"那位可怜的农民惊慌失措，直到这时我才看清，

陶斯亮在临夏的一座土院中

他已不年轻了，他的脸上处处留着风雕霜刻的痕迹，汗水和污泥嵌进那深深的褶皱里。他上身穿着一件黑布袄，处处露着破棉败絮，下身穿着一条单裤，被风吹得簌簌作响，脚上穿的是一双没有鞋带的露趾军用胶鞋。

"田鼠？田鼠也是偷我们的。老乡，这可得物归原主啊，你这一麻袋蚕豆得没收！"那位敦厚的老乡直愣愣地看着我们，半天说不出话来。然后，他默默地从肩上卸下麻袋，将其小心翼翼地放到地上，带着一种无法形容的凄苦表情，走了。残阳的最后一抹余晖映照着他，他双手拢在袖筒里，腋下夹着那把锹，缩着身子，缓缓而去。凛冽的山风，吹拂着那露出的棉絮，颤颤悠悠……我的心缩紧了，他那沉重的步履，仿佛踩在了我的心上。唉，一个多么善良的人啊！他饱尝了生活的艰难，把终生的血汗都抛洒在这块薄情的土地上，可到头来，仍然不得不忍饥挨饿。他比我们中的任何一个人，都更有向这块土地索取的权利，更何况，他仅仅是从田鼠那夺来一升半斗的蚕豆呢？然而他却什么也没有说。他回去后该怎么办呢？那饥肠辘辘、嗷嗷待哺的一家老小将怎样度过那天晚上呢？

我正呆呆地想着，突然传来一阵笑声："哈哈，真是白白送上门的，今晚马料不用咱们切了，有现成的啦，还白捡了一条麻袋！"我顺眼看去，只见一些蚕豆从麻袋里撒出来了。啊！那都是一些发芽的蚕豆了。我突然感到一股无法遏制的愤怒，我感到多少年来珍藏在心灵里最美好、最庄严、最神圣的某种东西，在这瞬间遭到了侮辱和践踏。我真想冲到那个家伙跟前，对他说

"你卑鄙"。但是,我什么也不能说,因为我是被改造的对象,没有说话的权利。我紧咬着下唇,猛然转过身,狠命地干起活来,泪水和汗水混在一起,往下滴着,滴进那田鼠可以为非作歹,而人却不能赖以生存的土地上。我承认我脆弱、我爱流泪,但是在我的记忆里,却从来没有像今天这样,为了耻辱而流泪!

晚上,躺在炕上,尽管累得像散架一样,我却无论如何也睡不着。白天的一幕,怎么也赶不走。那衣衫褴褛的身影,那顺良而苦涩的表情,那为了求生的顽强精神,是那么深深地感动着我。唉,又度过了一个无眠的秋夜。

"文革"时代已经永远结束,然而这件小事,这位淳朴、敦厚的农民却使我久久难以忘怀。我常常觉得我与那些贫苦的农民之间,似乎存在着一段说不清的"绳距"。经过十年的磨砺之后,我终于意识到,这段绳距就在于,我并不是真正地了解他们,我对他们更多的是同情和怜悯。那种伤感的泪水,归根结底是没有价值的。

如今,大城市丰富多彩的文化娱乐活动、日日夜夜的忙碌和应酬、形形色色的人物、现代化的医院、舒适的家……这一切的一切,是多么容易使人淡忘那荒凉的山区和那挖蚕豆的老乡。但不能啊!我永远地不忘记你,老乡!

我曾为西部山区老乡一哭!

我的童年是在战火纷飞和艰苦岁月中度过的。但从记事起,我就生活、学习在大城市,武汉、广州、北京、上海,全是中国的大城市。一九六八年,我从上海被发配到大西北。现在回忆起来,"文革"十年中最震撼我的事,除了父亲的死、家庭的变故,就是我第一次目睹了中国西部地区农民那令人触目惊心的贫困。

一九七〇年十一月,当时我是第七医院的一名医生,被发配到积石山农场劳动。

这儿地处甘肃和青海的交界处,海拔一千七百八十七至四千三百零八米,是保安、撒拉和东乡等少数民族的聚居地。我们当时是坐在敞篷大卡车上山的,即使是裹着厚厚的皮大衣也冻得直哆嗦。高寒山区的十一月给人冬天的感觉,只有我们一辆车在荒无人烟的土路上颠簸。

突然,我们看到了村子,一群孩子远远地欢笑着奔赴路旁。走近一看,我的心顿时缩紧了,因为这些孩子是赤身裸体的,虽然冻得瑟瑟发抖，嘴唇都变成乌紫色，但看到汽车过来，他们的眼睛里仍跳动着兴奋的火苗。这一幕深深地刺痛了我，一直在优渥环境里长大的我，对贫穷完全没有概念。而且，这种景象与我对新中国的认识相差甚远。不知出于一种什么感情，本来心绪就很坏的我此刻再也忍不住泪水，我一直哭到目的地——我们的农场。

所谓农场，就是在无边无际的荒山野岭里，盖有几栋简陋的小房子。我们睡的是炕，当时最痛苦的事情莫过于深更半夜时从温暖的被窝里爬出来去站哨。

农场的土地是山坡地，由于干旱少雨，麦子长得稀稀拉拉，不及膝高，亩产也就百十来斤。秋收割麦是件苦差，因为无法使用镰刀，所以只能用手拔，干了一会儿腰就像折了一样疼，有时割上坡地的麦子，我们干脆就趴在地上用手薅。农作物除了麦子还有蚕豆，我们还要砍柴、背柴，供烧炕和做饭用。

下大雪时，我们就执行"六二六"指示①，背起药箱到附近村子去送医送药，这让我亲身感受到当地农民的生存状态。本来，他们可以靠山吃饭，比如采些药材、种点果树等，但在当时，这些都被视为"资本主义的尾巴"。因此，他们只能靠天吃饭，种点麦子、蚕豆。那年正好下了冰雹，蚕豆地被打得稀巴

---

① 一九六五年六月二十六日，毛泽东在和部分医务人员的谈话过程中，发出了"把医疗卫生工作的重点放到农村去"的号召，这就是"六二六"指示。——编者

烂,家家都在饥饿中挣扎。最穷的人家,炕上是光溜溜的,连张席子都没有。因为没有棉裤,全家人围坐在炕上盖着一床破棉被,坑上放个小火盆,烧的都是蚕豆秆之类的东西。他们就是这样过冬的。有的人家连个土碗都没有,就在炕沿上用泥巴捏出碗状,再刷一层桐油,孩子们就趴在炕沿上吃饭。

那个时期,我每天晚上都会偷偷地哭。农场的条件虽然艰苦,但我们至少有暖炕睡,能吃饱肚子,但不知为什么,我总觉得委屈得不行,想不明白我们的农民为什么会那么贫困?我们为什么不来救救这里的饥民?

一晃,这都是快半个世纪前的事了。有一天,我在手机上看到一个讲积石山的视频,才知道这个苦寒之地已换了人间。

一九八一年,积石山保安族东乡族撒拉族自治县成立,隶属于甘肃省临夏回族自治州,现有近三十万人口。从视频上,我看到县城高楼大厦林立,宽敞的马路四通八达,黄河水穿城而过。山区则是花海草原、溪流潺潺、瀑布飞流的样子,是甘肃重要的生态旅游区。村民都住上了砖瓦房,房子窗明几净。村子里有了大学生,村民都用上了手机,很多年轻人也有了电脑。二〇二〇年,积石山县正式告别贫困县。

我庆幸自己在有生之年看到了积石山巨大的变化。

我在第七医院工作的三年间,经常一个人下乡去做征兵体检,所以很早就去过东乡县。那时,我坐着一辆到处都叮当乱响的破旧长途车前往东乡县,一路除了黄土就是烂石,令人毫无兴致。突然,我听到前面两个人说着正宗的北京话,心想这种地

陶斯亮在征兵体检路上小憩

方、这辆车上居然会有北京人,这让无聊至极的我突然有点兴奋。我问过后才知道他俩是北京大学医学部的毕业生,是被分配到这儿当医生的。

车到东乡县县城,我简直不敢相信,这儿似乎连一个村子都够不上,更像是一个破破烂烂的客栈,不过是有几间泥坯房,夹着一条黄土滚滚的公路。

在县武装部,我为大约一百名东乡县青年做了体检,他们一部分有甲状腺肿(缺碘所致),一部分有二级以上心脏杂音,还有一部分是身高不够或者有其他毛病。总之,我忙活了两天,一个体检合格的兵也没招到。这让我对东乡人的健康状况相当担忧。

二〇〇〇年,我邀请北京大学著名教授袁行霈夫妇、北京外国语大学的教授吴青(冰心的女儿)重回东乡县考察教育扶贫情况。三十年了,东乡县依然变化不大,还是破落的村子。村民喝的是窖水,也就是泥坑里蓄的水——黄浊不堪,却是东乡人的生命之水。我们到一所小学,那儿居然连厕所都没有,孩子们连糖的包装纸都不会撕,有些急得直哭。所有孩子都不会说普通话,只有活泼的吴青用肢体语言才能让孩子们发出笑声。那时,东乡县女孩子的失学率达到百分之八十,每年一百元的学费硬是压倒了一个家庭。那天,我们看到很多渴望上学的女孩子,她们的眼神就像我们是她们的救命恩人,几位教授心酸得泪洒黄土地。

这之后,我带女市长们连续几年都在做"手拉手扶贫助学"活动,每次来都会发现东乡县的变化。由于"母亲水窖"项目和雨水收集工程的实施，东乡人不再喝泥坑水，而是喝做了硬化处理的水泥水窖里的水。再后来，扬黄灌溉工程让东乡人可以打开水龙头定期储水。二〇一八年，我再去东乡县，已经家家用自来水了。

东乡县县城建得靓丽，所有基础设施都很到位。由于国家实行九年义务教育，这儿再也没有出现儿童失学现象。最让我惊讶的是，凡是适龄幼儿，一律进政府办的幼儿园。这些幼儿园漂亮得让人难以置信它们位于东乡县，最重要的是一切免费，老乡们不用花一分钱。幼儿园里的孩子们活泼可爱，三四岁的他们普通话都讲得流利极了。

东乡县的变化让我感慨万千。东乡族的祖先来自遥远的中亚，他们历经战乱与封建势力压迫，世世代代过着极度贫困的生活。如今，命运多舛的东乡人终于走上了光明之路。

对于中国的改革开放，现在有一些杂音——有些人试图把当前一切的社会矛盾，甚至国际冲突，都一股脑地推给改革开放。我相信，对改革开放以来中国巨大的变化，耳闻目睹的人大有人在，但有些人依然不顾事实。对这种人，我嗤之以鼻，因为我见证了中国大地上天翻地覆的变化，我知道现在中国人的生活与四十年前不可同日而语；我清楚国家花了多大力量来改变贫困地区的命运；我更了解"脱贫"是中国对世界的一个伟大贡献。最近，某国际机构的民调显示，中国人对国家治理的满意度达到百分之九十五，居世界之冠，我相信这个民调结论，请尊重民意吧！

中国医界一大旗——邓家栋

我尚在中国医学基金会任职时，针对当时医德医风日下、群众怨言日盛的情况，基金会推出了一个奖项——"医德医风奖"，专门奖励那些医德崇高、万众景仰的医者。此颁奖活动只举行了三届，先后授予了李恒英、裘法祖和邓家栋三位医界泰斗这个奖。

李恒英是世界级的麻风病专家。麻风病是一种古老且可怕的病，麻风杆菌侵犯皮肤和神经，会在脸上造成很多瘤状突起（弥散性肉芽肿病变），形成所谓的"狮面"，肢端也会残缺变形，给人一种狰狞恐怖感。在旧社会，麻风病人是与世隔绝、自生自灭的，甚至还有被活活烧死或者直接活埋的。李恒英走进麻风村，她不仅带去了很多先进的治疗手段，而且率先与麻风病人握手拥抱、同吃同乐。中华人民共和国成立时，中国还有五十多万名麻风病人。到了二〇〇〇年，中国政府向世界宣布已基本消灭麻风病。这傲人的成就中，李恒英当立首功，是该被刻碑立传的杰出人物。

裘法祖院士是中国现代普通外科的开拓者以及肝移植的奠基人，赫赫有名的吴孟超就是他的学生，我大学时读的《外科学》，正是裘法祖院士主编。他的学生李培根院士如此评价他：在近一个世纪的传奇人生中，悬壶济世，学著等身，桃李满天，给我们留下了一条医界的大河、一座医界的大山和一条培养医生成为好医生之路。

而邓家栋则是学医者不会不知道的存在，他是中国血液学的开山鼻祖，我在上大学时学过他主编的《诊断学基础》。

这三位获奖者，我只看望过邓家栋，本以为是一次普通的拜访，没想到竟被感动得无以复加。

二〇〇一年十月十八日晚，邓老亲自给我来了个电话，电话里的他哪像九十五岁的老人——说话是非常清楚连贯的，这说明他的思维仍很强健。他还回忆起当年见我父母的情景，令我惊讶不已。

邓老的电话让我万分不安，于是第二天买了一大束粉红色百合花，亲自登门看望他老人家。老人的生活情景令人感叹唏嘘，他与同样高龄的老伴住在一家药厂的职工宿舍内，毫无环境可言的大院、已陈旧不堪的筒子楼，还有那斑驳的外墙、肮脏的楼梯、灰暗的过道，谁能想到这儿的三楼竟住着一位国宝级的医学老前辈呢！听到我叫门，邓老高兴地回应着，步履蹒跚地来给我开门。距上次在裕龙大酒店见他，一晃已五年过去，我面前的邓老，似乎变得更加瘦小了，他佝偻着背，头发尚多且长，呈灰白色，两只眼睛细小得简直就是两道缝。邓老穿着一身在胡同里随处可见的老大爷们穿的朴素衣装，即便这样，仍从骨子里透出儒雅。

他住的是老式的两室房屋，没有客厅，只有一个小小的过厅，一长两短的旧沙发分靠在墙两边，中间有一个小茶几，留下的空间已容不下一双腿。另一面靠墙的地方，有一张旧桌，桌上放着一些诸如钟表、花瓶等杂七杂八的东西。第四面靠墙的地方放的不知是什么东西，因为是用旧被单盖着的，长长的一溜，占了半个过道，我估计是书籍。室内完全没有装修，墙已泛黑，粗糙的水泥地面透着寒气。虽然我没进卧室，但透过敞开的门看，卧室应更加凌乱。邓老没有请人照顾，他一个已退休的儿子和儿媳住旁边一个单元，以便照顾二老。

对这样清贫的生活，邓老没有丝毫抱怨，相反，总流露出一种满足。他说这儿购物方便，虽然没有电梯，故不能去院中散步，但卧室阳光充足，也算可以晒到太阳。再说，被儿子、儿媳照顾得也很好。他儿子说，邓老很少求人，组织上曾让他去方庄住，改善一下居住条件，他不愿意去。按规定，邓老可以享受副部级待遇，但他安贫若素，不为所动。老教授这种平和安详、无欲无求，对清贫甘之如饴的高尚情操，感动得我几次热泪盈眶。

邓老虽已九十五岁，但脑力不见衰退，对往事记得一清二楚，语言流畅，几乎是不假思索的。特别是他依然耳聪目明，那双看似盲了的小眼，什么都看得见，就连名片上最小的字都不会漏掉。

邓老的介绍材料上这样写道："这位与世纪同行，德高学富的老人，不仅为我国血液学事业的创立和发展做出了卓越贡献，为培育众多优秀学者和医生倾注了毕生心血，更是以处处为病人着想、时时以平凡自谦的崇高医德，淡泊名利、行廉志洁的高风亮节，赢得了人们由衷的爱戴。"原卫生部副部长黄树则赞美他是"中国医界一大旗"。

从邓老的陋室出来，我觉得自己的灵魂升华了。我突然想起有一年游览五台山，我走累了，坐在寺庙外的一个石阶上休息，这时从远处走来一道士，走至我面前时丢下一句"人到无欲品自高"后，飘然而去。难道这句话是专门送给我的吗？我浮想联翩。但是今天，在看望过邓家栋老前辈后，我觉得他才配得上这句话。

二〇〇四年五月二十二日，邓家栋以九十八岁高龄去世。在他获得的一长串荣誉中，有一个是"医德医风终身奖"。这样的荣誉在他辉煌的一生中算得了什么呢？但是也只有他这样的人才配获这个奖项。

几张粮票换来的传奇爱情

在一九九九年六月的某天,我一走进西苑饭店大厅,就看见空军总医院的老友张开明站在那儿。她旁边站了个人,我看也没看,就傻里傻气地问开明:"老林呢?""这不是吗?!"开明笑着指旁边的男人,我一扭头,正看到老林那张灿烂的笑脸。

他的变化不如我想象的大,他没有发福,只是额角变宽了,戴着副金丝眼镜,面色红润,样子斯文儒雅。老林搂着我的双肩说:"谢谢!陶医生!"

老林是空军总医院放射科的技师,算是老人了。他为人热情友善,永远笑脸迎人。他的技术也好,在医院有着不错的人缘。然而一九八七年,在我离开医院之后,却传来他被判无期徒刑的消息,让我大为吃惊。

听医院的人说,有一天,放射科的X光机坏了,检查后发现电缆被人为剪断,而老林刚好主张换新机器,故被认为有作案动机。有无证据不得而知,但老林最终被判了无期徒刑。空军总医院的同志普遍认为判重了。

老林的妻子小何是空军总医院检验科的医生，我们关系不错。听说，老林被捕后立即就被抄了家，家里什么也没有，可谓清贫了。后来，小何死于卵巢癌，他们的女儿离婚……家破人亡，老林自己也差点病死在狱中。

他也算命大福大，十几年过去了，老林不仅熬过了艰难岁月，还金钱、美人双丰收。他的经历太神奇了，就是最善于挖空心思编剧本的人，也构思不出这样一个故事来。

事情是这样的。老林因脑血管疾病被保外就医，病愈后，为了生活，他到一家美国公司的地下仓库扛活。一个文弱书生，每天要扛不计其数的纸箱，但为了每月五百元的工资，他必须付出体力。

一个周日，总经理拿着一份传真到地下室找人。因是周日，全公司只有老林在仓库值班。他见总经理着急，就想出手相帮，总经理疑惑地看着他："你行吗？""试试吧！"老林当即换上总经理的西装，人立马变了个模样。老林带着总经理，去找对外经济贸易部的熟人，只用了一周，事情就解决了。由于这份功劳，加之他的英文好，总经理认准他是个人才，于是将他请到楼上，当了白领。

又过了一些时候，他发现公司里来了位气度不凡的贵妇，他知道这是从美国来的总裁。女总裁一直盯着他，一言不发，老林自知是个犯人，虽改判为有期徒刑十七年，但依然是戴罪在身的，哪敢抬眼。这位女总裁调来他的履历表，表中姓名一栏填的是"林宁"。她仔细看完表格后，就将老林叫到她的办公室，深情地望着他说："你是阿林吧？"老林原先的预感得到了证实，还没等说什么,她已紧紧抱住了老林。

原来,她曾是老林的老乡,比老林小十多岁,当时只是一个小女孩。由于是逃台大地主的女儿,她生活得十分艰难,几乎是过不下去了。老林当时在部队,条件要好得多,所以时常用钱和粮票接济她,后来又帮助她办理了出国手续。三十多年过去,两人也没有书信来往,却没想到有这样的巧遇。

此时两人都已失去伴侣,老林已年近花甲,而她不到五十岁。"我们俩一起过吧!"她说。他们成了情人,但老林拒不结婚,他的自尊、他的脆弱、他的心灵创伤,都不允许他触及婚姻。但她非老林不嫁,于是就有了这样一个没有说完的故事。

如今,老林是这家公司的首席顾问,每天的工资近千元,也就是说他每月至少有两万多元的收入。老林认定自己的案子是个冤案,但想让法院纠正错误谈何容易?他还有六年的刑期。

二十多年过去了,不知这对苦命鸳鸯是劳燕分飞了,还是依然相伴在一起?

老林的奇遇,若不是他亲口讲给我听,我当晚又写了日记,有谁能相信这是真实的呢?

其实,我之所以把老林的这一段故事写出来,是因为我体悟到:人生中一个无心之举,往往会得到意想不到的回报。有时是别人之于我,有时是我之于别人。

二〇〇〇年,我被邀请回甘肃临夏参加某个庆祝大会。在参加大会时,突然有人递给我一个红包,说是时任新闻出版总署署长石宗源的夫人送我的。她母亲曾在第七医院住院,是我的病人。我一下愣住了，这都是三十多年前的事了，我根本记不得是哪位老太太，也想不出我对她有什么特殊的照顾。后来，石宗源调任贵州省委书记，我去贵州出差时终于见到了他。他说我在第七医院当医生时，他正在临夏工作。有一次，他岳母患急重症住院，得到了我细心的治疗，老人出院后仍然记得我，总是念叨我，现老人早已不在，就由他们来报这个恩。

也有别人有恩于我。我父亲被打倒后，有一段时间我没钱买粮票，便向一位老同志借了十五元。十年后在西安，我竟又见到他，我掏出十五元给他，他吃惊地看着我："这是干吗？""十年前我向你借的，忘了？你在我最无助的时候帮助了我，解决了我一个月的吃饭问题，我每天都在感激你，今天终于可以如数奉还！"

我看过一篇文章，名为《善良的穿透力》，文中讲了一个很生动的故事。十九世纪末，英国一个农夫从化粪池里救出了一个贵族的儿子，贵族老爷要重赏农夫，农夫拒绝，但他提出一个要求，送他儿子去读书。后来，农夫的儿子弗莱明成了青霉素的发明者，而贵族之子丘吉尔成了英国首相。农夫的一个善举，造就了世界上两个伟大的人物。

一切回报都有一个善源。善源究竟是什么东西呢？我认为它是人性中最美好的一面。"人之初，性本善"是中华民族的传统理念，我们从来没有侵略和蹂躏别国的历史。相反，在第二次世界大战中，我国上海、哈尔滨等城市收留了几万名犹太人，使他们免遭纳粹杀戮。有一次，我与以色列驻华大使会面，他想邀请我国上海、哈尔滨、天津、开封等几个与犹太民族有渊源的城市领导访问以色列。"中华民族是世界上少有的文化中没有反犹基因的民族。"大使真诚地说。

抗日战争胜利后，东北有很多日本遗孤被中国家庭收养。我看过一部舞蹈作品《中国妈妈》，讲的就是东北妇女如何用伟大的母爱抚养敌国的孩子，此举实属世上无双。谢晋有部电影叫《清凉寺钟声》，讲的是一位叫羊角大娘的善良妇女收留了一个日本婴儿，为其取名狗娃。她含辛茹苦、百般艰难地将孩子抚养成人，最终被逼无奈，将狗娃送进寺庙，法号"明镜"。明镜后来成了高僧大德，并与生母团圆。

中华民族是多么善良的民族啊！我们一直推崇"仁爱"，"仁义礼智信"是中华民族几千年来推崇的价值观，也是"以德治国"的基础。而西方认为人性本恶，时时要向上帝赎罪，应建立一个法制社会，以此来抑制人性的恶。

其实"以德治国"也好，"依法治国"也好，目的都是让人从善。"善"并不是什么"高大上"的事情，不过是举手之劳。但这看似稀疏平常的事情，却得到了意想不到的回报。老林的几张粮票换来了一场传奇爱情；我对一位生病的大娘尽了点心，三十多年后得到了她儿女的回报；老同志借我的十五元，我铭记于心，十年后如数奉还……

古人言："人为善，福虽未至，祸已远离；人为恶，祸虽未至，福已远离。"即行善也有趋利避害的作用。日行一善，功满三千！让我们传承着善良的民族也随着中国的崛起，屹立于世界民族之林吧！

辑四 市长之风

两个喜感十足的老人在一起,喝着老酒,说着老话……他们曾经是南北双子星,交相辉映。如今双星陨落,代表着一个时代的结束。

亦师亦友叶维钧

今天（二〇一九年十月十二日），老叶真的离我们而去了！国庆前夕，我听说他住院报病危，心想一定要去看望他，兴许这就是最后一见了。没想到我于十月一日凌晨右腿肌腱拉伤，寸步难行。待今天再见到他时，已是阴阳两隔了！

我这一生不敢说有多少苦难深重，但沟沟坎坎从没断过，幸而命好福大，总能遇到贵人相助。原空军总医院的姚院长、原卫生部的郭子恒部长，还有中央统战部的原部长阎明复，他们在我人生的各个阶段，既是领导也是良师。而老叶于我，二十多年来更一直亦师亦友。

一九九一年初，我第一次见老叶的情景仍历历在目。艺术家王平带我去老叶家拜访，给我留下印象最深的是他的笑，不是第一次见面时礼节性的微笑，而是笑得眼睛眯成一条缝，拍着巴掌说："太好了！太好了！"我悬着的一颗心哐当放下，心想："在这老头手下干，我一百个愿意。"

我成了老叶的下属，成了新成立的中国市长协会资历最浅的副秘书长。我们在一起工作了将近二十年。

老叶是一位被埋没了的非常有水平的干部,以他的资格、能力、政治智慧、丰富的城市工作经验,以及在全国城建口的人脉和威信,完全能够胜任更高层的工作。但是他面对职务、官位、权力时波澜不惊,让人看不出他对此有一丝眷恋。

他睿智、幽默、爱开玩笑,是个快乐有趣的老头。有一次我们俩一起去向副部长汇报,对方没有任何反应,从头至尾都在抠弄指甲,场面十分尴尬。这时,老叶走到一个书柜前,对里面的茶叶品头论足,副部长这才笑了:"你拿走吧!"老叶赶忙拿起一罐茶颠颠地出门来。我嗔怪他:"你自己就是品茶专家,干吗要他的?""我不这样咱俩怎么离开啊?"这个老头太聪明了!在他的领导下,协会上上下下的同志始终其乐融融。

虽然很难见到老叶拉下脸去训斥谁,但协会上上下下没有不服他的。现在已成知名企业家,曾任过协会副秘书长的黄怒波,极其能干,点子特多,又桀骜不驯,但他非常敬佩老叶。当时分管外事的副秘书长老邢,性格耿直正派,但整天梗着脖子撑人,哪怕是外国人也照撑不误,但他唯独听老叶的。当时管财务的副秘书长志华,原则性很强,但有时一根筋,特犟,唯有老叶能说服他。协会闹心的人、遭心的事层出不穷,总能被老叶轻松化解。但老叶也并不是一个只会眯眯笑的老头,他一旦严肃起来,那是谁都不敢吭声的。他宽严结合,对协会每个人的心性品行都了如指掌,有人犯了错,他予以宽容,但有些人、有些事必须严肃处理的,他也绝不手软。他为市长协会开创了一个宽松和谐的工作环境。他提出的"为城市发展服务,为市长的工作服务"的办会方针,成为协会每个同志的金科玉律,二十多年来,几任秘书长都不曾偏离过这个方针。

当然,令我印象最深刻的还是老叶对我倾尽心血的栽培。到协会工作一两年后,老叶就有意识地培养我了,我是城市工作方面的素人,没根底,缺乏专业知识,徒有一股热情。老叶言传身教,让我在城市科学领域增长了见识,也结交了一批市长朋友。凡是抛头露面的事,老叶总是把我推到最前面,他甘愿在后面默默地支持我。对待荣誉他也是退避三舍,几次部里评选先进个人,他都把我推到这个光环下。在秘书处,无论我提出什么建议,老叶都会第一个站出来支持,当然对我欠合理的意见老叶也会真诚地指出。在老叶精心地培养下,一九九六年,我接过他的班,成为协会的第二任秘书长。老叶把荣誉、功劳和知名度都让给了我,他自己甘愿寂寂无名,这是怎样无私的胸怀和高尚的气量啊!所以,没有老叶,就没有我的今天。

二〇一二年,老叶第一次脑出血,他奇迹般地战胜了疾病。每当我去他家看望他时,他都是一副惊喜的样子,拍着手,眼睛笑成一道缝。由于诸多原因,近年来我只是去海南前才会去看望他一下。比起他对我的信赖和恩情,我真是觉得愧疚。

老叶二次脑出血,再也没有奇迹发生,他安详地走了。协会的同志,包括早已退休的老同志,都赶来为老叶送行。

协会会永远铭记老叶的功劳,于我而言,更是不敢忘却我的恩人。此刻,我眼前又浮现出那个拍着手,笑眯眯的可爱老头了!

张百发东乡助学记

二〇〇二年仲夏，我拉着大名鼎鼎的北京市原副市长张百发去东乡县扶贫助学。百发那"平民市长"的独特风格，给我留下感人又有趣的回忆。

话得从二〇〇一年说起。当时，法国留学归来的龚羽飞担任甘肃康辉国际旅行社的总经理，那时国家还没有实行学费减免政策，国家特级贫困县东乡县有大量的孩子辍学，特别是女孩子，普遍都上不了学。于是，龚羽飞想将旅游与助学结合起来，我立即响应了她，当年就拉上著名的北大中文系教授袁行霈及其夫人杨贺松，以及社会影响力很大的吴青，去东乡县实地考察了一次。

东乡族是我国五十五个少数民族之一。根据部分学者的研究成果，他们在成吉思汗的强迫下，于十三世纪从遥远的中亚东迁至中国。这个历经苦难的民族，八百年来一直躲避在黄土高原深处，过着极其艰难的生活。

我们被这个民族惊人的贫穷所震撼，望着那些两腮有着"高原红"，听不懂普通话，眸子纯净、茫然，但深处仍闪动着火苗的失学孩子，我们心碎了，忍不住泪洒黄土地。

回京后，我就与女市长分会组织了一个"女市长东乡手拉手扶贫助学"活动，每年请一些女市长、知名人士、企业家去东乡县看望那些孩子，并帮助他们上学。

二〇〇二年六月底，我们又准备去东乡县了，我一个电话打给了张百发。

"百发呀，忙什么呢？"

"瞎待着呗！"

"那你跟我们去甘肃扶贫助学吧！"

"去！"他干巴脆地回答，这是百发的特点。

"这次去扶贫，我不想惊动甘肃省里，否则花在咱们身上的接待费比咱们捐助的还多，那就没意义了。咱们就以一个小老百姓的身份去吧，行吗？"

"行！"又是一个干巴脆的回答。

请到了百发，我们很高兴，与县教育局通电话时，对方兴奋地说："张百发？不就是那个要跳楼的北京市副市长吗？"（在修建北京京广中心时，百发曾发誓：若不能按时完工，他就从楼顶上跳下去。这话广为流传，成了百发的名言。）

六月二十三日，我陪张百发，还有当时国家外国专家局副局长张宇杰、《中华儿女》杂志社社长杨筱怀一行人飞往兰州。到兰州机场下飞机后，果然除了羽飞再无第二人来接。我们拖着行李走了很长一段路才上车。那是辆老掉牙的考斯特，开起来哪儿哪儿都是哐当乱响的，最要命的是，开不了多久，车的水箱就沸腾了，得加凉水或干脆等水箱自然冷却下来。

这晚，我们在兰州一家简朴的酒店住了一宿，第二天一大早又乘这辆老爷车驰往东乡县。黄土高原荒凉又壮观，深沟大壑将坝子切割成碎裂的大地，路两边是万丈深渊。有一位香港捐助者，被这路吓出一身冷汗，但再瞅瞅百发，睡得呼呼的。他就是有这个毛病——上车就睡，一觉醒来也不管我们爱不爱听，自得其乐地唱京戏、评剧、曲剧、梆子……看他对接待、住宿、车辆毫不在意的样子，我也松了口气。

经过一路颠簸，我们总算来到了龙泉乡小学门口，只见孩子们早已列好队来欢迎我们。我们被请到院子里坐下，面前的桌子上摆有茶水。因为东乡县的平均海拔约二千六百一十米，紫外线很强，所以学校还发给我们一人一顶草帽。但孩子们规规矩矩地站在太阳下暴晒，让我们心中老大不忍。百发张罗孩子们坐下并开始发糖。我们带了十斤糖，但今天来了三百多个孩子，一人分一块也不够，没分到的孩子伤心地哭了起来，此情此景让我们感叹唏嘘。城里孩子们的牙都吃坏了，而东乡县的孩子们甚至还不会剥糖纸。

百发深受触动，当场宣布捐十五万给东乡县做助学基金，这笔钱将由他向北辰集团筹措。在这次的"手拉手"活动中，寻求个人资助的孩子有三十个，百发一人就包了四个，并一次性付清了这四个孩子五年的学费。也许是孩子们吃糖的情景让他揪心，百发又自掏腰包，给这三十个孩子每人一百元："拿着，这是爷爷给的买糖钱！"孩子们目瞪口呆，他们从未见过这么大的"票子"（那可是十几年前的一百元啊）。

二〇〇四年，女市长分会邀请东乡县的一批小学校长和老师来京观光学习，临走前，百发在鸿宾楼为他们设宴饯行，并非常细心地给每人准备了一份礼物——满满一大包北京有名的清真食品。当听说东乡县至今还没有一间电脑教室时，他当即拍板捐款二十万，在龙泉小学建一个电脑教室，龙泉小学校长感动得流下热泪。当我再一次去东乡县时，龙泉小学的孩子已初步学会使用电脑，一个孩子在电脑上画出一个"心"形图案，以表他的感恩之情。我则在心里暗暗地感激百发，他就是咱们老百姓嘴里说的那种好官啊！

我与百发认识，是因为他当过北京市副市长，在以前的接触中，我都是看他怎么当官的，而这次来大西北，我则感受到他是怎样做人的。一路上，从他的点滴言行中，我认识了一个极富同情心、平等待人、慈悲为怀、乐善好施、豪爽仗义的平民张百发。

无论在兰州、东乡、嘉峪关，还是在敦煌，我都没有安排官方人员来接待，没给百发任何特殊照顾，吃、住、行都是很简陋的，日程安排得也很辛苦。但百发始终乐乐呵呵，一点埋怨都没有。不过，他一路"哄抬物价"，让我们哭笑不得。如每次在小饭馆吃饭，他都问问价位，然后总是说："太便宜了！多给点！赶紧的！"回回都由我们买方主动提价。学斌在莫高窟买了串骨项链，讨价到三十元，百发伸手递去一张百元钞票，并说道：

"讲什么价！"我们在鸣沙山骑骆驼，本来在起点已交了费，到终点后，百发又给每个为我们拉骆驼的人手里塞上几十元，全是他自己的钱。百发一路行善，他的想法是西北人民贫困，小商小贩们赚点钱不容易，能给就多给一点。百发践行了"不以善小而不为"的传统美德。

最让我感动的是在游览魔鬼城时发生的一件事。在大漠深处，一座座千姿百态的土丘，像是汪洋大海中的一列列舰队，这就是魔鬼城——没有生命的沙海，白天气温高达五十摄氏度，夜里则骤降至零摄氏度以下。这儿的环境恶劣，管理人员只能待在地窖里。那天，我们也挤到地窖里吃自带的午餐，食物很丰富，可还没等我们吃，百发就大声宣布："哎，大伙儿！你们把吃不了的东西给人家留下，他们这儿一周才供应一次。"话音刚落，百发就拿着一个空饭盒到每个人面前"搜刮"，我们纷纷献出香肠、鸡腿、黄瓜、西红柿……百发的意思是，我们应留给管理人员没动过的干净食品，而不是一堆垃圾。管理人员为答谢我们，从床底下拉出一只纸箱，里面装的是他们从沙漠里捡来的奇石。百发立即叫卖起来："五十元一块！少了不卖！"我花了一百五十元买了三块风凌石。临离开时，百发见桌上有一瓶开了盖但没喝几口的矿泉水，就抄起来放怀里了。"这是喝过的。"我提醒道。"没关系，又没有艾滋病，扔这儿可惜了。"当时我在心里暗想："换我的话，我会喝这瓶水吗？"很惭愧！我显然是做不到的。

这次来大西北，百发一路行善，虽然都是点滴小事，但不要说一般官员做不到,就连我这个自诩做慈善的人也是自愧不如的。百发本是农村苦娃,后来在北京当建筑工人,他的"青年突击队"曾名扬二十世纪五十年代,他成了那一代人的楷模。再后来,他的官越做越大,成为名副其实的"名市长",全国几乎无人不知。但他的内心深处始终对劳苦大众怀有最真诚、最纯朴的感情,他对老百姓的一举一动、一言一行,都是那么自然亲切,没有一点作秀的成分,不愧被老百姓称为"平民市长"。

潇洒农民黎子流

二〇二二年十二月，我在广州毫不意外地染上了新冠病毒，听说老市长黎子流夫妇也都感染了，并且住进了医院。继而，就传来黎市长因心脏问题于二十五日去世的消息。太突然了！他虽已九十一岁，但一贯是生龙活虎的，怎就被这小小的病毒吞噬了呢？我真的难以接受这个事实。十二月二十八日是向黎市长告别的日子，我本是绝对会参加的，但那天我发烧三十八点八摄氏度，实在是爬不起来。没有去送敬爱的老领导、老朋友最后一程，这令我始终无法释怀。转眼，黎市长离世已经一年，在他逝世一周年之际，我以此文凭吊他。

会当官会办事，明星市长显神通

二十世纪九十年代是中国城市大发展的时代，"城市规划""城市建设""城市管理"的呼声响彻云霄，各路人才风云际会，一时间中国的市长中人才辈出，群星灿烂。著名作家蒋子龙曾说市长也是城市的一道风景线。确实,那时的市长风光独好,很多人在日后成了党和国家卓越的领导人。而在民间,最著名的莫过于北京的张百发和广州的黎子流。

一九九○年,已五十九岁的黎子流从一个某办主任的闲差上被调为广州市市长。广州人纷纷议论:我们广州难道没有人了吗?怎么找这么一个乡巴佬来当我们的市长?连他自己都说:"以我的文化水平和工作能力是不胜任的。"当时,我也在广州,在电视里看到这位新市长,第一感觉是他太普通了,如果丢进人流里,估计连个泡都不会冒一下。但就是这个小个子、秃顶的顺德人,仅任职六年就让广州地区生产总值(GDP)增长了四点五倍,实现了年均百分之十九的增长,远远高于广东省和全国的发展速度。黎子流一上任,就豪迈地提出:用十五年时间,将广州建成国际化大都市。他对标的是香港,当时没人相信,但到了二○二○年,广州的GDP果然超越香港。当他在市人大党委会上宣布辞职时,全体市人大代表起立,向老市长鼓掌致敬长达三分钟。从看不上他,到喜欢上他,再到舍不得他,黎子流迅速赢得了广州人的热爱。

他是怎么做到的呢?我认为任仲夷(二十世纪八十年代的广东省委书记)的话是最好的答案,我亲耳听任老这样评论黎子流:会当官,会办事,会做人。我当年在日记里也曾写道:

> 曾听黎市长说过,他初任广州市市长时,有人建议他"远学陈济棠,近学陶铸",但我看得很清楚,他绝对有自

己独特的风格。他的工作作风干脆明快，他敢打敢拼，绝不拖泥带水，干任何事情都放得出收得住，出击绝不瞻前顾后，收缩毫不犹犹豫豫。但另一方面，他为人厚道、平和亲切、真诚热情，从不盛气凌人，最难得的是，他有着别具特色的潇洒不羁。

黎市长讲过几件事，令我印象很深，它们很能说明任老对黎子流的评论以及我对他的看法。

黎子流一上任，就碰到关于"香港越秀集团负债三十三亿要不要破产"的大争论，争吵了三天三夜也不出结果，黎市长当即拍板：不能破产，越秀是我们广州在香港的门户、招牌，这个阵地绝不能坍塌！但紧接着就面临汇丰银行来逼债的局面。汇丰银行要求广州市必须在七天内还清三十亿的债务，他们的态度非常强硬。黎市长召见汇丰银行的人，提出两个办法供他们选择，一个办法是抽调各部门外汇，保证一周内还清三十亿，但是有三条要求：一是不许汇丰再进广州；二是广州所有的企业不准在汇丰旗下的银行存款；三是在香港，广州与汇丰一刀两断。另一个办法是给一个半月的时间还清债务，那三条要求自然就不存在了。"黎三条"完全把汇丰银行给镇住了，不用说，他们当然忙不迭地选第二种办法。黎市长有句名言"办法总比困难多"，他一上任就与威风八面的汇丰银行过了招，展示了他是一个解决问题的高手。

有一天，黎市长在电梯口碰到时任副总理的朱镕基，两人走进电梯后，开电梯的小姑娘问："去几楼？"黎惊奇地说道："我就是黎子流啊！怎么，你认识我吗？"一旁的朱镕基说："哦，你就是广州市市长黎子流！"也就黎市长有这个本事，能把"去几楼"听成"黎子流"。那样的场面，我想铁面总理也是会偷偷笑的。

朱镕基当总理后，来广州听关于宏观调控执行情况的汇报，每个市和部门只有五分钟的发言时间，书记高祀仁讲了三分钟，给黎剩下两分钟。他站起来大声说："报告总理，广州困难非常大！"他知道，其实两分钟什么都说不了，于是通过总理的秘书，请总理无论如何拿出半小时听广州市的汇报，结果总理真应允了。于是黎市长带着一班人去了北京，拿出十七个项目，一个一个地给总理分析。半个小时早就过去了，朱总理已经开始打领带，准备去见外宾。总理走前给了广州一个特殊政策——可以贷款，但不许对外说。允许贷款，广州就活了，黎市长敢打敢冲，即便面对以刚硬出名的朱镕基也毫无惧色，为广州人民争取到了有利政策，盘活了地铁、外环、机场等几个重点项目。

有一次，听说黎市长生病住院了，我与谭得俐大姐去医院看望。黎市长告诉我们病情真相。原来，他患有椎间盘突出，急性发作时疼痛难忍，为了坚持工作，他一口气吃了六片止疼剂，是正常剂量的两倍。此后觉得大便不对头，人也逐渐虚弱，脸色苍白，这样拖了很久，在他夫人的一再敦促下去医院检查，当即入院。原来大剂量的止疼剂造成了胃出血，血色素由十二克/分升掉到六克/分升，医生说他再拖下去就要虚脱了。我听后很感动,在血色素急剧掉到六克/分升时仍在坚持工作,且是超常的繁重工作,黎市长这是拼了老命在干啊!

王守初(当时黎班子里的女副市长)给我讲了件事:黎子流担任江门市委书记时,发生了一件不好的事情,当时病故的市长是有责任的,有人就建议把责任全部推给病故的市长,黎子流拒绝了,他把责任全部揽过来,承担了一切后果。他说:"我们不能把责任推到死人身上!"王守初感叹地说:"黎市长是个正直厚道的人,是个一心一意奉献,愿意干到死、干到残的人!"

二十世纪八九十年代,广东有一大批从基层提拔上来的干部,他们的文化程度不高,但个个都实干、苦干、敢干,他们大刀阔斧,各显神通,政绩傲人。黎子流、梁广大是这群干部中的佼佼者。我有时会想,是哪一位大领导如此慧眼独具,将一个农村出来、文化程度不高、没有任何名气、临近退休的老头,派到广州这么一座天之骄子般的城市当市长呢?这得冒多大的风险啊!事实证明,黎子流这个广州市市长,当得真是全国响当当的。

会做人会说话,农民市长也潇洒

很多人在提到黎子流时,会用"可爱"二字来形容。二〇二二年十一月,我在朋友圈转发了一个视频,标题为《九十一岁可爱老市长黎子流十分钟发言掌声十几次》,朋友圈后面的留言也都是一片"可爱"声,连我的老朋友鲍国安都写了句"这位黎市长太可爱了"。黎殁于九十一岁,这个视频看来是去世当年的。视频中,黎市长满面红光,精神矍铄,蹩脚的普通话金句频频。"我退休二十六年了,我仍然是这二十六年当中,归田未解甲。""岁月是留不住的……但是心境可以年轻。""公务员可以有退休,共产党员……没有退休,只有终身奋斗。""干了不说,干完再说,多干少说。""人生自古谁无死,还有余热就发光。"……台下的掌声、笑声一阵接一阵。他还说过许多话,我都将其当作座右铭,如"办法总比困难多"。那句"组织只能依靠,不能依赖"更是被我当作了一篇文章的标题。

如此会说话的黎市长却是个地道的农民,他说他现在的好身体是在几十年的劳动中练就的。二十世纪八十年代前,他一直没有中断过劳动,什么农活都会干,也有力气,他身上至今保留着一些农民的习惯,例如特别能吃。有一次,中国市长协会广州联络处请他吃自助餐,他一口气干掉了十二盘,我望着他那满盘子的小排骨,问:"你一大早能吃得下这么多肉吗?""那吃什么呢?"我反而被他问住了。他还保留着农民的吃饭习惯,我们请他吃饭,不管有多少菜,都要给他备一条咸鱼和一大碗白米饭。他穿衣服不讲究,什么颜色都敢混搭,衬衣的纽扣规规矩矩地从头系到底。他还酷爱粤剧,他自己唱时,那表情、那动作,都是如痴如醉的。

在黎子流身上,从来没有知识分子的脸皮薄不好意思、扭扭捏捏的样子,他的本色自然,还自带喜感,无论在什么场合,都挥洒自如,绝无一点窘态。他的秘书小马对我说,陪市长出国后发现，外国友人让他唱他就唱，让他跳他就跳，他根本不会跳，但就是敢跳。市长代表大会期间，晚上开联欢会，因怕被拉到台上演节目，男市长们一个个都悄悄地溜走，黎市长则在外面吃完宴，满头大汗地赶回来上台演唱，唱了首粤曲《时刻听从党召唤》，又与广西的一位女市长对唱《刘三姐》，全场笑得前仰后合。他任上的最后一次讲话，是在中国市长协会于广州办的一次论坛上。他见参会者中有不少女市长，于是开口便讲"女男市长们"，引起大家一阵哄笑。黎市长很认真地问："没有错吧？"回答他的则是更大的笑声和掌声。这次讲话也为他的市长生涯画上了一个圆满的句号。

黎市长尽管只上过两年小学，但并非没有文化。他写得一手好字，掌握丰富的群众性语言，做报告时经常引来欢声笑语，与市民交流更是如鱼在水，毫无障碍。他不仅是人民的好市长，还是一个非常有能力的社会活动家，五湖四海、庙堂江湖，朋友遍天下。他能把香港的大富豪一个个招来广州投资，而且真心诚意地与他们做朋友。他热衷于各种社会活动，更身体力行地参与公益事业，唱一首粤曲就能获得一百万善款。

黎子流任期内能取得那么辉煌的成就，靠一个人单打独斗是不行的，他的班子成员很强，不乏卧龙、凤雏。特别是陈开枝——"文革"前的大学生，长期在广东省委任副秘书长。邓小平南方谈话，他全程陪同，是个解决"疑难杂症"（如公共事件、灾难现场）的高手，荣获过全国扶贫状元，在广东省的名气很大。一九九二年，他被调到广州市，任常务副市长。这么一个骁悍之人能服黎市长吗？副市长中还有长期搞理论研究的雷宇，清华大学建筑系研究生毕业管城建的石安海，还有中央下派的沈柏年、专业出身且实干的戴治国、看似白面书生实则段子手的刘锦湘、农业专家郭向阳、秀外慧中的姚蓉宾、飒爽热情的王守初、年轻帅气的伍亮……他们真诚地尊敬黎市长，而黎市长也给予他们充分信任，让他们在各自分管的领域大展宏图。整个班子风清气正，政通人和。他们退下后也没有散伙，每年都要团聚一次，其中包括他们的秘书和司机，并依然尊黎子流为老班长。这项活动他们坚持了二十多年，这在中国官场是个奇观。

绝不只是笑话，也是一个奖

比黎子流的市长身份更出名的，肯定是他讲普通话的笑话，这些笑话中外驰名，不知给多少人带来快乐。其实有意无意地，人们把所有广东人说普通话闹的笑话都扣到黎子流身上，成为国人茶余饭后的消遣。听他说，只有"黄色节目（芥末）""拒绝（自觉）接受人大监督""三个鸡公（鞠躬）"等是他的"专利"，其他都是人们强加给他的，但他也来者不拒，全盘照收。他是个天性快乐的人，能娱乐别人何乐而不为？

很少有人知道，一九九五年八月七日，《人民日报》刊发了一篇小文章《贺黎子流获奖》。文中提到"广州市长黎子流得了一个奖——推广普通话特别奖"，"大家知道，在广州，推广普通话比起许多城市难度要大……几年来，作为广州市长的黎子流,对推广普通话乃至整个语言文字工作的规范化十分重视。尤其可贵的是,他以身作则,从我做起,不但在开会时,而且在日常工作中坚持讲普通话。黎是广东顺德人,学讲普通话不那么容易,但他有一条:'我就是大胆讲,认真学。'这'大胆讲',看来是学好普通话的一个秘诀。大胆讲,可能闹点笑话;不敢讲,笑话可能更大。"那年的《羊城晚报》也报道了黎子流获奖的事,标题用的是《大胆讲,讲来一个奖》。

国人都视黎子流讲普通话为一个乐子,却不知道他为讲好普通话所付出的努力和艰辛。

星星陨落,城市都已建好

黎子流从市长岗位退下后,直接服务于社会,他选择了三件事去办:一是探索科技农业的发展之路,在顺德创办了"新世纪农业园";二是社会扶贫教育;三是振兴广东粤剧,他亲自担任粤剧振兴基金会会长。他还兼任很多其他社会职务,比如广府人珠玑巷后裔海外联谊会创会会长。他对我说:"珠玑巷这个地方关乎五千多万人,大约有一百五十个姓氏,好厉害的哟!"可他念"珠玑巷"这三个字,怎么念我都听不懂,费老劲了!

黎子流对粤剧是做出大贡献的,他曾经两次陪粤剧团来北京演出,每次都给市长协会好几百张票让我们去请人,于是协会全体出去动员,四处拉人来看戏。

现在,副部级约六十岁退休,正部级六十五岁左右也是要退的。这正是"夕阳红"的好时候,但很少有人能像黎子流这样,从官场下来,又在社会上龙腾虎跃一番。他二十六年来一刻不停地做着奉献,我甚至觉得他退下来后比在位时更忙,每次想跟他约个时间,他都会掏出一张纸,上面用红蓝笔密密麻麻地写满他要办的事情和时间地点。望着这个不言老、不言退的人,我觉得他拥有双倍人生。

张百发和黎子流是二十世纪九十年代最著名的两位市长,他们有许多共同之处——出身工农,属于实干派,政绩突出,个人风格鲜明。百发自带北京人说话的天赋——直率又幽默,而黎子流一开口就有喜剧效果,他们都是老百姓特别喜欢的市长。两个人都热衷社会公益事业,退下后,百发在北京振兴京剧,黎子流在广州振兴粤剧。

二〇一五年,在于北京召开的市长代表大会期间,两个老友见了最后一面。一见面百发就说:"这么大年纪了,不好好待着,瞎跑什么?"这是百发对老友最独特的问候。当时百发因病已深居简出,这次是特地来见老朋友的,还带来了珍藏的好酒。两个喜感十足的老人在一起,喝着老酒,说着老话……他们曾经是南北双子星,交相辉映。如今双星陨落,代表着一个时代的结束。时代在前进,城市都已建好,需要关注的是住在这个城市里的人是否幸福。但我仍然要向当年城市的建设者们、中国市长们,远去的黎市长、百发市长致以崇高敬意。

我爱女市长

崛起中的女市长

一九九一年三月,正值杭州红肥绿瘦的时节,六十八名正、副女市长聚首杭州,成立了自己的组织——全国女市长联谊会,时任北京市副市长的吴仪当选会长,这是件破天荒的事。据不完全统计,中国当时只有一百五十多名女(副)市长,这次组建组织,一下子就来了半数。从政女性能组建组织,现在看来是不可思议的。同年八月,中国市长协会成立,女市长联谊会自然而然地成为市长协会的下属机构。

自吴仪任首任会长后,曾任天津市副市长的李慧芬、曲维枝各任过一段时间的会长,后来便都是上海市女副市长任会长,从左焕琛、严隽琪、杨定华、赵雯……直到现在的宗明副市长。市长协会章程规定,会长由在任的北京市市长担任,执行会长由在任的住建部部长担任,而由上海市女副市长担任女市长分会会长,似乎是约定俗成的惯例。

一九九四年,全国只有三百多位女(副)市长,五十岁以下者占百分之八十三,四十岁以下者占百分之二十一。她们的文化程度较高,大专以上的占百分之九十五;党外人士约占百分之二十四;少数民族占百分之十;正职女市长人数在很长一段时间都在二十个左右(全部地、县级市,含直辖市区),占比往往少于百分之二。另外,约百分之七十的女市长分管文教卫。

三十年过去,这个群体有什么变化吗?据女市长分会不完全统计,二〇二一年,女(副)市长人数有八百三十多人(市长总数近六千人,包括直辖市辖区的正副区长),正职近六十人;中共党员占比为百分之六十一左右;硕士以上学历者超过百分之六十一;少数民族占比约百分之十二;平均年龄约四十八岁,甚至有"八〇后""九〇后"。

我们从这两组数据中能解读出什么呢?

首先,女(副)市长人数增加两倍多,这归功于城市的发展,也说明更多的优秀女性选择从政。女市长的受教育水平大大提高,过去统计的是大专学历,而如今硕士、博士就超过百分之六十,海归已相当普遍。正职女市长终于突破二十人,达到近六十人,增加了两倍多,这说明女市长执政能力得到了认可。身为党外人士的女市长人数占比由百分之二十四增加至近百分之四十,体现了各级政府切实执行了多党合作。

过去,女市长大多分管文教卫,占比长期在百分之七十左右,但最新统计值约为百分之五十,这是有意义的。曾有一位研究妇女问题的英国女士问我:"为什么女市长中管文教卫的多呢?""因为社会上认为她们适合干这些事情。""那么为什么她们适合搞文教卫呢?其他方面不行吗?"我无言以对。

实质上,有很多地方的组织部门,会在安排副市长时,将非党名额、高学历名额、少数民族名额与女市长的名额合四为一,来完成指标。我现在定义女市长这个群体时,更愿意用"受过良好教育的高素质的从政女性"来定义。

不屑做"女强人"

此文一开篇我便开宗明义——向中国女市长表白。二十八年来,我在与女市长的接触中,感受到她们鲜明的特点。当然,这都是一些感性的体会,断不能上升到理论层次。

女市长极为敬业,无论对工作还是对生活。我曾问过吴仪和乌杰(原体改委①副主任),女市长最大的优点和缺点是什么。两人竟异口同声地说:"优点是认真,缺点是过于认真。"这可以理解为女市长过于注重细节和完美。作为城市的一方主管,是否应该"将军赶路,莫追小兔"?

我曾在二〇一一年写过一份政协提案,针对市长调动频繁,任期过短的现象提出意见。据相关统计,那时能干满一届的市长

---

① 全称为中华人民共和国国家经济体制改革委员会,一九九八年机构改革后,其大部分职能并入国家发展和改革委员会(简称发改委)。——编者

不足百分之二十，而同时期任期超过十年的女市长就有二百多人。这说明女市长的提拔较慢，但爱岗敬业、踏实专一仍是女市长本色。

市长调动频繁，任期太短，我认为是不足取的，这对城市的发展管理不利，市长本人也难以建立口碑和业绩。现在有多少市民能叫得出市长的名字？

市长协会成立不久，就将自己定位为"学习型社团"，无论在国内还是国外，都组织过无数培训班、考察团、研讨会、大论坛……其中也有单为女市长办的"广州经济理论学习班""上海女市长研究班"等。女市长的学习热情和学习纪律都让我印象深刻，在知识的大海里，她们就像海绵一样，那种对知识的渴求令人感动。我们的新加坡市长班和德国市长班，曾受过外国主办方的批评，都是因为男市长们学习热情不高，提问不积极。协会的化解之道就是，下次派出一个女市长团。女市长们活力四射、学习认真、刨根问底，外国主办方从头乐到尾，立即挽回了影响。

有一次，一个女市长团在卢浮宫参观，因地陪讲得细致，到了原定时间还没看完那儿，女市长们一致要求放弃休息、购物的时间，继续参观。这位地陪感叹地说："在我接待过的那么多的中国团中，你们是唯一一个放弃购物的团。"别忘了，当时女市长们置身巴黎，那儿可是天下女人梦寐以求的购物天堂啊！

女市长也许不如男市长刚强，但任劳任怨，特别是在受到不公和委屈时，她们表现出的坚韧和忍耐是很突出的。今天的女市长已经不屑做"女强人""男人婆"，更不会自怨自艾，觉得

"做女人难"，她们已取得共识，要将事业和家庭双肩挑。但由于社会对女性领导的苛求，她们不免有难言的苦衷，如她们的提拔有时会伴着闲言碎语，甚至还有这样一种说法："漂亮的，女选民不选；丑的，男选民不选。"长相歧视是一种隐性的存在。

在经得起命运大逆转上，再举一个克拉玛依市女副市长赵兰秀的例子。一九九四年的火灾中，兰秀一直在现场帮助孩子逃生，后因严重烧伤昏死过去。被救出后，清秀的她不仅毁容、残疾，患上严重丙肝，被开除公职后又没有了经济来源，身体的痛苦和内心的煎熬可想而知。但兰秀顾全大局，一概承受下来，她说："人生有许多选择，有些甚至是灾难性的选择，但如果让我再重新选择一次，我还会以牺牲自己去换回孩子们的生命！"

面对这么一位忠贞的女市长，女市长分会邀请了律师和记者深入调查，向上级和社会说明真实情况，很大程度上帮兰秀解决了一些具体困难。在女市长第三次代表大会上，她不再遮盖那疤痕累累的脸，而是昂首走进会场，几百名女市长全体起立，以热烈掌声欢迎她，这掌声是鼓励兰秀的赤子之心，她敢于直面惨痛的人生，永不放弃入党誓言。

但现实生活中，人们对女市长的认知仍是有距离的。有一次女市长活动上，一位学者讲"怎样做一名杰出女性"，他侃侃而谈，头头是道。一位女市长提问："请问教授，像这么优秀的女性，你会娶她吗？""绝对不会！"教授脱口而出，台下的人们都乐了。教授虽然"说一套做一套"，但越是优秀的女性越是嫁不出去，也是一个不争的社会问题。

女市长在国际上光彩照人

在女市长分会成立初期,很多女市长没有出过国,有的甚至都没有出过省,最让我印象深刻的是一位云南偏远小城市的少数民族女市长,她面对外面的世界还不太适应,自己开吉普车,带着锅和粮油食品等,奔波好几天到桂林参加女市长分会的活动。那时,我们女市长作为从政妇女群体中的一员,与国际上的,特别是北欧等发达国家的女性参政者,还是有相当距离的,所以走入国际是我们女市长的必修课。

一九九一年至二〇一二年,市长协会和女市长分会举办或参与十余场以女市长为主体的国际活动,在国内举办或参与了四次,派出的代表团有十余个。

二〇〇五年,在北京召开了"第四届世界妇女大会",这次会议女市长是单独组团。国际妇女大会上,各国妇女服饰的一次争奇斗艳,中国妇女团体照例旗袍亮相,女市长团也不例外。女市长们的旗袍惊艳了所有人,因为她们穿的是来自台湾的旗袍大师杨成贵先生的定制款,特别精致高雅。在这种场合,穿着既是学问也是政治,女市长们用旗袍向世人展示了中国从政妇女之美。

当时,中国设市的人口指标是市区从事非农产业的人口在二十五万以上,这在中国大量存在,有的一个县就有一百多万人。但在西方国家,二十几万人口的城市就是大城市了,我曾拜访过奥地利只有一千多居民的城市,市长让他的小儿子戴一个瓜皮帽来接见我们。所以,哪怕是中国的一个县级市,对外国而言都是大城市,中国有这么多"大城市"的女市长在世界上绝无仅有。二〇〇〇年,中国女市长赴美国考察,当时美国市长协会副秘书长大卫·盖顿对媒体说:"我对中国有这么多女市长感到惊讶!对中国市长协会有一位女士担任领导感到不可思议!"他还诚恳地赞扬中国女市长"聪明睿智""事业心强"。

加拿大蒙特利尔市的布克市长是中国人民的老朋友,对中国有着深厚而特殊的感情。二十年里,他访问过中国二十三次,还曾全力以赴地帮助中国申办二〇〇八年奥运会。当女市长代表团访问蒙特利尔市时,布克市长特意在他办公室安排了隆重的会见,他热情洋溢地致欢迎辞,并请我们吃糕点、喝咖啡,主宾气氛融洽欢快。

我代表中国女市长致答谢辞,当我提到了刚刚过世的老特鲁多总理,回顾了他的功绩及对中国的伟大友谊时,布克市长的助理兼翻译竟哽咽落泪了。那一瞬间我感受到:只要真挚,人与人之间的感情是可以互通的。布克市长让我留言,我望向女市长们征询词句,"就写我们爱布克市长!"一位女市长脱口而出,大家都拍手说好。布克市长哈哈大笑,觉得中国女市长们太可爱了!

二〇〇一年六月,以时任合肥市副市长张雪萍为团长的中国女市长代表团,出席了亚太经社会(联合国亚洲及太平洋经济社会委员会)举办的"亚太地区女市长和女议员高峰会"。在泰国彭世洛举行的这次大会上,张雪萍用英语做了大会发言,湖北黄石市胡菊萍副市长获颁"亚太城市管理杰出女性"。

说起胡菊萍,我再多写几个字。一九九四年,我在市长培训班上第一次见到她,她热情、真诚而且漂亮,给我留下了深刻的印象。我再见她是一九九九年市长协会去黄石考察小区建设,主管城建的菊萍一直陪同我们。很少有女市长分管城建,我见她一副风尘仆仆的样子,白皙的面庞被晒黑,皮肤也粗糙了,不禁心疼!但当她一身红色套装站到高峰会的讲坛上时,她的优秀和政绩折服了所有与会者,所以她获得"亚太城市管理杰出女性",实至名归。

"文教卫体"含金量不同了

像所有女人一样,女市长也具有天然母爱,这爱泛化到工作上,就表现为富有同情心、善解人意、热情热心、慷慨助人。二〇〇九年,在汶川大地震后,女市长们在上海组建了"女市长爱尔慈善基金"(北京爱尔公益基金会的前身)。女市长做公益,这开启了中国官员组织做公益慈善的先河。"金钱+慈善",这是西方模式,"权力+慈善",这是中国模式。女市长对这一模式的探索,对中国的慈善事业产生了深远影响。

爱尔公益基金会通过与美国大慈善家奥斯汀的合作,已救助听力障碍者四万余人;还开展了中国涉及以手术治疗脑瘫儿童的"向日葵救助计划——脑瘫儿童救助工程",针对自闭症的"启明星工程——孤独症儿童关爱行动",以及帮助老年慢性病患者的"万户健康工程"。二〇〇一年,爱尔公益基金会在东乡县开展了"女市长手拉手扶贫助学"活动。女市长们不仅帮助了那儿的失学儿童,还建了东乡县首个电脑教室,培训了一批小学老师。现在东乡县已经摘掉了贫困县的帽子,但爱尔公益基金会仍关注着他们,继续给他们赠送图书和体育用品等,所以东乡县的老百姓,几乎没人不知道"女市长"这三个字的。

所以说,同样是"文教卫体",但含金量不同,原先经济挂帅,分管"文教卫"的无权、无钱,现在民生优先,女市长们将大有作为,慈善公益是她们的优势和应尽之责。

她们被奥尔布莱特赞扬

二〇一六年,中国女市长与美国前国务卿奥尔布莱特举行了名为"提升女性领导力圆桌论坛"。我认为这次的圆桌会议,展示了中国新一代女市长的能力与素质。

圆桌会议的主持人、中国浦东干部学院的张素玲教授,根据女市长分会提供的数据和问卷调查发现,女市长在事业成长上,有百分之九十五点二的人认为是从优秀女性领导处获取的榜样力量。这违反了"物理"定律(同性相斥),却证明了人性定律(同性相吸)。

张教授又进一步谈到当代女市长的自我认识:

女市长具有现代性别意识,相信自己的能力,不认同女性领导不如男性领导的观念。女市长具有中等的性别敏感度,即对自己的女性身份既不刻意淡化也不刻意突出。在区别角色特征上，女市长普遍认为女性领导在领导活动中具有性别优势，具有敏锐的观察力，能够体察下属和群众情绪，善于发现问题和危机。她们温柔善良，富有同情心，善于设身处地地为他人着想，坚韧不拔，有责任感。

张教授也直言女市长的不足之处，比如说百分之九十一的女市长认为自己在战略思维、选人用人、突发事件的处置方面还有提升的空间；百分之十八点二的女市长对自己的情绪控制能力不太满意；百分之二十七的女市长认为在工作和家庭之间，有一些冲突难以兼顾；百分之四十二点八的女市长认为工作压力相当大。

这次圆桌会议围绕性别差异、女性领导力、平衡的艺术三个主题进行，除了张教授具有学术特点的报告，女市长的发言也给我留下很好的印象，随便举几个例子：

来自企业的工程师、南京华静副市长说她作为一个女性领导更能体会女性多重身份的感受，从而"在工作中把女性各方面的利益考虑得更加充分"。青岛的教授、博导栾新副市长说，作为女性，对家庭的责任要多于男性，"我要养五个老人，还有孩子，我都要照顾到。我在家里提醒自己，我先生娶的首先是一个妻子，不是娶一个市长"。（绝对的大实话。）分管工业的鹤岗市政协主席徐颖在谈到压力问题时，直白地说："男性在工作中急了可以大声怒批一些现象，回家也很强势，其实自然就把压力释放了。但女性恰恰不行，因为你大声斥责的时候，他们会觉得你情绪化、歇斯底里，回家更不行，还要扮演妻子和母亲的角色，真的不能发脾气！"（难怪女市长总是笑靥如花。）年轻的海归韩蕃瑶，参加中组部博士团到宁夏挂职，没想到她竟放弃北京的专业，留下来当了一名县级市副市长，她说到榜样的力量："我在学习工作中，受到女性领导者的影响很大，有经济学家、政治家和企业家，让我感到时代在进步。女性的定义不再狭窄，职业女性是绚丽多彩的综合体，既能雷厉风行，也能温柔似水，女性领导者令世界更丰富、更平衡。"

在这次圆桌会议上，作为全球曾经最有权力的女性，奥卿自然风光无限，但中国女市长的风采也不逊色，上面已略有陈述，特别是几位女市长直接用英语与其对话，让她很吃惊。会后，奥卿给我来了封长信，她在信中写道："本次女性领导力圆桌会议取得圆满成功，也使我与葛丽鹤博士能够与来自中国各地的杰出女性市长齐聚一堂，对此我想向您表达由衷的感谢！当然，能够探讨一个我个人十分感兴趣的话题，我自己也感到非常高兴。也感谢能够同您和几位令人钦佩的女性领导者进行面对面的交流。"

"学习型组织"创建人彼得·圣吉，提出了建立学习型组织的"五项修炼"，他还将学习能力与社会发展以公式方法表达，即"学习能力＞社会发展=存活"和"学习能力＜社会发展=死亡"，从而提出终身学习的观念。三十多年来，无论市长协会还是女市长分会，在办会的业务指导思想上，我们都是将"服务"和"学习"作为核心的，事实上这也取得了非常好的效果。我们向市长们提供了更多的知识、更广的视野、更宽的人脉、更深的思考，与此同时也体现了我们作为一个社团的价值。

女市长分会在二十年里，为中国的女市长办了近二十期培训班，举办了丰富多样的女市长活动，如代表大会、论坛、考察、公益、女市长之林、热线电话、征文、摄影展、女性专题讲座……女市长们从中获得了知识和友谊，女市长分会也成为名副其实的"女市长之家"，双方彼此成就，一同成长。

"我有所念人，隔在远远乡。"我已经很久没见女市长们了，我很想念她们，特别是那些老一代的女市长朋友，她们的一颦一笑仿佛就在我眼前。

热血难凉

我在中国市长协会服务了二十四年,这是个光荣而美好的岗位,可以认识很多优秀的市长。这次新冠疫情暴发,让我一下子想到了他——成都市前市长葛红林。

先介绍一下葛红林其人。他在国防科技大学上的本科,在西安交大材料系念的硕士,是北京科技大学与加拿大温莎大学联合培养的工学博士,来成都前担任上海宝钢集团副总经理。二〇〇三至二〇一三年间,任三届成都市市长,加上二〇〇一至二〇〇三年在成都挂职市委副书记,他为成都奉献了十三年。

我是在中国市长第三次代表大会上认识葛市长的。在那个GDP挂帅的年代,几乎所有市长的发言谈的都是经济发展。只有葛市长例外,他一个经济指标没有讲,而是说:"我的理念不是追求当最强、最富的城市市长,我就只争取让我们的百姓从生下来就是安全的,小孩有幼儿园上,学生有中学读,成人以后有工作干,退休以后有社会保险,老了以后有人照顾,也就是说生老病死政府全都管了,这就是我所期望的。"

他的发言让我耳目一新，因为我比较"人文"，他的讲话与我产生了共振。我开始关注他，发现他是一个极有个人特色的市长。

葛市长中等个，身板直，留着朴素的寸头，戴副眼镜，显得年轻精明。笑容真挚而热情，让人有一见如故之感。他不讲究衣装，但穿着并不随便，我从没见过他穿T恤、夹克之类，永远穿西装或是有领有袖的衬衣，庄重利索，显示出一个理工男的严谨。

在二十世纪八九十年代，大多数市长都能干完任期，但不知从什么时候起，组织部门要求市长提拔前必须当过书记，这样做的目的是培养党政经验全面的干部。这样一来，就像每个士兵都想当将军一样，每个市长就都想当书记了。于是市长的任期越来越短，能干满一届的已经不足百分之二十，甚至有的城市换市长更是像换走马灯一样，连在市民中"混个脸熟"都做不到。

而葛红林是中国少有的只想当市长，不想当书记的官员，他甚至提出过市长专业化即城市CEO（首席执行官）这一想法。他身体力行，干满了两届整整十年的市长，这还不算之前他挂职的两年。二〇一三年，他以近乎全票通过（仅一票反对）的成绩第三次被选为市长，这在中国是一次打破常规的例外。由于中铝集团经营不善加之贪腐，连年亏损一百六十二亿成为央企亏损王。国家急调曾担任过大国企高管的葛红林空降中铝，他这才离开了连任三次的市长岗位。

我认为最能体现他党性、人性和官德的是在汶川大地震后，他面对成都六百万人民时的勇气与担当。

二〇〇八年五月十二日发生了汶川大地震,成都也有强烈的震感,都江堰受灾严重,出现了房倒人亡的情况。在夜幕快要降临时,几百万惊恐不定的成都人民仍然滞留在大街上,今晚能否回家住?还是继续留在马路上忍饥挨饿,被蚊虫叮咬?老百姓们希望听到一个来自政府和专家的肯定答案。当时市委书记陪温总理去了汶川,地震专家虽然认为成都不会有大余震,但不愿现身表态。

"我理解他们的难处,我决定自行发表一个电视讲话。"葛市长说。成都市政府秘书长建议把所有在家的领导召集起来开会,对讲话内容集体决策。言外之意是如果出了事由大家集体负责。这个建议遭到葛红林的断然否决。他说:"这个时候做不做决定、做什么样的决定,只能完全取决于我!"他深知这个决定是有风险的,万一出了差池,他不想让其他同志替他承担责任。

五月十二日二十点二十六分,葛红林坚定地出现在电视上,明确告知市民"除危房外,今晚市民都可以进室内正常休息"。这正是市民千等万盼的一句话啊!葛红林很清楚,这是当时最关键、最核心,也是责任最重大的一句话。他知道,今晚他若不说这句话,成都市民露宿街头将不是一晚上的事,明天、后天,何日是尽头?

葛市长决定给惶恐中的市民一个承诺,"市长说可以回家了",这可不是逞匹夫之勇,更不是莽汉撞大运。这个承诺很大程度上是基于他个人独特的材料科学与工程专业的功底。"成都的地质结构我很清楚。成都平原沉淀着厚厚的一层鹅卵石和沙土，从材料科学角度讲，这种双相材料具有优良的吸能和阻尼性能。我综合当天媒体报道和自身体验，判断这次地震是两大板块间剪切造成的，使得平行断裂带的长轴方向影响很大，而成都城区受到的影响较小。"中国有那么多市长，有几个市长了解自己城市的地质构造像葛红林一样清晰的？

在不久后举行的成都抗震救灾指挥部会议上，葛红林说："这是一次承担了风险的艰难抉择。"他袒露心迹："真要出了事，我是准备掉脑袋的。"

二〇一四年十月，葛红林从成都市市长任上空降至中铝。当时中铝公司控股的上市平台中国铝业亏损超过一百六十二亿元，被封为A股"亏损王"。葛红林接手后，用"加减乘除"一系列操作，只用了两年，就扭亏为盈。中国铝业股份有限公司发布二〇一六年年报：营业收入比上年增百分之十六点六八，归属于上市公司股东的净利润增百分之一百七十点八二，成绩傲人。葛红林对记者说："我担心过时间，但从未担心扭不了亏。我经历了汶川地震，坚信没有闯不过的难关和过不去的坎。我也有着顽强拼搏的韧劲。灾后重建是三年任务，但我两年完成了。中铝的扭亏，我心里想的是不超过三年，结果也两年就达到了。为荣誉而战，就不会在乎名利，计较个人得失。"

有一次我和葛红林谈到东北的经济现状，我显得无比的忧心。红林说："怎么会搞不好呢，你看有像我这样的一批老市长，年富力强，又有经验，退休后把我们派去支援东北，不一定要大城市,给我一个小市就行,我保证能把它搞好。"一个如此热爱城市的人,一个如此有激情、有能力、有事业心的人,"十年饮冰,难凉热血"的赤子是最难能可贵的。

连任三届,有十一年市长经历的葛红林如是说:"十一年多的市长经历,让我有着许多感悟,将市长称为'城市CEO'是源于我。'哲学+数学'既是我的工作理念,又是我的工作作风。我常说,哲学使人深刻,做正确的事。数学使人精确,正确地做事。哲学思考,数学工作,既能辩证地看待问题又有缜密的逻辑思维能力,既有开阔的工作思路又有严谨的工作作风。由此,一定能先进地实施城市规划建设和管理,更能有效应对和防范风险。"

从葛红林治蓉的成就看,确实从思想到行动,都贯彻了他格局很大的哲学思考,展现了他那像数学般精准的行动作风。所以他能敏感而迅速地抓住高科技产业,从无到有地把成都的电子信息产业,尤其是软件产业、集成电路产业往前推进了一大步。并且大力发展城市物流、航空产业,让成都成为航空第四城,成功地将一个深居内陆的西部城市,带上了国际化道路。成都人民也不应该忘记老市长王荣轩的贡献,王市长克服重重困难,整治府南河,还成都人民一个清澈的锦江,成都也因此被联合国授予"人居奖"。有这样两位市长,他们一个布局了成都的产业发展,一个优化了成都的环境规划。值得一提的是,他们在任期间,正是四川官场腐败盛行的时候,但两位市长都能清清白白、踏踏实实、尽心尽力地为成都人民服务,实是成都人民之大幸也！

  有什么样的市长，就有什么样的城市。成都这些年的发展，大家有目共睹。在中国的城市排名中，无论是对经济指标、社会指标、环境指标，还是城市竞争力、市民幸福指数、宜居城市、外国人最喜欢的中国城市等角度而言，成都都排在前十，特别是"市民幸福指数"，不知多少次冲上榜首。我认为市民的幸福感是对市长最好的嘉奖，葛红林治蓉十一年，百姓的口碑就是他的勋章。也正如他所说："信任，是人世间最可贵的财富。人民的信任，则是对政府公务人员的最高褒奖。"

陶斯亮与"平民市长"张百发

陶斯亮与广州市前市长黎子流（左）、
原国家建设部部长侯捷（右）

陶斯亮与女市长们

陶斯亮最后一次在中国市长代表大会上致辞

中国城市投资环境国际讨论会议在北京成功召开

陶斯亮在甘肃临夏漠泥沟的一所学校中

陶斯亮为甘肃临夏漠泥沟的老乡发放碘盐

姚明来到验配现场

那年，我们这样接待港澳富豪

所谓"初生牛犊不怕虎"，中国市长协会在成立的次年，便"不知天高地厚"地召开了一个国际会议，还邀请了一批港澳著名工商业界人士来北京参会。由我接待这批港澳名人，由于缺乏经验，当时组织工作仓促混乱，在今天简直是不可思议的，但当时社会环境焕发的活力和宽容，在今天看来也是不可想象的。把我当时的所见所闻写出来，也是一件趣事。

阵容了不得

中国市长协会，是二十世纪八十年代由五十多名市长联名倡议，经国务院批准而成立的，目的是与国际接轨，因为大多数国家都有市长组织。

一九九一年八月，协会正式成立之初，也就"十几个人，七八条枪"，挤在建设部大楼两间办公室内，首任秘书长叶维钧借了十万元作为开办费。就在这么一穷二白的情况下，我们竟然敢在第二年就召开了一个国际会议，还起了一个在当时很热门的标题——中国城市投资环境国际讨论会，时间是一九九二年十月二十六日至二十九日。

在北京市（会长所在的城市）和建设部（执行会长所在的部门）的鼎力支持下，国务院总理同意接见与会代表，吴仪等高层领导答应做主旨发言。协会负责外事的同志居然有本事请到联合国副秘书长拉马昌德兰、联合国开发计划署驻华首席代表、日本著名学者小林实等外宾。

尤其要提的，是时任广州市市长的黎子流为我们请来了十几位港澳的富豪巨贾，除了曾宪梓、罗康瑞、林百欣、胡文翰、吕志和、陶开裕等老一辈港澳大佬，还有四大财团的公子：李泽钜（李嘉诚公子）、霍震宇（霍英东公子）、郑家成（郑裕彤公子）、李家杰（李兆基公子）。这个阵容了不得！黎市长笑说："这些人的财富相当于半个香港了！"黎子流不仅是广州人民热爱的好市长，在香港也有广泛的人脉，也只有他能请来这么多香港名人。

会议的规模和档次都够了，在时任北京市副市长张百发的帮助下，会议在亚运村的五洲大酒店及国际会议中心举行。协会当时穷得叮当响，拿不出经费来，幸而得到广东发展银行伍池新总经理的慷慨相助。

一九九二年，我在协会任副秘书长。那时，协会的同志个个都虎虎生风。那么少的人，却完成了难以置信的复杂工作，如接待中国市长（相当多的大市市长）、众多外宾学者，办理烦琐的外事手续，布置会场，分配房间和车辆……那会儿正值改革开放后中国经济腾飞的一年，人人心中都热情澎湃，人人都觉得三头六臂不够使。

大邱庄之行，败兴而归

会议嘉宾的住宿和会务经费等问题一一解决了，我们开始考虑港澳客人在北京的考察内容。当时大邱庄是中国农村改革的一面大旗，红红火火，如日中天。大家最终讨论的结果是去参观大邱庄，带港澳大企业家去看看中国农村的发展。于是我和女市长分会秘书长王荫平、在办公室工作的小费，拿着时任天津市市长聂璧初的介绍信，兴冲冲地赶往大邱庄。

大邱庄正在搞大规模基建，尘土飞扬，新建的大牌坊、大照壁、不锈钢的现代雕塑、香港一条街……不土不洋，既失去了北方农村的质朴，更没有南方小镇的灵秀。

我们好不容易找到接待办，一个小青年接待我们，哦不，不能算是接待，而是接见——更形象一些，像一位"大人物"屈尊听我们汇报。他四仰八叉地坐在沙发上，拿着笔和纸记录着，从头到尾没站起来，我和荫平这两个老阿姨毕恭毕敬地站着让他"录口供"。

录完了他说去请示，过了一会儿又来了一个年轻人——大邱庄接待办主任，禹作敏的远方侄子，也是牛气哄哄的，完全没把聂市长的信当回事。我们问他："有一批香港著名大企业家要来大邱庄参观，届时禹书记能不能出来接待一下？""那可不一定！"禹主任这官腔打的！

我们来回跑了六七个小时，十几分钟就被打发完事，大邱庄人就是这种素质？这间接地反映了禹作敏的为人做派。当我和荫平、小费跨进车里时，不约而同地决定：不来了！

后来，我们安排客人去了怀柔的慕田峪长城。事实证明我们的判断和决定是对的，幸亏没来大邱庄。第二年，目无国法、嚣张至极的禹作敏就因严重犯罪被判处了有期徒刑二十年。

尽管当年大邱庄对我们不甚友好，但作为中国农村改革的发轫之地，其示范作用不容抹杀。经过浴火重生，大邱庄（一九九三年撤村建镇）今非昔比，二〇一六年被列为第三批国家新型城镇化综合试点地区。

大亨来京，状况百出

五洲大酒店是一个四星级酒店，会务组给香港客人安排的都是套间，在我们看来蛮不错了。二十六日是报到日，李嘉诚公司的驻京代表来看房子，提出李泽钜房间的条件太差。我们这才发现所谓的套房根本达不到标准，于是手忙脚乱地紧急补救，把港澳客人一律安排到旁边的东楼套间。这时中午已过，马万祺、陶开裕即将到达，好歹把他们调到了新房间，可又漏掉了曾宪梓，弄得好狼狈。

房间问题算是解决了，可机场那里又频出状况。

于晓明办了海关免检，却不知还要办边防免检。结果港澳大团被阻在边检处，这些港澳贵宾不得不排队一个一个地过关。

最严重的事故是派车出了大纰漏。原安排接罗康瑞的小轿车，不知何故被调走，只好让罗公子坐出租车去酒店。罗康瑞何许人也？乃香港商界青年才俊，各种财富排行榜榜上有名的人物。他不仅富有，而且英俊潇洒，还略带清高，一想到这么一个翩翩公子被塞进出租车（那时的出租车还是夏利）里，我真是啼笑皆非。

然而，还有更尴尬的事。

我们本来租了两辆中巴，但出贵宾通道一看，只有一辆车，好在大亨们没有一个带助手、秘书的。于是，这十几位平日里坐惯了豪车的香港富豪被塞进了一部老旧的考斯特里。话说，他们的修养真好，没表现出半点不高兴。为了弥补过失，我使出浑身解数充当导游，一路为他们解说北京风光，特别是当时三环刚修好，让我很有面子。

到酒店下车后，胡文翰对我说："你的京片子说得好哇！"其实我的口音南腔北调，也就能忽悠忽悠他这个香港人。

拦截总理补拍照片

一路跌跌撞撞地迎来了十月二十七日，会议总算如期召开。

国际会议中心爆满，有近三百人。其中，中国市长人数最多，还有一些外宾和美国市长。港澳嘉宾们也都悉数到场。吴仪、小林实、黎子流、夏克强、联合国开发计划署阿瑟·贺尔康等人的发言获得中国市长们的一致好评。

二十八日上午，中国市长们分组讨论，其他人自由活动。小组会议快要结束时，我们突然接到通知：下午李鹏总理的接见要提前半个小时。我们顿时傻眼了！很多贵宾都出去游览了，如何通知他们（那时没有手机）？

李总理答应接见与会代表，无疑是提高了会议的规格，但也给了我们很多挑战。我们原先安排的接见地点就在国际会议中心，但临近开会，国办（国务院办公厅）来电话说接见地改在人民大会堂，时间是三十至四十分钟。考虑安保问题，中央领导接见只能在中南海或是人民大会堂，其他地方一律不行。

对我们来说这事就复杂了，要拉上大队人马去大会堂，要安排车、编车号、安排每辆车上的人员等等。如今时间又突然提前，会议代表却难以凑齐。眼看着急也没用了，爱咋地咋地吧！

所幸，大多数代表都按时来到人民大会堂。大厅里摆好了两副铁架，一副供中国市长站立，一副供外宾和港澳嘉宾站立。我见这些外宾、港澳知名人士跟市长一样，早早就站上铁架，一层层的。等呀等，等了很久，才见灯光骤亮，大门大开，李总理等人步入接见大厅。

李总理没有说套话敷衍了事，谈了些实在问题。照完相后，他又邀请拉马昌德兰及马万祺等港澳贵宾去另一厅座谈。这时，郑公子（郑家成）还有几位香港中小企业家才匆匆赶到，我为他们感到遗憾，对香港的中小企业家来说，与总理照相尤为珍贵。

于是我悄悄走到侯捷部长身边，希望散会后总理能与迟到的几位香港企业家合个影。侯部长又去找一位政治局委员商量，他答应帮忙，让我们事先做好准备。

散会后，李总理在众人簇拥下向福建厅走去。一拐过屏风，只见后面早已放好四把椅子，郑公子等掉队人员也已站在椅后，那位政治局委员顺势邀请李总理坐下。

没有专业摄影师，协会里的于晓明用的是一台国产海鸥牌照相机，拍了一张后，半天充不上电。李总理倒没有表示出不悦，但警卫人员上前阻止了继续拍摄。于晓明的相机不是特别高档的，他不敢保证这唯一一张相片能不能冲洗出来，急得一夜没睡。"如果这张拍瞎了，你们还不得把我吃了呀！"晓明可怜巴巴地说。还好，冲洗出来虽然不算很清晰，但好歹也算有一张相片了。

事后，协会副秘书长老邢，也是位经验丰富的老外事，对我说："老陶，你这事办得真够冒险了！跟总理还敢补拍照片？这没有先例！你也是心眼太好了！"哪是什么心眼好？无非是"无知者无畏"，傻大胆而已。不过这事没有侯捷部长和那位政治局委员，是万万办不成的，可以说我们三人打了一个完美的配合。

改变对资本家的偏见

最终大会举办得非常圆满，取得了积极的成果。这大概是改革开放以来，第一次这么多的港澳企业家、城市领导共聚一堂，为中国的城市建设和投资环境改善献言献策。

我很感激能有机会接触这些港澳商界精英。原先，在我的印象里，他们无非就是大资本家，而我这个红色家庭出身的人与资本家有着天然的隔阂。通过这次接触，我更愿意把他们称作商界精英，我也悟出了过去对资本家的看法太过狭隘。

还有一个小插曲。王荫平在晚餐后遇到曾宪梓，曾先生问她："小姐，哪儿有做推拿、按摩的？"在二十世纪八十年代初，"按摩"这个词是与"黄赌毒"沾边的负面词。荫平一听就忿忿然了："真是资本家，到北京来还想干这事！"

如今回想这段往事，荫平不由感叹道："原来是曾先生不舒服，需要做保健，我错怪他了！后来自己老了，颈椎、腰椎一堆毛病，要靠按摩缓解痛楚，才知道自己当年是多么无知。"

当时我、荫平包括全协会的人，都是第一次接触香港大亨，那份孤陋寡闻就别提了！多亏进京参会的港澳大企业家均受过良好教育，有着很高的素养，对我们漏洞百出的接待没有半点埋怨，对食宿也没有特别要求。香港太平绅士、"酒店大王"吕志和对早餐的豆浆油条还连说："好吃呀！我很喜欢。"作为大富豪，住的不是五星级酒店，吃的是会议餐，十双筷子一起伸进菜盘……想想这情景，至今我都觉得好笑。

而且，他们讲诚信，守规矩，三天的会不缺席、不迟到，很多坚持到散会才离开。而我们有不少市长，参加完开幕式就不见了踪影。

再有，他们也是热心社会公益的人士，在港澳都担任着不同的社会职务，深受港澳同胞尊敬。很多还是有名的慈善家，如吕志和曾担任过香港历史最悠久最大的慈善机构东华三院的主席。马万祺是澳门镜湖医院慈善会的荣誉主席。

最让我感动的，是他们热心于国家的教育、科研和医疗卫生事业，为国家的发展做出过巨大贡献。除了大家所熟悉的马万祺（时任全国政协副主席）和曾宪梓这样的著名爱国人士，其他几位也均当过全国政协委员。香港回归后，曾宪梓获大紫荆勋章，吕志和、罗康瑞获金紫荆星章。"鳄鱼"T恤及亚视的老板林百欣，因其对公益及教育事业的巨大贡献，紫金山天文台的小行星命名委员会特将五五三九号小行星命名为"林百欣星"，以示致敬。

那个时期，我国的民营企业家们也开始破茧而出。一九八八年，中国评出的第一代民企被称为"八四派"，一路走到今天，他们中的任正非、董明珠、张瑞敏、何享健、曹德旺等继续走在时代的前列，但销声匿迹的也不计其数，甚至很多人已锒铛入狱。当然，这也是中国从计划经济走向市场经济所必须付出的代价，所以对于这种现象也不必过度解读。

现在中国则完全不同了，已经拥有了一批真正有社会责任和担当的新生代企业家，如雷军、刘强东、张一鸣、李彦宏、马化腾、周鸿伟、马云（我认为他是励志的象征，瑕不掩瑜）……用张维迎的话说，中国的企业已从"最初的套利型企业过渡到了创新型企业"。

辑五 恋恋公益

好心老太太的初心,跟着感觉走的思维,说不清楚做的是什么时代的慈善。

三十年慈善公益路

有一天，陈行甲来我家看望我。听他讲述了他的经历后，我老伴特别感触地说："你是井冈山的初心，有着清华大学的思维，做着信息化时代的慈善。"我就问老伴："那我呢？"他说："你是好心老太太的初心，跟着感觉走的思维，说不清楚做的是什么时代的慈善。"我觉得他讲得挺对，这就把我这样的老一代慈善人和新一代慈善人的区别说出来了。

做慈善公益，有的人是有意为之，有的人是无心插柳，有的人是误打误闯，有的人是为了饭碗，我则是自然而然。很小的时候，我的心中就被种下了一颗慈善的种子。此后几十年，这个种子得到了发芽长大的机会。

在我两岁至九岁之间，红军老战士杨叔叔受我父母的托付，抚养了我七年。他虽出生于偏远贫寒的农村，是一个大字不识的文盲、二级伤残人士，但他用中国农民最质朴的"温良恭俭让""仁义礼智信""仁者爱人"这些传统文化，在我幼小的心里植入一颗善的种子。他是我的人生启蒙者，所以后来他迁墓时，我送上了一块"感恩碑"。

一方面，小学到大学，再到工作，我这几十年接受的是红色革命教育，其核心就是解决信仰问题。虽然那时以阶级斗争为纲，有一系列"左"的错误，但"文革"前社会风气还是好的，大家学焦裕禄，学雷锋，学习树立爱憎分明的阶级立场，学习无私奉献的共产主义精神。另一方面，我接受了救死扶伤的专业教育。我觉得我的年轻时代并不空虚。

"文革"的最可怕之处就是人性的泯灭。于我来说，最大的影响就是接触到真实的社会，特别是看到中国最贫困的农民令人触目惊心的生存环境。我受到了极大震撼，为此哭了好几天。在大西北五年的体验，令我日后的行善开始破土萌芽。

一九九一年，我主动要求去中国医学基金会，当了十年会长。后又去中国听力医学发展基金会当了十年理事长。二〇一六年，我与中国市长协会一道，在"女市长爱尔慈善基金"的基础上成立了爱尔公益基金会。这三家基金会是我的慈善生涯成长、开花和结果的过程。

既然走了这三十年，总归不是白走的，我想就这三十年的探索之路谈谈我个人的体会。

从个人层面来说，我的第一个体会是，在中国搞慈善公益，说一千道一万，活下来就算初步成功，若再能为弱势群体做一些事情，那就有了社会价值。

我一九九一年开始从事慈善公益事业，那时候就感觉很难——是为生存而挣扎，因为常常半年都发不出工资。我深深感到，做慈善公益，如果没有一颗热心肠，没有奉献精神和利他主义精神，基本坚持不下来。

我的慈善公益之路，就是从这样"乞丐"般的境况开始的。后来，我想要建一个"小而美"的基金会。我当时想，建不了大机构，建个小一点、美一点的机构还不行吗？然而，徐永光有一篇文章说"小而美"就是花拳绣腿，给了我当头一棒。我觉得自己的办会宗旨有问题，于是开始寻求"实力办会"。爱尔公益基金会从诞生到发展，我们一直在追求卓越。

我曾经工作过的另外两个基金会也生存了下来，而且都发展得很好。就这样，我从"慈善乞丐"到追求卓越，可以说是筚路蓝缕，一路坎坷。

所以，我觉得办基金会难度很大，尤其是早期，如果没有政府的支持，没有强盛的家族支持，要坚持下来是很不容易的。但是，只要我们坚持下来，就一定会对社会有价值。

第二个体会是，慈善在西方往往有宗教情结，而在我们中国，人们总是受到道德约束，认为抛头露面就是为了出风头。在很长一段时间里，我们都崇尚做好事不留名，越低调越好。因此，我们一直都默默无闻，工作也开展不起来。后来，我和美国的大慈善家、斯达克听力基金会的创始人比尔·奥斯汀合作了八年，他的慈善理念给我带来很多借鉴。马斯克曾经很尖锐地批评中国的知识精英花很多精力在人情世故上。但是对我这样一个既没有权力也没有钱的人来说，只能依靠"关系"。我把我的人际关系变成公益资源，为慈善公益事业服务，这样的"关系学"也没什么不好。所以，在相当长的一段时间里，我把能动员的人都动员起来，帮我做慈善。只要用在正道上，人脉也可以是一种资源。

第三个体会是，中国人有爱心、有善心，也有善根，我们的民族文化也有善文化，但我总觉得缺了点什么东西。想来想去，我觉得缺的是对慈善的尊重、对需要帮助的人的尊重。美国人常收养中国的残疾儿童，他们非常尊重残疾儿童，并且感谢上天给予他们最好的礼物。平时经常穿人字拖和大裤衩的美国人，在慈善晚宴上都穿晚礼服，这也是出于尊重。我以前当过军人，习惯以朴素为美，现在也开始捯饬我自己。我觉得无论多大年纪，把自己稍微打扮一下，既是对别人的尊敬，也是对自己的尊敬，也是对自己所从事的事业的尊敬，这有什么不好呢？现在，每次举办慈善晚宴，我都喜欢看打扮得漂漂亮亮的小伙伴们，而且鼓励他们这么做。

第四个体会是，要注重仪式感。我们中国人往往很重视形式，这和注重仪式是有本质区别的。搞形式主义是为了服务领导，比如打出横幅欢迎领导，搞很多明面上的事情。而注重仪式，是为了服务我们的受助者。现在，爱尔公益基金会就比较注重仪式，让受助者觉得很舒服。我们组织听力救助活动时，现场来了很多来自农村的有听力障碍的老乡。穿着统一制服的工作人员会一直服务这些听障老乡，每一位听障老乡每进行到一个程序，都有人送、有人接，让受助者感觉到我是被尊敬的、被尊重的、被友好包裹的。注重仪式感的核心也是为了表达对受助者的重视。

从社会层面来说，中华民族有悠久的善文化，感人的善举不胜枚举，但我觉得始终没有上升到精神层面，即信仰的层面、价值观和生活方式的层面，而是仍然处于人类最初始的怜悯和同情阶段。中国大多数老百姓没有向慈善公益组织捐款的意愿和习惯。我了解到二〇二二年慈善捐赠的数据：整个美国有近五千亿美元，其中个人捐赠是三千一百亿美元，占将近百分之七十；而中国是两千亿元人民币，其中，民营企业和企业家捐赠占百分之六十以上。西方的觉悟和道德并不比我们高，但他们的慈善是融合在宗教信仰里的。

中国社会在很多方面都走在世界前列，比如共享产业、基础设施建设、美丽乡村建设。走到城市、乡村的每一个角落，我们都能看到既完善又漂亮的硬件设施。中国式扶贫的行动和成果也是有目共睹的。我们为脱贫事业选派了多少驻村干部，拨付了多少资金，这是其他任何一个国家都做不到的。我们二〇二〇年就实现了全面脱贫，比联合国设定的消除贫困的目标提前十年完成。我们所取得的这些成绩都是很辉煌的，也是不容抹杀的。

但是，另一方面，我们也感受到社会上某些人有着仇富、仇官、仇美的戾气，尤其是在互联网上。我们的社会目前对弱势群体还有着不很友好的现象。我们至今还在纠结"被捐助者应不应该向捐助者报恩""老人摔倒了要不要扶""到底是坏人变老了，还是老人变坏了"这些话题。我们国家有超过八千万残疾人，但我们对他们的关心不够。因为他们在社会上还不时会被人忽视或歧视，往往很自卑，不愿意出门。这些现象与华夏辉煌的古老文明，以及我们所追求的崇高信仰很不相称。所以，要达到慈善的社会、对弱势群体友好的社会，还需要我们特别是年轻一代加倍努力，来改变社会风气。

从政府层面来说，不可否认，在中国，政府在慈善公益中的主导作用非常强。这样的好处是我们关注的社会问题一旦被政府意识到，就一定能够解决。我曾经在一次会议上说，我们的一些公益事业做着做着就做不下去了，下面的听众都竖起耳朵等着听，以为我说资金断裂了或者是人员跑了，结果我说主要是政府接管了，就没有我们什么事了。我们开展的新生儿听力救助现在已经被政府接管了，我们的脑瘫儿童救助项目可能也要退出了。

但我同时也感觉到问题。慈善的魅力之一在于自愿原则，如果是发自内心地想做好事，想帮助他人，想为慈善事业捐一笔钱，这样的慈善是有魅力的；如果是强制性地捐款、分配任务、政治动员，甚至道德绑架，我觉得这反而对慈善是一种伤害。

我的深切体会是，在中国没有政府的支持确实不行。对我们这样的慈善公益组织来说，跟政府合作是一条非常重要的途径。所以，怎样跟政府合作，怎样既合作又能保持自己的相对独立性，这是我们需要研究的问题。

我在中国市长协会干了二十四年，直到七十四岁高龄才退休；但我的慈善公益之路，现在还没有停下来。我想，只要我活着一天，就会一直走下去。这三十多年，对我这样没有权、没有钱的人来说，确实不是很顺畅。之所以能够坚持走下来，不是什么高觉悟或者大道理，就是一个词——热爱。

我觉得我的一生是平庸的，但我是一个有目标的人，不管从事什么工作，我永远没有失去过目标。做慈善公益，让我心中一直有一盏明灯，指引着我永远向前。我们经常在青藏路上看到一步一叩首的朝圣者，觉得他们很辛苦，但是他们的内心有信仰、有光亮，可能是快乐的。我觉得我和他们很像。

我很荣幸能够生活在这样一个时代，我这样的年龄，还能赶上慈善公益事业的发展。中国慈善公益事业从弱小到壮大，我是一个见证者和追随者，我觉得何其幸也！国家的重点已经转到高质量发展和民生上来，这对从事慈善公益事业的人极有利。"九〇后""〇〇后"的年轻一代，从小吸收的精神营养中天然具有现代慈善的理念，希望新一代的公益人走得更远，走得更好，走得更有成就。

智力工程

从一九九一年到二〇〇一年,我在中国医学基金会服务了十年,并担任会长职务。在这期间,最值得我回忆的是从事公益活动"智力工程"。

二十世纪九十年代正是改革开放最火热的年代,从上至下所有人想的都是下海、开公司、赚钱、出国。政府关注的则是招商引资、修路盖楼、GDP挂帅……谁也没心思注意到中国有个特别庞大且比弱势群体更悲惨的人群——碘缺乏病(IDD)患者。

IDD是一种地方病,与营养有关,更与贫困呈正相关。碘是人体所需的微量元素之一,人们一辈子所需的碘不过就是一小勺的量,但就是这么一丁点的元素却直接影响到人们的大脑发育,决定着人们的智商高低。

先普及一下智商分类标准:普通人的智商(IQ)测试分数一般在九十至一百分,在八十至九十分的就有些迟钝了,在七十至八十分的就能力低下了,若在七十分以下就是智力残疾。据报道,英国的一家研究机构对一百三十个国家的人群进行了智商测试并对结果进行研究，他们发现东亚人（中国人、日本人、韩国人）的智商最高，平均值在一百零五分。这本是值得中国人骄傲的，然而我们却昂不起头来，因为我国也是智力残疾人数最多的国家。据二十世纪九十年代某统计数据，我国有智残人士一千零一十七万，其中百分之八十是IDD病造成的。

IDD是典型的地方病。九十年代，我国有七点二亿人生活在缺碘地区，可以说除了沿海地区，其余地区，特别是"老少边穷"地区都受到这种病的威胁。东北和西北地区，有很多的"傻子屯""傻子村"。在这些地区，有七百万甲状腺肿（俗称大脖子病）患者、二十万克汀病（IDD最重型）患者，十岁以下的智障儿童有五百三十九万，也就是说这些孩子永远无法接受教育。以上是多么触目惊心的数字！

IDD总是与贫穷落后相联系，全球约有一百一十个国家都有此病的流行，我国有约七亿人口生活在缺碘地区，这对人类的智商构成了巨大的威胁，是个非常严重的事情，如若不采取措施，人类哪能继续以其智慧称雄万物。面对这严峻的事实，联合国于一九九〇年召开了世界儿童问题首脑会议，提出了要在二零零零年前改善儿童健康和教育状况的具体目标。时任总理的李鹏代表中国政府做出了庄严的承诺，中国有决心用十年的时间遏制住碘缺乏病。

中国医学基金会响应政府的号召，成立了"智力工程"项目。"智力工程"深入内蒙古、新疆、甘肃、河北、广西等地区的农村，进行调研和科普宣传，呼吁地方政府打击贩卖私盐的违法活动,稳定地方病防治机构和人员,并在政协会议上以提案形式要求国家立法,以保证全民都能够吃到碘盐。

我深知当时的社会问题和民生问题还摆不到地方官员的日程上来,必须借助官阶够高、名气够大、牌子够硬又极富同情心的一些人来帮我们做这件功德无量的事情。于是,就有了中央统战部原副部长刘延东亲自带队去河北承德和广西百色为IDD病区的人民"鼓与呼"的义举;就有了时任慈善总会会长的阎明复拉着港胞、侨胞,卜到甘肃临夏的回民村落及甘南的藏族寨子救助IDD病人的感人事迹。

承德行

一九九四年七月二十七日,中国医学基金会在与中央统战部六局充分沟通后,由当时的中央统战部副部长刘延东带队,这个三十人左右的超级"碘缺乏病承德考察团"就这样出发了。前一天晚上下了一场透雨,当天的天气格外晴朗。放眼望去,承德的山峦翠岗尽收眼底,大家都感叹这里有如此的好山好水,难怪清朝皇帝独选这里作为其避暑行宫!

大巴车里的人都是中国顶尖人才,全国人大代表和政协委员占了百分之六十,有来自二十多个学科的高级专家,还有社会知名人士。听听这一串闪亮的名字吧:许嘉璐、韩美林、梁晓声、陈难先(院士)、梁从诫、王铁成、段镇基(院士)、林群(院士)、郭子恒(骨科专家)、陈祖培(全国IDD防治组副组长）……这群高智商的人，此次能来承德，专程来看望一群智力残疾者，不仅体现了人道主义的情怀，还体现了中国知识分子特有的使命感。

一出关，我们就看到许多蹲在马路边傻笑的人。这是重症碘缺乏病，即"克汀病"的典型表情，病人脸上永远挂着笑，从早笑到晚，从年头笑到年尾，那是无意识的笑，他们也完全没有生活和工作能力。

让团员们难以置信的是，这样一个好山好水的地方，却是IDD的重病区。中华人民共和国成立前，承德地区的IDD发病率曾惊人地在百分之五十以上，中华人民共和国成立后，由于政府重视，强制在食盐中加碘，到了二十世纪八十年代，IDD发病率得到了有效控制，达到了国家标准。九十年代由于市场经济的冲击，不含碘的私盐大行其道，致使承德地区乃至全国的IDD死灰复燃。承德地区的IDD发病率又飙升在百分之二十六至百分之三十之间，仅三百万人的承德市就有IDD患者近九万人。当地有句顺口溜："十人中有两个傻，还有一个是聋哑。"那么实际情况是这样的吗？我们要深入农村亲自观察。

次日，我们分两组前往病区的两个村。尽管有思想准备，但所见时仍触目惊心。只见村口有一群人在欢迎我们，他们笑得如此灿烂，但仔细一看又觉得不对劲。对此，著名画家韩美林在一篇文章中有生动描写，现摘录如下："去年我和一些文艺界名流、科技界权威人士一道，做了一次难受的旅行……我们来到了一个小村庄。村民们对我们十分热情，站在村口夹道欢迎。我们依次往村里走,路旁的人群中有男有女,有老有少。可是我们从他们身边走过以后,他们却依然朝着我们来的方向站着,背着我们执着地招手做欢迎状……他们在欢迎谁呢?我们后面已空无一人。'都回来吧,别摆手啦!'村长大喊一声。他们这才放下手,转身瞧着我们,表情一致,全都是笑呵呵的。我们是来看望他们的,虽然我们知道他们并不领情,因为他们全村都是傻子。"

美林写得非常真实,承德是IDD重病区。这儿不只人是傻的,连动物也都是痴傻的,因为这儿的土壤和水中没有被称为"智慧之源"的碘元素,所以往往是一个村接一个村地发病。

我们还参观了两个福利工厂,这儿的工人大部分是克汀病人,从事的是最简单的运沙石的工作。对这儿的情况美林也有最直观的描述:"看到那里的工人,那些推着小车装卸石子儿的傻子。他们一天从早干到晚,不叫停他们不知休息,车上装满石子儿说一声'走!'他就走,走到那边头把石子儿一倒又回来;没装石子儿说一声'走!'他们照旧推着车走,到那头把空车斗一扬,又回来等着。"

这些工人没有休息的概念,没有劳动报酬的概念,更没有钱的概念,他们只认得钢镚,因为他们每天赚的都是钢镚,对一元纸币和一百元纸币是分不清楚的。

我问厂里的管理人员,这种克汀病人要获得像这样的劳动技能要被培训多长时间?他说得二十天左右。我心生悲叹,这哪是培训人啊!这是建立条件反射,就像巴甫洛夫做的动物条件反射实验一样!

这群人是彻底无望恢复了,我关注的是人数更多、危害更大的"亚克汀"型病人。患有这种病的儿童在外表上与常人无异,但在脑发育过程中由于缺碘,智商的损失会越来越严重。一九八五年,承德地病办(地方病防治办公室)曾对病区内七至十四岁儿童做过两次抽样调查,结果显示病区智障者占百分之三十五点二五,非病区的为百分之十点六。因此,智障孩子只能念到小学一、二年级,再往上就不行了,属于无法接受教育的人群。这些孩子的数量巨大且无法估量。成年后的他们将大批涌向城市谋生,这是我国劳动力素质低的重要因素之一。

承德地区不算是穷乡僻壤,它离京津唐等大城市都很近,交通便利,况且这儿还是清朝的夏都,是块风水宝地。年轻的北大教授刘忠范举目四望,只见这儿山清水秀,气象万千,不由得感慨:"这儿为什么会穷呢?"那些刷在墙上的口号回答了他的疑问——"治穷先治愚,治愚先治病。"可见承德之穷与这儿的人的智力关系很大,而智力低下又是碘缺乏所致。

我们此次来承德,正好碰上河北"IDD考察团"在此考察,该考察团由当时的省委秘书长栗战书带队。七月三十一日上午召开座谈会,栗战书携当时承德的柳市长、省卫生厅厅长及相关各部门负责人前来听取我们考察团的意见。大家很踊跃地发言,很直率、诚恳,充分地表达了中国知识分子特有的"匹夫"精神。栗战书当时的发言鼓舞人心,他不是泛泛地讲空话,而是就每个具体问题做了表态。如一定要稳定地方病防治队伍,人员工资和工作经费要有保证,绝不能让其解散;地病办归入党委管,以便协调;要建立地方法规……

这里我不得不说说承德的地病办,这是个无权、无钱、无人愿来的"三无部门"。工资待遇差,成天下乡跟病人打交道,与私盐贩子斗法,磨破嘴皮,向基层干部做科普宣传……不但窘迫到连出差的经费都保证不了,而且面临单位被取消,基层防治网络瓦解的危机。

真要感谢承德有这么一支忠于职守、甘于清贫、不辞劳苦的地方病防治队伍。为了承德的人口素质,为了成千上万生活在痛苦中的地方病(克山病、大骨节病、氟中毒、布氏杆菌病这些地方病在承德也是高发的)病人,他们拒绝被解散。当时的主任张小平多方奔走呼告,栗战书就是看了她的信后决心来承德的,中国医学基金会也是张小平搬来的救兵。而延东带来的超级考察团,则是承德IDD患者的福星。

延东最后做总结性发言,她讲得很好,把此次活动提到知识分子了解中国国情的高度上来分析。

刘延东带队来承德考察,深入病区的村庄、学校、福利工厂访贫问苦,了解IDD的真实威胁。对全团来说,这是一次国情教育和科普知识学习的机会,最重要的是这次考察保住了"地病办"这支劳苦功高的队伍,引起了河北省政府的高度重视,实实在在地为承德地区的老百姓做了件实事。

一九九四年十月一日,全国开始执行《食盐加碘消除碘缺乏危害管理条例》,即国务院163号令,因此,承德乃至全国的

IDD就渐渐变成了一段历史话题。

百色行

一九九五年五月，中国医学基金会与中央统战部六局再度联手。由刘延东再次挂帅，带领一个全部由全国政协常委、委员和全国人大代表组成的，阵容强大的"碘缺乏病（IDD）考察团"，前往重病区广西百色实地考察。

五月十七日清晨，考察团在自治区副主席李振潜的带领下，分乘几辆中巴，由南宁直奔百色市田林县的浪平乡。

从百色市到浪平乡路程虽然只有大约一百二十里地，但路况极差。山路崎岖弯来绕去，路面坑坑洼洼，颠得我直蹦高，直接后果是把我的老腰给颠坏了。

我们颠簸了四个多小时才到达浪平乡，随后立即分组入户去感受IDD对当地百姓的摧残。我们组看了两户人家，一家是患有IDD的妈妈生了两男一女——都是克汀病人，仅有的一个孙女也是聋哑人。另一户的妈妈和两个女儿都是聋哑人。其实，IDD不是遗传病，只要吃上含碘盐就能保障他们的后辈代代健康。患IDD的家庭的贫困程度令人震惊。靠国家微薄的救济还有口气能喘，甚至连"活着"的最底线都不是，智商的丢失使他们根本不知道什么叫"活"，什么叫"死"？

然而更让我们痛心的是唐河村小学的情况。这座小学是希望工程建的，青瓦白墙，坚固簇新。但校长告诉我们，这里的小学生的期末考试不及格率达百分之四十,有很多十岁的孩子仍在读一、二年级。我们问了几个十多岁的孩子"六加二等于几",大多数都答不上来,个别能答上的,在我们将问题变成应用题像"你有六个苹果,妈妈又给了你两个苹果,现在你手里有几个苹果?"后,孩子们则茫茫然都答不上来了。现在回想起来,也许是我们出的题不妥当,那些孩子根本没有"苹果"的概念,换成"红薯"的话,他们没准就答上来了。

总之,从这所"希望小学"看不到希望,这个事实让全团沉重不已。

五月十九日下午,考察团与以李克书记为首的百色地区领导干部座谈。考察团先向百色捐赠了价值五十万元的"中华碘王"。我第一个发言。我首先称赞了广西在血吸虫病和丝虫病防治方面取得的显著成效,接着毫不客气地指出百色儿童智商的状况令人担忧。我举出一组数据:百色地区智商测定结果显示,智障者率达百分之二十一,而田林县小学生的智商测定显示,智商仅为七十分的达到百分之十五点三九,七十一至九十的占百分之二十二!这导致了广西全省的智商平均值在全国的排名几乎垫底。我也谈到了有关唐河村小学的考察情况。出现上述这种状况是因为对打击私盐力度不够,特别在国务院163号令颁布后,百色仍有五分之一的地区吃不上含碘盐,这对百色地区及广西的整体发展而言是个拦路虎。

我虽然直言不讳,但心中还是忐忑的,于是悄悄地问坐旁边的北大教授袁行霈我这么讲是否合适。袁教授当即说:"就得这么讲,我们大老远来不能只讲好话!"

会后,我与个别同志去拜访了卫生局、卫校、地病办、防疫站及医院的相关人员,并与他们座谈。百色同志很无奈地告诉我们,百色曾支援抗美援越战争,又是对越战争的前沿,二十年的战争使百色失去了发展经济的机会。整个百色地区从事IDD防疫的只有三人,其工资连续几个月都领不到,政府一年用于IDD的经费只有两三千元。与越南边界相邻的两个县,共有六十万人受到越南走私盐的冲击。这些盐不含碘,而且是有毒的工业用盐,所以这两个县克汀病肆虐,仅那坡一个村,三百多村民中就有一百五十名克汀病人。

如此,我理解了百色地方病工作者的艰辛与苦衷。其实,中国大部分地病办的情况都与百色相差无几,对GDP的追求与狂热是二十世纪九十年代的特点,当时确实对民生问题还无暇关注。

五月二十号我们返回南宁,当时的地委李克书记前来送行。他对我说:"你的四项指示我都记住了。一是增加地病办编制,加强地病办队伍建设;二是增加经费,保证地病办人员工资;三是严厉打击边境两县的非碘盐走私;四是拨款二十万给百色地区购买碘盐。"他又指着四周郁郁葱葱的青山,笑着说:"当年陶铸书记来百色才下了两条指示,而你却下了四项。"

父亲称百色为"白色恐怖",这事在广西流传甚广。时任中南局第一书记的他,当年来到百色,只见这儿秃山荒岭,大地一片裸露的白色石头,于是直斥百色是"白色恐怖"。他说:"百色应该是百花齐放、万紫千红的,而不是白色恐怖。"他指示这里要绿化造林,改善环境,让百色的老百姓享有青山绿水。这次赴百色考察团卧虎藏龙,如科学院院士冼鼎昌、北大中文系教授袁行霈等,都是"才高八斗""学富五车"的饱学之士。著名女作家、茅盾文学奖获得者霍达对我说:"咱们可不能随便与他们谈话,他们的知识太渊博了!"但她还是不由自主地说袁教授现在比年轻时可爱。

爱说话的她,忍不住选择了邻座的数学家陈难先作为谈话对象。一路上她都滔滔不绝,没有停过嘴,难先只能奉陪,连个瞌睡都不能打。可怜的难先,有"难"总是他"先"!霍达是个"狗痴",一说起她家的"欢欢"和"闹闹"就眉飞色舞,疼爱之情溢于言表。正说着家里的爱犬,霍达突然蹦出一句:"咱们知识分子就是狗!"还没等大家反应过来,冼教授立即附和:"对,中国知识分子就是有狗性,任凭怎么打、怎么骂,家怎么贫穷,都不愿离开这个家!"冼鼎昌本是香港人,于二十世纪五十年代怀揣理想进北大读书,此后无论遭受怎样的际遇都未曾离开过祖国内地。他是高能物理学家、中科院院士,此外,他在音乐、绘画、国学,尤其在古典诗词上的造诣很高,连专业人士都难以望其项背。可惜他晚景凄凉,由于他的爱妻死于癌症,孩子又在国外打拼事业,他长期过着独居老人的生活,患上了忧郁症,数月前他最终选择了永远摆脱。我得到消息后悲伤万分,想起了我们之间关于人生的一场对话。他问我对过去、现在和未来有何感想。我说:"对过去我是遗憾,对现在是实际,对未来是困惑。"他说我太消极了，夫人去世后他很悲痛，但他会将夫人埋在心间，以积极快乐的态度去对待人生。冼的话言犹在耳，但他却失言了，这让我难以接受。借此文写这一段，纪念我崇敬的冼鼎昌教授。

五月二十一日下午，考察团与赵富林书记等自治区领导座谈。这实际上是场咨询会，除了谈IDD问题，团员们还对广西的经济、文化、旅游、科研、人才等各方面提出了宝贵建议。刘延东部长在总结发言中提到，人大代表和政协委员能深入社会考察，真正体查到老百姓的疾苦，开发和动员了当地领导，解决了一些实际问题，这样的形式和效果都很好，超出预期。

最后我还想讲个小插曲，有位随团的小青年，由于不爱上学，十五岁就下海经商了，经过十年拼搏，成就不俗，年纪轻轻却颇有大企业家的范儿了。然而在团里他却不敢讲话，因学识浅薄根本无法与专家学者对话。老教授们语重心长地鼓励他要多看书学习。这位小青年很有灵性，下决心用知识充实自己。后来，他不仅读完了清华的MBA（工商管理硕士），又读了北大的EMBA（高级管理人员工商管理硕士）。如今说话一套套的，俨然是一个学者了。这个小插曲就作为我们百色考察团的另一个小成果吧！

临夏行

一九九六年，国务院颁布197号令后，就全国范围而言，一度猖獗的私盐泛滥得到遏制，但仍有一些偏远少数民族地区服不上碘盐。此时"智力工程"的任务已经不是开发、领导、科普宣传和呼吁全社会重视，而是对重点地区和重点人群进行干预治疗了。于是，"智力工程"推出了"零至两岁补碘行动"。做法是对每个孕妇进行尿检或血检，采新生至两岁的婴幼儿的足跟血，一旦发现缺碘就补充碘油丸或碘油滴剂。这样做是为了从源头上消灭IDD，因为一旦超过两岁，因缺碘对大脑造成的损害就不可逆转了。

感谢时任福特中国公司副总裁的田长桉先生。他是我二十多年的老朋友，他为我们在福特公司争取了一笔捐款。我们用这笔钱在甘肃临夏的尹集乡建立了一个"零至两岁补碘行动"试点。

一九九九年八月初，中国医学基金会组织"零至两岁补碘行动考察团"赴临夏考察。这次被我忽悠来的也都是些头面人物，有民政部原副部长阎明复、给邓小平做过前列腺手术的三零一医院泌尿科专家李炎唐、协和医院原院长朱预、全国碘缺乏病防治专家陈祖培教授，还有田长桉先生。

八月四日，考察团抵达临夏。对临夏，我是百感交集的。一九六八年，我曾在这儿的第七医院工作过三年。那时，临夏像个大土屯子，放眼望去全是土坯房，连砖房都难见到，更别提楼房了。我至今还清晰记得我当时从长途车下来后的第一个感觉——不相信！不相信这是临夏的首府，不相信这是一个城市。

而现在，目光所及是林立的高楼大厦、繁华的城市广场、漂亮的河岸公园、纵横交错的马路……于是我又恍惚了，这是临夏吗？

漠泥沟却贫穷如初。我记得三十一年前独自一人来这儿做征兵体检，走在人迹罕至的山路上，倍感孤独凄凉。那次我未能完成征兵体检任务，因为漠泥沟的年轻人不是患有IDD，就是心脏杂音超过二级，全都达不到征兵体检指标。

如今的漠泥沟依旧那么荒凉，百姓生活依旧那么艰难，人均年收入仅五十元。因受IDD影响，智商损失严重，学龄儿童中智障者率达百分之二十五，六年级毕业考试数学及格率为零。这就是漠泥沟至今不能脱贫的主要原因。考察团成员纷纷掏钱资助几位贫困儿童上学。说来让人感叹，每学期的学费仅三十八元，就这么点钱却让很多孩子失去念书机会。我资助的是一个九岁的回族小姑娘，叫马录给雅，小姑娘大眼睛红脸蛋，漂亮可爱。可惜她父母都是严重的IDD患者，没有能力供她上学。我交给学校三百元，足够她念完小学，又给她本人一百元零花钱，在九十年代，一百元还算是个钱，够她买全套的学习用品了。

阎明复有一颗悲悯之心，他曾任民政部副部长，后担任过中国慈善总会会长，常跑孤儿院、养老院、荣军院等弱势群体聚集之地。然而他看不了受苦的人，每到这些地方他都会难过地流泪，把身上所有的钱、手表等物件掏出来，倾囊相授，只为在无法面对的现实前表达他的真情。他也因此被尊称为"阎大善人"！

他这次在漠泥沟认领了两名失学儿童，在路上碰到一个大脖子老乡，他立即吩咐给这位老农做手术，全部费用由他支付。这件事后来落实了，阎明复付清了所有花费。在甘南，他往藏族乞丐手里一塞就是一百元。

尹集乡是"零至两岁补碘行动"的试点，乡卫生院的工作令人满意，他们监管了全乡所有孕妇，摸清了两岁以前婴幼儿的碘营养状况，我们欣喜地认为这个试点是成功的，尹集乡从此不会再有缺碘新生儿，儿童的智商会提高很多。

在临夏，我们除了走村入户、访贫助学、赠送碘盐，还请宗教领袖帮我们做工作，这在民族地区是事半功倍的。

我们请来当地德高望重的阿訇们座谈，对他们进行科普宣传。阿訇们告诉我们，教民们之所以抵触吃碘盐，是因为受到谣言的蛊惑，以为"吃碘盐是政府的绝育措施，碘盐里放了让女人不能生娃的药"。我们反复做阿訇们的工作，若想让教民们摆脱目前的贫困与智商低下的状况就必须服碘盐，阿訇们终于认识到这是件惠泽人民的大事，于是表示愿配合我们动员教民服碘盐。

与此同时，促使国务院197号令出台的政协提案作者张侃，以及国家主席李先念夫人林佳楣等人参加了由卫生部的老副部长郭子恒带队的"延安IDD考察团"，在延安地区也取得硕果。

到二〇〇〇年，"里约热内卢目标"到期，中国全面严格地实行了全民服碘盐的政策，遏阻了IDD新发患者率，李鹏总理的承诺得以兑现，而"智力工程"也就完成了它的使命。

"智力工程"从一九九三年启动,到二〇〇〇年停止,在这七年里得到了刘延东、栗战书、阎明复、林佳楣等大批政协委员、人大代表、社会贤达身体力行的支持。他们以特有的社会影响力,促使了当地政府领导对IDD的重视。我在这里,特别要向那些曾战斗在第一线,默默无名,却实实在在地为改善我国智力状况辛勤奉献的地病办队伍表示崇高的敬意!

如今,IDD已成为一个远去的甚至不为人知的话题。我旧话重提,是为了让人们知道,在二十世纪九十年代还有这样一群人做了这样一件伟大的事!正是他们的努力与付出,才使得中华民族的人口素质大大提高,成为全球数一数二的高智商国家。

让蓝蝴蝶飞遍中国

"爱尔蝶",由世界上最美丽的蝴蝶——光明女神闪蝶演绎而来。光明女神蝶源自希腊爱与美之神阿芙洛狄忒的名字"Morph",她的翅膀蔚蓝如大海,上面镶嵌着的白色斑点,犹如海上朵朵的浪花,十分迷人,也非常珍贵。可惜,如此美丽的物种已濒临灭绝。为了让美丽延续,著名箱包品牌马连奴·奥兰迪的设计师从"女市长爱尔慈善基金"发起的"中国贫困聋儿救助行动"中获取灵感,将光明女神闪蝶翅膀上斑斓的白色花纹演变成耳朵的模样,用爱心赋予了它新的生命——以"爱尔蝶"的姿态重生,象征听力的两个耳朵随着"爱尔蝶"展翅飞翔,聆听世界的欢声笑语。

初见奥斯汀

二〇一一年七月二十日,美国明尼阿波利斯

今晨六点即起,我用自带的包装纸包了四盒茶叶,作为今天要送出去的礼物。

斯达克今天要召开一个国际会议，我们与韩国人、日本人划为一组，同乘一辆大巴前往斯达克总部参加研讨会和参观。

一路上的风景很好，斯达克公司坐落在茂密的树丛、绿绿的草坪和姹紫嫣红的鲜花之中。

这是一家制造助听器的企业，分支机构遍布全球三十二个国家，每年有七十亿美元的业绩。我们参观了其最先进的数据处理中心，看了耳内机的生产流程和工艺。一个小小的耳内机配有最先进的芯片和扩音器。最让人感兴趣的是它的个性化生产，每件产品都对应于一个患者的耳膜样本，每天都能做出六七千只耳内机，个个做得玲珑精巧。

走进斯达克总部大厅，最突出的是到处悬挂着巨型相片，相片中的人是用过斯达克助听器的。他们中有里根、老布什、克林顿这样的美国总统，有好莱坞明星、宇航员、社会名流，以及像曼德拉、马科斯夫人等外国政要……除此之外，还挂了非常多的其他国家的贫穷儿童、聋人和老人的肖像，让人目不暇接。

比尔·奥斯汀是该企业的创始人。他在一九七三年创建斯达克基金会后就专门致力于贫困聋哑人的全球救助，足迹已达四十多个国家，惠及五十多万人，但独独没来过中国。这次我与万选蓉千里迢迢地来美国，就是为了说服奥斯汀来中国。

基金会与企业是分开的，我们需要到基金会见奥斯汀。基金会客服中心的大厅里坐满了病人，白发红脸、健硕的奥斯汀身穿白大褂，正在人群中忙碌着。据说，他没有自己的办公室，也从不坐在办公室里休息喝茶，永远都穿着工作服在为病人忙碌，这让我们很是敬佩。但很快我们就无比沮丧了，我们被告知没有安排与奥斯汀的正式会谈，他只是礼节性接见我们一下。

我们等了很久，奥斯汀才抽空来接见我们，他像是个从战场上下来的战士，总想立刻就回到阵地上去，所以显得心不在焉，没讲几句话就走了。倒是他的夫人坦妮要热情得多，她穿着一件蓝大褂，就像是一个蓝领。她一见我就爽朗地笑了起来，说看我很面熟，好像在哪儿见过我，这大概就是缘分吧。

见奥斯汀不冷不热的态度，我与万选蓉面面相觑，似乎都在问对方："我们这是干吗来了？"

我本就不想来美国，路太遥远，飞行十几个小时，对我这个年龄真是勉为其难，但选蓉不容置疑地说："你一定要去美国，'听基会'一定要与国际合作才有出路，只有你去才能把奥斯汀请来！"但看这架势，我能说动这个倔老头吗？

天无绝人之路，在我们的努力下，终于争取到基金会的执行总监布瑞迪与我们会谈。

布瑞迪是个典型美国西部汉子，幽默又快乐，一见我们就说："朋友！"后来才知道他只会说这两字，无论什么情况他都用这两字对付。

我、选蓉和李京华，三人轮番"轰炸"布瑞迪，选蓉更是举出多个理由说明为什么斯达克必须与我们合作。我则问他："你们救助过那么多国家，在印度一做就是一两万人，可中国有两千八百万聋哑人，你们为什么不来中国呢？""我们在中国没有找到合适的合作伙伴。"布瑞迪说。"那你就与我们合作吧！"布瑞迪顽皮地笑了一下："当然，我认为中国听力基金会和女市长爱尔慈善基金无疑是适合的合作伙伴。"说完就撇下我们走出去了，我们三人心中忐忑不安，不知这是怎么一回事。

天色渐黑，客服中心几乎无人了，这时布瑞迪陪奥斯汀进来了。奥斯汀满面笑容，还换上了西装，与第一次见我们时判若两人。显然布瑞迪汇报后得到了他的认可，第二次见我们是准备与我们合作了。奥斯汀详细问了我们一些问题，他表示很满意，他最后拍板，决定"明年去中国，先做六千人"后，我们悬着的一颗心总算落下来了。

出门后，我们三个人绷不住了，忘形地欢笑着，这趟美国行总算没白来。

"爱尔蝶"首次飞进中国

二〇一二年八月二十六日，西安

今天，"爱尔蝶"终于飞进了中国！

斯达克"世界从此欢声笑语"的中国项目首站选择了西安。西安以最高礼仪接待了美国嘉宾。堪称"天下第一礼"的仿古迎宾入城仪式让美国人无比震撼，甚至让他们热泪盈眶。

美国人非常喜欢西安的小雁塔，认为这是他们救助过的所有国家中最美丽的现场。但刚刚开始工作就突然下起大雨，幸亏市残联和胡晓宇团队昨晚干到凌晨三点，在"皇冠酒店"大会议厅布置了应急场地。

到底是中国政府的效率高，短短时间里就将设备、五百名病人、近六十位外国专家全部转移到了皇冠酒店里面。

由于应急场地没有高椅，美国医生常常需要跪着为病人配戴、调试助听器。又因为是量身定做，耳模舒适，所以很快就达到预期效果，病人无不笑逐颜开。他们情不自禁地拥抱医生，而医生也会给他挂上一个塑料金牌，祝贺他此次验配成功。若是小孩验配，医生还会送一个毛绒玩具。这些小设计看似微不足道，却能反映出美国人的用心细致。

由于临时转场地，耽误了时间，所以多数医生都没吃午饭。酒店准备的六十份比萨也只被消灭了十份，奥斯汀则只吃了几片饼干。他们一口气工作到下午四点多，直到全部病人满意离去后才回房休息。但奥斯汀并没有走，他在为第二天的工作做准备，亲自为每个助听器装好电池，这样他比别人多干了三个小时。这是他的规矩，回回如此，没有人可以劝得动他。

第二天早上我去现场时，美国的医生还没到，只有奥斯汀夫妇在忙碌。见到我，奥斯汀停下手里的活，很认真地对我说："别人都认为我不过是个捐助听器的，我去过那么多国家，听过那么多讲话，只有你讲得最深刻，与我内心的自我感觉最一致。"这番话让我有点意外，但想想也是，在我心目中，他确实是个伟大的慈善家而不仅仅是个捐助听器的。

中美助听项目首度合作告捷。西安改变了美国人对中国的看法，而美国人的敬业精神也让西安人，特别是受助者感动。我们在救助聋哑人的同时，还打了场漂亮的人民外交战争。

姚明来了

二〇一二年八月二十九日，成都

在成都的开幕式上，我在讲话中采用了胡晓宇"三个比尔"的说法，即在比尔·克林顿、比尔·盖茨之后，中国人民又认识了一个新朋友——比尔·奥斯汀。果然奥斯汀很高兴，他在讲话中说，在所有他接触过的人中，我与他的理念最相近。

验配现场就设在美国人住的酒店后面的草坪上，白色的帐篷搭建地无可挑剔，几台大功率的电扇徐徐地向等候的病人送着凉风。成都残联的工作同样出色，基层政府和残联的组织动员能力相当强大，每个县都派出十几辆大巴，前面有警车开路，浩浩荡荡，好不神气！一路上有众多工作人员照顾，政府还在沿途搭建了移动式厕所，还管吃管喝，山里的残疾人应该从来没享受过这般待遇吧！

奥斯汀一旦工作起来就再无他顾，他顾不上吃早饭和午饭，白天只上一次厕所，时间都用在病人身上，对他们的需求无条件满足。有一个细节：有一个病人只是单侧耳聋，另一侧的听力正常。但病人觉得双耳佩戴的效果更好，奥斯汀说了声"OK（好的）"后立即为其配上。"我相信病人说的话。"奥斯汀这样对我说。

成都残联理事长宋辉的事迹同样感人，他在断了三根肋骨的情况下,一天也没有休息,忍着痛从早到晚地守在现场,其精神不亚于奥斯汀。

场内突然骚动起来,原来是篮球界的传奇人物姚明及卡隆·巴特勒也来到现场,当起了志愿者。姚明凭借"制高点"优势,不费吹灰之力就成为现场的焦点。姚明说:"声音可以影响人们的心理世界,聆听是架起人们心灵沟通的桥梁。我们在做一件非常了不起的事情。"他对这个项目的理解很到位。

"熊猫基地"原定于三点安排美国人参观。此时的验配现场,大部分病人和医生都已离去,只剩十几个疑难病例在等奥斯汀处理。但奥斯汀表示"只要还有一个病人,他就不能走"。可是直到全部病人完成配听,他一个人还在忙这忙那,全然不顾有那么多人等得火烧火燎。实在没办法了,我们只好动用唯一能治住他的人——他的夫人坦妮。坦妮前两天脚趾骨折,打石膏,坐上了轮椅。我们向坦妮告奥斯汀的"黑状",坦妮怒气冲冲地下了轮椅,一瘸一拐地向奥斯汀走去。不一会儿,蔫头耷脑的奥斯汀乖乖地跟在坦妮身后过来了,全无"奥斯汀大帝"的威风。

赶到熊猫基地时天色已晚,早已关园,但工作人员还在等。他们让奥斯汀夫妇换上蓝色保育装,然后抱出一只二十五千克重的一岁熊猫放在两人中间。这只熊猫肯定是见过大世面的,小家伙乖巧淡定,看都不看他们一眼,一刻也不停地吃苹果。奥斯汀夫妇十分喜爱这个可爱的小家伙,也许是受宠若惊,他们面对中国国宝时竟然有点不知所措。

欢迎晚宴精彩纷呈。在致辞环节,奥斯汀发表感言,他并不擅长演讲，从不煽情，也不幽默。但他用了"无与伦比"来形容"斯达克"首次与中国的合作。而同样的评语，国际奥委会主席罗格也给过北京奥运会。

晚会上有一个让坦妮特别喜欢的节目，一位红衣舞者，一边飞舞，一边用毛笔（其实是激光）在巨型画卷上写出"让世界从此欢声笑语""斯达克成都感谢你！"字样。此时，中美双方心中的感情均被激发出来，全场气氛达到高潮。十天的中国行，五天的成都救助，彼此产生的友情一言难尽！

晚会结束时已九点多，但还要与奥斯汀夫妇及布瑞迪进行一场正式会谈。奥斯汀说这次来中国的合作体验是他去过的所有国家中最棒的，希望有十年的长期合作。我怀疑我们俩能否活得足够长，能否保证这项计划的完成。"只要我还能走动，我就还会来中国。"奥斯汀坚定地说。他认为只有长期合作才能体现出他的价值观。

在美国参加慈善晚宴

二〇一三年七月二十八日，美国明尼阿波利斯

我和万选蓉带着西安和成都残联的同志应邀参加了斯达克慈善晚宴。每年这个活动都会在美国西部地区举行，这是我第二次参加，上一次是在二〇一一年。美国人穿衣服之随便那是出了名的。无论男女老少，一律都是大背心、大裤衩，外加一双人字拖。无论在世界何处，人们一看他这身行头便知他是美国佬。我

挺纳闷，号称全球第一消费大国的美国，钱都花在哪儿了？我甚至想：美国商店里的袜子大概都让中国人买了吧？没见几个美国人穿袜子。相反，中国人总是着装规矩，穿着丝袜配高跟鞋，反倒老土了！不过我也看到了例外，那就是在慈善晚宴上。

美国人极尽所能地打扮让我开了眼，过足了霓裳华服之眼福。那晚，前来参加晚宴的都是美国富人，除了来自明尼苏达州的，还有来自其他几个西部州市的。男士一律着配领结的黑礼服，女士们则个个着装艳丽，袒胸露背，裙摆拖地，珠光宝气，足蹬华丽的高跟鞋，手拿闪闪发亮晚会包。我在国内从未见过这么盛大华丽的晚礼服阵容，令人叹为观止。苗条的女人着晚礼服，凹凸有致、婀娜多姿，十分抢眼。大多数美国女人都比较胖，令人惊叹的是，她们依然将四溢的脂肪塞进紧紧的且到处露肉的丝绸里，捆得跟肉粽子似的。她们那悠然自得的神态，仿佛个个都是中国唐朝时的大美女！出席的宾客有几千人，很多名人乘加长林肯，踏红毯入场，然后在一面巨大的有斯达克标志的墙前留影。名人中有美国前总统克林顿、当红影星布拉德·皮特、好莱坞影后乌比·戈德堡、拉丁情歌王子马克·安东尼、老牌歌星莱昂内尔·里奇、"美国偶像"冠军、NBA（美国职业篮球联赛）球星、棒球明星、著名企业家……真可谓星光璀璨。

慈善活动持续了很长时间。下午三点开始进场，先是慈善拍卖，拍品琳琅满目，大到吉普车、摩托车，小到一盒糖、一件背心、一张明信片，凡是征集来的物品都有来头。每件拍品下都有一张纸，认购者填上姓名和报价，由报价最高者获得。我看了一下这些卡片，每样物件还真有不少人争购。下午五点半，我们终于可以进宴会厅了。宴会厅奇大无比，足足摆了一百八十桌，尽管每个座位要一千五百元美金，也是座无虚席的。晚宴的舞台布置得很简洁，没有什么花里胡哨的东西，开场却充满创意，令人叫绝。当大厅灯光亮起后，一只老鹰从台上展翅滑翔，飞越人群，昂立在装饰有星条旗的高台上。全场一片欢呼，鹰是美国精神的象征，它一下子就把美国人的爱国热情调动出来了。晚宴流程就是吃东西、听讲话和看演出，由于语言不通，我们觉得很沉闷。最主要的环节是救助国的认捐竞拍，这很刺激。一共有十几个国家参加募捐，中国是第一次参与，我紧张得不得了，如果无人举牌或金额很少那是很丢份的。最后，中国成为当晚认损金额最高的认捐国，俄亥俄州一对夫妇以四十万美元拔得头筹，获得了对桂林的救助权。我们中国代表团都高兴得跳了起来！这些钱将用于承担美方在中国的一切开支，没有充足的资金，美国人就来不了了。

美国人搞募捐真可谓费尽心机且花样繁多。除了实物义卖、卖晚宴座位、救助国竞捐，在整个晚宴过程中都有志愿者提着小筒到各桌转悠，你可以投下从一百美元到五千美元不等的代用币。你不必担心这些代用币兑不了现，这种事不会发生，因为在一个诚信社会中，信守承诺是起码的道德底线，所以凡投币者，事后一定会以各种方式将对应的钱款汇给斯达克基金会。宴会从下午六点开场，直到晚上十一点才结束，这么长时间，我们都坐得腰酸背疼，然而美国人几乎没有半途退场的，自始至终情绪饱满，气氛热烈，他们礼貌文明，对所有演讲和演出都报以热烈的掌声和欢呼。晚宴高潮迭起，最高潮竟然在最后——人们合着震耳欲聋的摇滚节奏，在过道里跳起舞来，滚滚热浪扑面而来，大厅就像一锅沸水。我们几个中国人也站在原地扭了几下，主要是为了活动下僵硬的腰背。

参加慈善晚宴，二〇一一年第一次是来看热闹的，既新奇又有点闹不明白，一个名不见经传的美国小城办的慈善活动，为什么会成为美国西部地区的年度盛典之一？为什么那么多的达官贵人会趋之若鹜呢？大大咧咧的美国人为什么会盛装华服、争奇斗艳呢？为什么冗长的活动没人半路离场且始终情绪高昂呢？为什么所有形式的捐款都来自个人或家庭，没见有企业参与呢？但这次再参加，我悟出了其中的一些东西。美国是成熟的公民社会，人们的公民意识很强，其慈善捐款基本上是一个全民行为，并形成以个人捐款为主的形态，具有草根性和自发性。美国人视慈善为一种信仰，这是一种根深蒂固的价值观，在做慈善方面有很高的境界。所以他们将参加慈善活动看作既隆重又荣耀的一件事。穿晚礼服、不半路退场、为每一个善举喝彩，是出于他们对慈善事业的重视，是向奥斯汀先生的致敬，以及对世界上所有贫困者的尊重。让我很感动的一件事是，当斯达克基金会主席奥斯汀出场时，全场起立并长时间热烈鼓掌，那风光绝不亚于后来出场的克林顿总统。一个慈善家能得到如此高的礼遇，这就是现代慈善文化的魅力。

通过参加慈善晚宴，我认识了另一个美国。作为"人民"的美国和作为"国家"的美国是不一样的。国家美国展现的是霸权和拳头，是不招人待见的。但美国的软实力存在于人民之中，慈善就是美国的软实力之一。

桂林让美国人着迷

二〇一三年十一月二十五日，桂林

今天，在中国乃至世界上最美的地方，中国听力医学发展基金会与美国斯达克基金会再次携手合作，让象征斯达克"世界从此欢声笑语"中国项目的蓝色蝴蝶飞到了桂林。

我与当时的桂林市政府的肖副秘书长、残联李何理事长一起去机场接从柬埔寨飞来的奥斯汀。奥斯汀的专机于十二点降落。他第一个出来，仍穿着那件绣有斯达克星的黑色短袖T恤，疲惫不堪地拎着两个大塑料口袋，里面都是设备。据说，奥斯汀从不让这些设备离开他，无论到哪儿，别的什么也不拿，设备必须自个儿拿着，这哪像个美国的大富豪啊！

一脸倦容的奥斯汀瘦了，也显老了，倒是其夫人坦妮依然神采飞扬。从机场进城的路上，奥斯汀说："我原以为桂林机场很小、很旧，想不到建得这样好。"他又指着花树繁茂的机场高速说："即便是美国也不过如此。"一路上他都在"Beautiful！（太美啦！）"地赞个不停。

美国人住的宾馆叫"白公馆"，看上去像二十世纪三十年代的建筑，充满了上海滩的怀旧风，而实际上是今年五月才开业的新宾馆。美国人又惊又喜,爱极了这座小宾馆。

下午四点,奥斯汀迫不及待地去视察工作场地。场地已布置好,路线流程及九个功能区被搞得井井有条,堪称完美。但奥斯汀还是对主验配场的桌椅进行了调整,他摇动每把椅子,把它们搬来搬去,直到将其放置到一个最稳定且角度最合适的位置才罢手。所有人都只能眼巴巴地看着他,没有人可以帮到他。

我一看这架势,立即跑回房间更衣打扮,因晚上有宴会。一小时后我再次赶到现场,只见奥斯汀还在那儿搬椅子,他太较真了!

晚上市政府宴请了美国朋友及少数中方嘉宾。奥斯汀依然以他一贯的平淡做即兴发言。他回顾了一九九七年他曾作为一名工程师来中国的经历,他说:"中国的变化令我震撼。这次来桂林的美国年轻人,没有人像我这样经历过从一九九七年直至今天中国的变化过程。我感谢中国政府,为我们敞开了大门,让我们能够进入中国做事情。"这后一句话显然是对中国政府欠缺了解,中国的大门早就向全世界敞开了。

在提到我时,奥斯汀说:"我之所以与陶合作得这么好,是由于她完全理解我所从事的事业的意义,并且我们有共同的梦想。"

最后他说了段有哲理但又令人费解的话:"人与人要进行心灵上的沟通,唯这样才能挖掘出人性之本,并传播人性的伟大。"

晚宴上,从坦妮那里我了解到今年他们已跑了三十个地区,救助了十六万五千人。桂林救助结束后他们还要去菲律宾。坦妮还告诉我，他们在一九七三年就成立了"斯达克基金会"，直到二〇〇〇年她来了以后才对救助人数做统计。在这之前奥斯汀拒做统计，他认为病人的需要就是一切，而数字不过是符号，没有什么意义。"二〇〇〇年以来，我们救助了七十多万人，若加上一九七三年以来的肯定超过一百万了。"坦妮说。

只看病人有无需要，完全不考虑业绩，奥斯汀的境界实在是太高了，我等终不能望其项背。

正式救助当天，桂林的天气可爱极了，在阳光明媚的日子里，举行救助活动真是再适合不过。

我九点准时到达救助现场，见登记处已排起人龙，每个患者都领到一份从美国寄来的定制耳模，这就是"斯达克"助听器与别的品牌最大的不同。

尽管奥斯汀昨晚已开夜车安装好了所有助听器的电池（这是他的专属工作），但今天仍自顾自地摆弄器械，全然不顾巫副市长火急火燎地在等他举行开启仪式。

这并非奥斯汀有意怠慢，而是美国人没有"仪式"这个概念。开始干活前，他们喜欢手心手背相搭，欢呼一声后就四散开去，各人忙活各人的事。

今天奥斯汀的运气欠佳，一上来就是几名严重丧失听力的儿童，他们本应做人工耳蜗，但人工耳蜗最便宜的也要十几万，所以这些贫困家庭只能将希望寄托在这位美国医生的身上了。

奥斯汀虽然遇到了难啃的骨头，但经验丰富的他，最后用超大功率助听器及功能更强的盒式助听器解决了问题。当孩子们终于流露出听到声音的表情后,有的妈妈不由得掩面而泣。

由于处理这几个重度病人,耽误了时间,上午的任务没完成,下午的病人又如期而至,奥斯汀及他的团队都没有时间吃午饭,甚至连市残联专门为他们准备的点心都没人去动。奥斯汀仅用一瓶可乐作为他九小时繁忙工作中唯一的能量补充。

一直到下午五点半之后,美国医生才三三两两地走回宾馆。但奥斯汀仍在为一个老婆婆调配助听器,直到她伸出两个拇指激动地说:"声音不大不小,刚刚好!"重新听见声音让老婆婆高兴得手舞足蹈,一个劲儿地感谢政府。有人提醒她要感谢美国朋友。"哦,感谢美国朋友!"奥斯汀觉得她十分有趣,就很慈祥地在她额头上轻吻了一下。老婆婆也不知是咋回事,大声嚷嚷着"好!好!好!",高兴得两手乱比画。这个有意思的情景令我大笑不已。

待全部病人都离开后,奥斯汀又工作了一个多小时,为第二天要使用的助听器安装电池。当他一个人走出验配大厅时,时间已经是晚上六点半了。

美国人致敬"人民政府"

二〇一六年九月十四日,徐州

江苏是与斯达克的第五度合作,我每次和奥斯汀合作都能学到很多东西。在慈善概念上,我学到光有爱是不行的,还要有行动。另外，他说："比尔·盖茨捐赠的多，但是他没有我看到的项目多。"如果收获笑脸可以作为财富标准，我相信奥斯汀无疑是世界上最大的财富家。

奥斯汀还是一位优秀的听力专家，他总是站在一线，事必躬亲，他为我们树立了一个职业医生的典范。我认为在他眼里只有病人——病人为大、病人至上、尊重病人的感受、不厌其烦地为病人服务，这些我们都看在眼里，并心存感激。每当看到他为老人配戴助听器，那些老人表述不清时，奥斯汀没有一点不耐烦，一直服务到这个老人满意为止。我还看到他为孩子配戴助听器，孩子不配合，哭哭闹闹，但是他仍然为孩子配上了合适的助听器，他这种敬业精神和职业操守值得我们学习。

中国人向来是秉承做好事不留名的美德，奥斯汀让我看到一个真正的社会活动家并不是仅仅在上层圈子里进行公关的学者。奥斯汀的社会交往是非常广泛的，涉及不同国家、不同阶层，其中有贫民窟的最底层，也有美国总统、好莱坞明星、亿万富翁这样的大人物。他告诉我，只有发动社会中更多的人，才能让大家更好地投入慈善事业中来，所以社会活动是非常重要的。

斯达克的救助是跨越国界、民族、种族、宗教、信仰、正值交战的双方和中难度国家的。斯达克的口号是让世界从此欢声笑语，如果这个口号能实现，世界上将不再有残疾人。二〇一五年，联合国授予他南南人道主义成就奖是实至名归的。

今天被问到最感人的瞬间是什么，其实最让我感动的除了验配台上的红衣使者，还有验配台下静静等待的聋哑人。助人者与受助者共同营造的这种氛围令我非常感动,因为这种氛围充满了爱和信赖。我们的农民兄弟都是从很贫困的地方来的,他们甚至没有进过城。在残联的精心照顾下,他们乘坐着带空调的车,警车为他们开道,医护人员为他们保驾护航,来到五星级、金碧辉煌的大殿里,接受来自世界各地听力专家——包括给美国总统配助听器的奥斯汀——的救助,我想这是农民兄弟从来没有得到过的尊重。我真的被这种情怀所感动。我觉得这就是权为民所用的一个具体典型。

徐州残联的李俊峰理事长对我说:"如果是官员来,我不安排警车开道,但我们的农民进城来,我给他们派警车开道。"残联、各级政府对残疾人的照顾,我们都看在眼里,记在心里。

我注意到,美国人在江苏搭手礼仪式中特别加了词——People's Government(人民政府),这是对我们政府的肯定和致敬。

我们的梦想在中国实现

二〇一九年七月三十一日,海拉尔

自二〇一二年我把美国斯达克基金会在全球开展的"世界从此欢声笑语"听障救助项目引进到中国,迄今即将迎来第八个年头。今年七月,我们在美丽的内蒙古大草原共同度过了忙碌又特别快乐美好的十几天。奥斯汀夫妇以及他们的国际团队,再次以行动感动了所有参与救助的人。

我知道，他们是抱着一颗平常心来做这件事的，但是，我却感受到越是伟大的人越是甘于平凡。奥斯汀先生在精神上要求极高，对物质上要求却极低。去年在郑州现场，有一个瞬间感动了所有在场的人。那一天的救助行将结束，已经是下午两点多，奥斯汀才刚刚开始用午饭。他一个人远远地坐在角落，默默地吃着一份为工作人员备下的普通盒饭。就是这么一个小小的举动，一瞬间让在场的很多人心灵受到了震撼。

习近平主席说："中国有几千万残疾人，二〇二〇年全面建成小康社会，残疾人一个也不能少。"国家制定的减贫计划也提出：到二〇二〇年，消除绝对贫困一个都不能落下。而我们的斯达克"世界从此欢声笑语"中国项目也会力争做到一个患者都不能少，应救尽救。我曾在救助现场看到，一个妈妈带着她儿子急急忙忙地赶到现场时，救助工作已经结束，所有的设备都已经打包收起来了。但是，当看到那是一个孩子，明白听力对他是多么重要，奥斯汀先生当机立断，重新打开包裹，找出耳样、耳模，然后，亲自帮他适配，孩子马上就听到了声音，露出了微笑。这样的情景在八年中不断地上演。

由于中美两国在文化和国情上的差异，双方难免遇到料想不到的困难，但八年来最终收获了出乎预想的好效果。中国与美国慈善机构合作的意义，我归纳了一下：一是学习美国现代慈善理念；二是学习美国系统而科学的救助方式；三是学习美国专家的专业精神；四是促使中美两国人民相互理解，建立人民之间的友谊，在英文表达中就是"People-to-People Diplomacy"。

奥斯汀先生带给我们的，除了实实在在惠顾中国的听障人士，还带来了现代慈善理念。而中国各合作方，特别是当地政府和残联崇高的使命感、强大的动员组织能力、热情而高效的服务，让美国朋友赞赏不已。而中国的受助人员，也就是聋哑人，对美国专家表现出的信赖和感恩，也给美国朋友留下了美好的印象。

在美国斯达克基金会拍摄的宣传片里有一句算是核心的话："不了解中国就不了解世界！"确实是这样的，因为在这个地球上，每四个人里面就有一个是中国人，所以帮助中国也是在帮助世界。

在救助现场，我们天天都能见到泪水和汗水，天天都能听到欢声和笑语。对我们救助的听障人士来说，他们绝大部分（除非是年龄很大的老人）将从此改变命运，这是对奥斯汀先生及其团队、爱尔公益基金会、所有关心支持斯达克"世界从此欢声笑语"中国项目的爱心人士的最好回报和最高奖赏！

奥斯汀先生和我共同的梦想，正在中国实现。

启明星，夜空中最亮的星

爱尔公益基金会自二〇一七年启动了"爱尔向日葵计划——脑瘫儿童救助工程"，三年来为两千多个孩子做了筛查，为近七百人次的脑瘫儿童提供了手术和康复治疗。一方面，我们欣慰手术令他们的症状得到缓解，只要康复跟上，他们有希望回归社会。另一方面，我们又痛心脑瘫儿童实在太多，面对严格的手术适应证，我们更多的时候不得不眼睁睁地看着他们那怆然返回的背影。

在项目开展的过程中，我们做得最多的事其实是教育社会。脑瘫不是脑残，相反，我们发现了不少极具天赋的脑瘫儿童，如武汉的男孩丁丁，不仅考上了北京大学，毕业后又去了哈佛读博士。像这样的奇迹，我们还是见证了很多：兰州的谢廷延，自学高中，考大学数学满分，在兰大旁听，显示出超群的数学才华，拿到兰大的硕士，现在正在读博；长春的徐永琛，高考成绩是五百九十八分；成都彭超更取得了六百零三分的高分。还有那个名贯大江南北的农民诗人余秀华，她那句"穿过大半个中国去睡你"，惊世骇俗，颇受争议，却也显示了她诗人的天赋，而她也是一名脑瘫患者。

那些脑瘫儿童，将来都会成为国家的栋梁之材。这也给了我们从事脑瘫救助的爱心人士莫大的鼓励，让我们感到我们所从事的事业不仅是崇高的，而且是有价值的。

有了脑瘫救助的成功经验，体验到脑瘫儿童回归社会的良好效果，爱尔公益基金会又开始关注到另一个特殊的群体——孤独症儿童。二〇一九年，爱尔与中国市长协会女市长分会一道启动了"爱尔启明星工程——孤独症儿童关爱行动"公益项目，立足于打造集筛查诊断、康复治疗、融合教育"三维一体"的创新性康复救助模式，为孤独症群体"早筛查、早诊断、早康复、早融合"奠定基础，推动国内孤独症事业健康、有序地发展。

如果说脑瘫儿童的救助是块硬骨头，那么孤独症儿童的救助就是一根铁棒槌。与脑瘫儿童多在偏远落后地区、多为农村娃、多来自贫困家庭不同，孤独症儿童多在城市，多来自知识分子或者富裕家庭。随着国家医疗卫生事业的进步，脑瘫儿童在逐渐减少，而孤独症儿童却逐年增加。为什么会这样？没人说得清，直到现在发病机理还没有弄清楚。

孤独症儿童无论总人数还是发病率都比脑瘫儿童多、高。近年来，孤独症的发病率有逐年上升趋势，如美国，二〇〇四年的发病率为一比一百六十六，二〇二〇年据美国疾病预防控制中心最新报道，已经上升到一比五十四。目前，我国尚缺少大规模流行病学调查研究，较为公认的我国的孤独症发病率约为百分之

一、有报道估算我国孤独症儿童人数在三百万以上。

摘下天上这些星星的孩子,把他们还给父母、亲人、社会,就是我们这个项目的初衷。

二十年前,我第一次接触了这群特殊的孩子。那是二〇〇一年七月的一天,我去参观了星星雨孤独症儿童教育中心。这个中心的负责人叫田惠萍,曾是四川外语学院的教师,年轻漂亮,精明强干。她德文、英文都很好,曾在柏林给市长班当过翻译。她本是前途无量的,但是她儿子在三岁时被发现得了孤独症后,一切都改变了。因当时中国还没有儿童孤独症的治疗机构,她就自学,并成为这方面的专家。她创办了"星星雨",既为自己的儿子,也为全天下的不幸的儿童。她放弃了以前的专业,选择了这项艰难的事业,丈夫也因此与她离婚。

我们在"星星雨"看到的孩子与平时见到的弱智和脑瘫儿童很不相同,几乎个个看上去都很漂亮、机灵,但他们的心是封闭的,绝不与外界沟通,甚至连眼睛都从不与人对视。父母无论如何关爱他们,都不可能得到回报,所以台湾人称他们是"星星的孩子",一旦生了这样的孩子,父母(特别是母亲)就得终身受苦。

我看这个中心上课,实际上是在培训家长(几乎都是母亲)。每个孩子身后都有家长扶持着,一个简单的动作要重复上百遍,每次都是妈妈手把手地教,我很感动,母爱太伟大了!田惠萍说,对"星星雨"的妈妈们来说,永无胜利可言,坚持就是一切。

我还于二〇一八年十一月和二〇一九年十一月两次去天津，参观天津宜童自闭症研究服务中心。虽然叫儿童孤独症，它确实是一个至今无法解码的病，它的特殊点在于至今没有任何医疗手段可以治疗它，"教育+康复"是目前唯一手段。机构负责人张原平是心理学专业出身，他认为孩子最好的出路就是融合教育。

他先让孩子在自闭症研究服务中心进行康复训练，一对一地训练，无论教员、孩子还是家长，都必须有极大的耐心。孩子康复合格后就送其进入正常幼儿园，再跟班上小学、中学，直至进入社会。

我参观的天津融合教育基地设在天津市河西区第八幼儿园。幼儿园几个班里都有两三个孤独症孩子，他们与正常孩子一起学习，一起玩耍。老师则会一视同仁。唯一不同的就是服务中心会派出一两个老师，悄悄地在教室里跟班，一旦孩子出现不正常的状况，他们会立马出手解决。在国外，他们被称为"影子老师"。

幼儿园园长和张原平主任让我辨认哪一个是孤独症孩子，我猜了几次，没有一次猜对，因为那些星星的孩子现在脸上已经挂上温暖的阳光了。我心里又欣慰又感动。

然而据我所知，像河西区第八幼儿园这样开明的幼儿园是个例外。大多数幼儿园都不愿意接受孤独症儿童，园方怕融合不了这样的孩子，另外就是家长反对，他们担心孤独症孩子会影响到自家孩子的正常学习。所以，张原平的融合教育是一条艰难的路。

我一直认为弱势群体一定要有强势的领导。甘肃省残联华文哲理事长是残联系统中出了名的强势人物。他另辟蹊径，想出了一个绝招。甘肃省残联大厦宏伟气派，他在大厦里建了一个幼儿园，硬件、软件都过硬，最关键的是免费，于是周围小区的孩子纷纷来入园，自愿与孤独症孩子同学习、同游戏，成为好朋友，而且让正常的孩子从小就培养助人为乐的精神，这种融合就非常自然。

尽管我举的以上例子让人欣喜，但实际上我国相关的专业资源严重匮乏。来自中国残疾人联合会官网的调研数据表明：国内孤独症老师在岗人员仅二点一万，孤独症老师与孤独症儿童的比例为一比一百四十三，且三分之一的孤独症老师所学专业与特殊教育无直接关系。因此，只有百分之一点三的孤独症儿童获得了专业的康复干预，剩余百分之九十八点七的孩子至今无法得到有效的康复训练。这就是说在我国一千多万孤独症儿童中，能够得到救助的少之又少，这里最痛苦的莫过于孤独症儿童的父母了。

说起孤独症，有一个现象引起了很多国家的关注——有些孤独症孩子，在某一方面有特殊天分。这种孩子叫作高功能孤独症儿童，他们往往会成为超级天才，为人类做出巨大的贡献。

我上网查了一下，结果令人意想不到。网上列出了很多位对世界有卓越影响力的孤独症名人，其中有伟大的科学家爱因斯坦、伟大的画家凡·高、伟大的作曲家莫扎特、发现力三大定律的牛顿、诺贝尔奖的获得者纳什，还有一些我们非常熟悉的名字，如美国最著名的歌星迈克尔·杰克逊、现代交流电系统设计者尼古拉·特斯拉、世界级的大导演斯皮尔伯格，以及达·芬奇、比尔·盖茨，都有不同程度的孤独症症状。更不可思议的是美国有三位总统也患有此症，他们是林肯、杜鲁门和数学家出身的詹姆斯·艾伯拉姆·加菲尔德。

如果不是到网上去查，我也不相信这些人曾经是孤独症患者。姑且不论网上的信息可信度如何，我相信很多伟大的人属于高功能孤独症，他们不是夜空中孤独的星星，而是璀璨的科学、政治和文艺之星，光耀寰宇，是人间珍宝。

二〇一九年，在"爱尔之夜"上，我还认识了一位"九〇后"的年轻人，叫毕昌煜。他九岁开始习画，现主攻油画。毕昌煜在国内外多次举办个人大型画展和艺术元素时装秀，参与过米兰世博会和纽约时装周，个人荣誉更是不计其数。他有自己的文创品牌，还联合募款三千多万成立了毕昌煜专项基金，推动孤独症人群艺术疗愈和创业创新事业。毕昌煜的成功，除个人天赋，还得益于全家人对他的疼爱，他们绝不放弃，坚持康复教育，为毕昌煜创造了成才条件。

那晚，慈善晚宴会场展出了他的油画作品，确实相当震撼，难怪著名画家陈丹青盛赞他为"中国的毕加索"。展出的还有一些他设计的披肩、围巾等服饰，都非常独特、漂亮。我披了一件小毕设计的丝质披肩，可是在舞台上美了一把！

当我将这些光辉灿烂的名字写出来时，我们"启明星"的意义就不言自明了。"启明星"有五大目标：

一、建立国内一流的孤独症专家资源队伍；

二、培养孤独症筛查诊疗医师，提高孤独症儿童筛查诊断的确诊率；

三、健全国内孤独症儿童康复评估体系；

四、建立国内孤独症群体筛查网络体系；

五、推动孤独症融合教育的进程。

二〇一八年，国务院印发《国务院关于建立残疾儿童康复救助制度的意见》，救助对象为符合条件的零至六岁视力、听力、言语、肢体、智力等残疾儿童和孤独症儿童。并要求各级政府"着力保障残疾儿童基本康复服务需求，努力实现残疾儿童'人人享有康复服务'，使残疾儿童家庭获得感、幸福感、安全感更加充实、更有保障、更可持续"。爱尔公益基金会的三大助残项目："中国贫困聋儿救助行动""爱尔向日葵计划——脑瘫儿童救助工程""爱尔启明星工程——孤独症儿童关爱项目"，与国务院的意见不谋而合，甚至先行一步，为政府日后大刀阔斧执行摸索出一点经验来。

现在，启明星已从东方的夜空中升起，项目团队正蓄势待发。我们的目的不是治好多少患者，而是动员全社会人一道，让这些星星的孩子也能享受到人间的烟火与美好。

白发为脑瘫患儿而生

久旱的中原大地天降大雨。大雨中,我们从郑州驱车三个多小时来到了河南汝州市。汝州是个县级市,名气并不大,却出了个了不起的人物。

认识宋兆普还是不久前的事。他一表人才,与张嘉译有几分相似。起初,他的中医身份并未引起我的兴趣,因为这几年,为我介绍这个"神医"、那个"名医"的人实在是太多了,钱花了不少,"黄汤子"喝了几桶,效果却很有限。

但这位中医逐渐让我留意,是因为他专治被遗弃的脑瘫儿童,而且已使成百上千名患儿好转甚至治愈,其中有四百多个孩子已经被国外家庭收养。

情况真是这样的吗?脑瘫可是世界性医学难题,稍有常识的人都知道,生下一个患有脑瘫的孩子就等于一个家庭掉进无底深渊,即便是中国最好的医院也束手无策。宋兆普医生真有本事治好脑瘫儿童吗?

我怀揣着疑问,来到汝州金庚康复医院,它还有块牌子——

儿童脑瘫定点医院。院长宋兆普为我介绍医院情况，带我看影像资料，去一间又一间的病房看望脑瘫儿童。

这些患儿有几个共同点：一是都是被父母遗弃的。我见到一个当天捡到的婴儿，不足满月，小脸白白的，清秀，煞是招人怜爱。襁褓里一张红纸写有孩子的名字和出生年月，没有留下一句歉疚和祝福的话。宋院长说："这已经很不错了，大多数人一个字也不留就扔这儿了。"像这样被遗弃在医院门口的病儿每月有十几到二十几个。二是这些弃儿都是重度的病孩。不能说话，不会走路，不能坐起，手抓不住东西，甚至抬不起头，也无法吞咽。有个孩子就靠胃造瘘来维持生命。那些个痉挛型脑瘫儿童，即便是躺着，身体四肢也是反张扭曲着的，看着让人心疼不已。三是他们大多都有一个共同的姓——"党"。"为何姓党？金庚又不是国家办的。""必须是，因为我是党员！"宋院长如是回答。

令我惊讶的是，这些姓"党"的孩子个个小脸雪白，没有见到一个脸上有疮疖病斑，也没有见到有营养不良的现象。孩子虽然太多，每张小床上要躺两个婴幼儿，但每间病房的医务和护工人员至少有两三个，可见护理很是精心。

由于到汝州时已近傍晚，没有看到孩子治疗和康复的情况，但我见到的第一个孩子是向我们走过来的。走廊里也有些孩子蹒跚着走来走去。宋院长说，一般疗程为九个月到一年，治疗达标的孩子有些很快就会被国外家庭领养。我看了一些孩子在美国的家庭录像，真为这些苦命儿感到庆幸！

金庚医院是以宋院长父亲宋金庚的名字命名的。宋家是百年的中医世家，从他祖父的外祖父就开始行医。宋家不仅是杏林翘楚，而且一直秉承悬壶济世的高尚情怀。从父亲到他，最拿手的都是中医外科，往往手到病除，所以最受病人信赖。宋院长还上过中医药大学，有现代医学知识，就更是如虎添翼。"用西医诊断，用中医手段治疗"，这是宋院长的行医特点。每个孩子治疗前后都要做脑CT（计算机层析成像）对比和国际康复标准评估，不像一般中医治病，治没治好没有一个严格的科学鉴定。

宋兆普最让我感动的是，他有一身好手艺，甚至是绝活，开个诊所，轻轻松松就可以日进斗金，生活本应该过得富裕安逸。但他却把自己从一个优雅医生变成了成百上千脑瘫弃婴的"爸爸"。他不仅要千方百计地养活他们，还要竭尽全力为他们治病。可是钱从哪儿来呢？金庚医院收治的患者中，有三分之二是脑瘫儿童，有三分之一是其他病人。宋兆普只能加大门诊量，夫人、儿子齐上阵，他一人每天就要看一百多个普通病人。每年看诊几万人。从其他病人身上收取的费用都被用来补贴了脑瘫儿童。

金庚医院既是医院又是"孤儿院"，除了每天都有人在医院门口扔孩子，还有河南各地福利院送来的六百多个患儿，也是由他治疗。更有一千四百余个患儿被父母抱着找上门来求助。本来一个体体面面的中医外科大夫，生生变成了"弃婴保幼院"的院长，这让他付出了巨大的心血。他经常要为几百个孩子找奶粉钱，找治病的药费，找让孩子们能生存下去的各种物资。为此短短两年间，刚五十岁出头的他头发全部变白，孩子们对他的称呼也就此从"爸爸"改成了"爷爷"……

孩子一经治好被人收养后,便不再姓"党"。国外收养人会给有关领养机构一些钱,但这些钱与宋院长毫无关系,他只管尽其所能地抚养弃儿,全心全意地为孩子们治病。孩子们一个个离开了,他为即将改变命运的孩子们献上祝福,却没有毫厘的索取。反而一扭脸,医院门口又有一个新遗弃的婴儿等他去救治。在当今社会中,这是怎样的一种崇高精神啊!

总算好人有好报,经专家评估,宋院长对脑瘫儿童治疗的有效率达百分之九十八,显效率达百分之五十六,堪称世界奇迹!为此他获得了很多荣誉,其中我认为最贴切的是老百姓授予他的称号——"中原好人"!

目前宋院长已引起一个优秀企业家团队的关注,北大"后E"学员已创建一个基金会,专门扶持宋院长的事业。但宋院长却说:"钱不是最重要的,我最想说的是请父母们不要丢弃患有脑瘫的孩子,因为脑瘫是可以治好的!"他还动情地说:"那些没有抛弃孩子的父母才是最伟大的!"

请不要丢弃孩子,脑瘫是可以治好的!宋院长这句话是多么质朴且发自肺腑!我望着那一张张小脸,乌溜溜的眼睛安静又充满渴望。再看看宋院长,他面如菩萨,发如霜雪,操劳催生出条条皱纹。此时你心中不能不充满感动,这些孩子有救了!宋院长将改变他们的人生。

祝愿中国好人宋兆普继续创造奇迹,希望脑瘫儿童的父母能记住这个名字,祈愿普天下的脑瘫儿童不再被遗弃!

我的禁毒公益路浅谈

疫情让我这个闲不住的老太太终于能安安静静地宅在家里，半年多时间，除了写写东西，我最大的乐趣就是追剧。前一阵一部禁毒题材的电视剧《破冰行动》火遍网络，也勾起了我对一段禁毒公益往事的回忆。

在我三十年的公益道路上，做的多半都是扶贫助残、扶危救困的慈善项目，真正称得上"公益"的，只有"智力工程"和"戒毒专项基金"这两件事。

慈善更多的是爱心奉献，而公益则侧重解决社会问题。虽然浅涉戒毒问题，但却是我很独特的经历，否则我在一百个朋友的圈子里都涉及不到这个话题。

说起毒品这个话题，就不能不想到鸦片战争曾经带给中国的百年耻辱！西方的坚船利炮把一个泥足巨人打得毫无还手之力，只能打开国门任鸦片泛滥。从此，那些在烟榻上的中国人都变成了"傻瓜"，徒有一个皮囊，里面已经没有了血肉，没有了灵魂，被世界讥为"东亚病夫"。

一九四九年中华人民共和国成立，几乎一夜间，吸毒、赌博、嫖娼，这些丑陋的东西从中国大地上一扫而光，这真是世界性的奇迹，没有任何一个国家可以做到这一点。

自从一九七八年改革开放后，随着商品、资金、技术的流入，在中国已经消亡的吸毒、赌博、嫖娼又死灰复燃。二〇一四年，公安部禁毒局的报告显示，中国登记在册的吸毒者有二百九十五万，而实际上已经超过一千四百万人（二〇一八年，这一数字首次出现下降。截至二〇一九年底，官方数字为二百一十四点八万）。毒品危害的大多是年轻人和文化程度低的人群，而他们首吸的主要原因竟然是好奇心。

随着全球毒品的泛滥，中国再也无法独善其身，毒品成为中国最大的公害之一。一九九九年，我所服务的中国医学基金会就创办了"戒毒专项基金"。我国是二〇〇八年才正式颁布《中华人民共和国禁毒法》，二〇一一年才颁布了《戒毒条例》的。所以在二十世纪九十年代初，可以认为我国处于一个摸索和探索的阶段。我经历的正好就在这一时期。

中国医学基金会成立"禁毒专项基金"，宗旨是"科普，宣传，普法"，向贫困地区赠送一些行之有效的戒毒药物。当时项目负责人夏炎和周晓红是我在空军总医院时的同事，他们站在新的岗位上全力以赴地投身禁毒事业。那几年做了些事情，如一九九九年在人民大会堂举办"禁毒委研究与科普"活动；二〇〇一年在人民大会堂召开国际研讨会；二〇〇三年在中国工程院院士秦伯益的推动下，在香山召开了"两岸三地戒毒研讨会"；先后数次向湖南公安厅、湖北公安厅、陕西公安厅、北京市公安局等捐赠了自我戒毒的推荐药"安君宁"——该药的研发被列入国家"九五"攻关项目。

据我所知，二十世纪九十年代初我国的戒毒模式有三种：一是强制戒毒，由公安部门主管；二是自愿戒毒，由医疗卫生机构主办；三是劳教戒毒，属司法行政部门主管。这些年又出现了社区戒毒和社区康复的新模式。

我有幸参观了前两种模式，至今记忆犹新。

一九九九年十二月十二日，我与基金会的同志参观了北京强制戒毒中心。这是一个半监狱、半医院、半学校的机构，监视室几乎将所有角落，包括洗漱间、厕所等，都一览无余，尽收眼底，以确保这些学员没有任何机会吸毒。

那里有很多女吸毒者，平均年龄只有二十三岁！我对她们说："你们很年轻，也很漂亮，来日方长，要有信心！"我内心觉得这些女孩子很丑，褪掉脂粉和浓妆后，她们一个个面色蜡黄，眼睛发直，毫无表情，完全没有年轻女孩子的青春气息。这些花季少女连花蕾都还没绽放就凋谢了，就像纪录片中一百年前那些半死不活的中国人一样。她们中很多人都是靠出卖皮肉来换取毒资的，所以有一半人患有性病，艾滋病病毒抗体检出率也很高。在这些吸毒者中，不乏社会佼佼者，如保龄球全国冠军、民族歌舞团的舞蹈演员……不知道她们是因什么原因吸毒的，但可以肯定的是她们前程尽毁，令人惋惜。

在戒毒中心，我没有看到电视剧里毒瘾发作的吓人情景，而是看到一群着装统一、顺从安静、礼貌友好的康复者。他们过着军事化的集体生活，日程紧张又利于健康。除了学习、治疗，还要出操、劳动、锻炼身体。就在我们为看到的景象兴奋不已时，吕院长兜头给我们浇了一盆冷水。

"根本戒不掉的！"吕秋霖院长说。经过一年严格戒毒训练，他们看似戒断了毒瘾，但只要一出这个院门，一个小小的暗示，如熟悉的街道商店、吸毒的老友，甚至一根烟、一张纸都能勾起他们的毒瘾。在戒毒中心的跟踪案例中，复吸率竟达到百分之九十五，好多病人都是几进几出的。

吕院长的话让我们心情变得沉重。戒毒可以说是天下第一难的事，国家要花多少人力和财力来对付毒品啊！

我有一个从事戒毒事业的朋友，他就是宁波"杨氏戒毒法"的创始人，大名鼎鼎的杨国栋教授。

我是二十世纪八十年代初在空军总医院当医生时认识的杨教授。那是一次全国性的关于莨菪类药物的研讨会议。会议在宁波召开，杨国栋成为会议的核心人物，大小事都由他一手包揽。杨教授长得魁梧高大、仪表堂堂，若不是一口宁波普通话，他会更像是一位北方壮汉。杨教授的性格豪爽热情、胆大心细，属于多血质类型。印象最深的是他请我们吃著名的宁波汤圆——真真儿的糯软香甜，是我吃过最好吃的汤圆。但那家老字号的餐馆却有一个让人喷饭的名字——"缸鸭狗"！从那次知道我爱吃宁波汤圆，杨教授每年都给我寄糯米粉和黑芝麻馅，一直坚持了十几年。

他后来当了全国人大代表，有一次去看他，他告诉我他在搞戒毒，立即引起我的兴趣，我专程去宁波看他所在的戒毒所。这所戒毒所就采取第二种模式——自愿戒毒。

杨国栋本是研究莨菪类药物的专家。对于"莨菪"，一般人会觉陌生，但一提起八九十年代名噪一时的药物"654-2"（山莨菪碱），以及它的研发者著名医学科学家修瑞娟，有很多人会有记忆。提起修瑞娟，人们首先想起的是那篇轰动一时的报告文学《"修氏理论"和它的女主人》，这篇文章的作者是《人民日报》著名记者胡思升，文章曾经得到过胡耀邦、胡启立的热情支持与赞扬。自此，修瑞娟成为那时家喻户晓的人物。

修瑞娟研究的"654-2"，主要用于改善微循环。而杨国栋的戒毒药，用的是东莨菪碱，它是中药麻醉药"洋金花"的主要成分，在华佗的"麻沸汤"里它是君药。这药可以抑制大脑皮层，起到镇静止痛的作用，可以作为麻醉辅助药，也可以用以治疗狂躁性精神病。杨国栋不愧是高人，他居然想到利用东莨菪的这个特点来治疗瘾君子。这个想法非常妙，因为毒瘾本质上是种脑病。毒瘾发作就像躁狂型精神病一样，思维行为完全不受控制，高度亢奋具有攻击性也有自毁性，非常可怕！非常危险！

我在戒毒所看到的情况完全出乎想象，就像被杨教授施了催眠术一样，所有病人都在深度睡眠中（实际上是处于被麻醉的状态），每个戒毒者都有一名专门的护理人员，随时处理病人可能发生的问题。这里没有出操，没有劳动，也没有训话，整个戒毒所都进入睡眠程序。这种不会让病人有痛苦的戒毒方法很人性化，但对药品剂量的掌握要极其精准，用药量过小达不到睡眠作用，用药量过大可能会出现麻醉意外。就这样让病人睡上十天左右，让大脑自行修复，让毒瘾兴奋点被抑制。噩梦醒来是清晨，是新的开始，是新的希望。

二〇〇九年，"中国宁波网"发了一篇文章《寻访"杨氏戒毒法"发明人杨国栋》，文中透露，十八年里杨教授一共治疗了两万多的瘾君子，杨氏戒毒法的戒断率为百分之百（但文章没有提到复吸率）。

当然了，这些已经是陈年往事。二十多年来，中国在禁毒事业上有了飞跃的发展。国家禁毒委员会办公室发布的《2019年中国毒品形势报告》中提到，二零一九年底统计的戒断三年未发现复吸人员有二百五十三点三万名，同比上升百分之二十二点二，首次超过现有吸毒人数。这说明中国有了更多的戒毒所，更好的戒毒药物，更多元化的戒毒模式。像昆明市公安局戒毒所就受到联合国禁毒署副秘书长阿拉奇的称赞，认为他们的经验应该为全人类共享。

中国对毒品的防控是全球最严的，因为我们曾深受其害，毒品带给我们的百年耻辱至今难忘。今天的中国绝不能容忍毒品的泛滥。毒品是"一朝吸毒，十年戒毒，终身想毒"，最大的危害是让有钱人倾家荡产，让穷人去犯罪，让年轻人变成废品，让黑帮丧心病狂，让很多警察付出生命……虽然中国禁毒斗争形势稳中有进、趋势向好，但全球毒品问题呈恶化态势。随着经济全球化和社会信息化加快发展，境外毒品渗透、新型毒品增多、利用社交网络平台吸毒贩毒等问题日益突出，这都对中国社会构成了很大危害。

二〇二〇年，在国际禁毒日到来之际，习近平主席强调"要坚持以人民为中心的发展思想，以对国家、对民族、对人民、对历史高度负责的态度，坚持厉行禁毒方针，打好禁毒人民战争"。把禁毒、戒毒、防毒放到人民战争的汪洋大海中，使其难以泛滥成灾，这是中国式禁毒的特点，也是高明之处。习近平主席把禁毒事业称为一场"人民战争"，这势必是一场没有硝烟却也没有尽头的残酷战争。

二〇二〇年，在禁毒这场持久战如火如荼时，我们还迎来了另一场决战——扶贫攻坚。在两个战争的交汇点，我自然而然地想到了一个地方——大凉山。

大凉山是目前扶贫任务最艰巨的地区之一，无疑，也是中国受毒品荼毒最深的地区之一。

网上经常有人转发大凉山孩子凄惨的视频和图片，景象触目惊心，让人潸然泪下。你如果仔细了解，就会发现这些孩子的父母，大多数不是因为吸毒去世，就是因为贩毒坐牢，甚至还有死于艾滋病的。这样的扶贫永远都没有希望，除非国家把大凉山的孩子迁出来，给予他们正规的教育，并帮助他们走进社会。说到这里，我想起两件令人遗憾的事情。

一件事情是成都一个搏击学校把大凉山的孩子成批地招来培养，使他们成为专业搏击运动员。彝族素来骁勇善斗，身体精壮灵敏，很快这些孩子就成为出类拔萃的苗子，很多学生将来可能会成为中国乃至世界冠军。但是凉山州教育局为完成九年义务制教育的指标，将这些孩子硬性地拉回了大凉山。回去的孩子其实也没有什么心思读书，孩子真正的才华却被埋没了，他们对未来的希望也随之破灭。

还有一件事情是武汉一对爱心夫妇从大凉山招了一百多个孩子，组成了一支合唱团。孩子们除了学习唱歌，也学习文化。让孩子们最兴奋的事就是去参加各种晚会。彝族能歌善舞的天赋异禀，那天籁般的声音征服了无数的听众。好多女孩子都做着将来当歌唱家的梦。但武汉某区教育局不承认他们的教学，硬是解散了合唱团，强行让孩子们回到大凉山去，这些孩子又坠入无边噩梦中。

"教育"兹事体大，我认为政府是应该出面管的，但只要对这些孩子有点同情心，有点责任感，我相信是能找出两全其美的办法，不要这样硬生生地斩断孩子们的未来。教育部门的宗旨不是单纯为了完成九年制教学任务，更是有义务因地制宜，因材施教，让每一个学生都能真正学到生存的技能，最终能成为一个自食其力的社会劳动者。

既然是人民战争，那就不是政府一家的事，而是全民的事情。当然政府是主导，社会来帮衬。但政府无力把这些孩子接出大凉山，又阻止民间和爱心人士去帮助这些孩子改变命运，是多么短视的行为呀！

我去过大凉山，深深地被彝族同胞原始的生命张力以及歌舞艺术的天赋所打动。同时，那惊人的贫穷也是不争的事实。我们最应该做的是用行动来拯救大凉山的孩子们，而不仅仅是拿大凉山的孩子来卖惨。这些孩子大部分来自残缺不全的家庭，有的孩子甚至是孤儿。我不知道，那些被送回大凉山的孩子，会不会走上父辈的悲惨之路。这样的循环何时才能阻断？

面对这些孩子，政府要有所作为，并且真心诚意地动员社会力量来帮忙，否则对大凉山的扶贫是没希望的。说到底，只有发动"人民战争"才能拯救大凉山的孩子们！

善良与聪明，公益与科技

现代慈善和公益是改革开放的产物，并非古已有之。改革开放前，我们的社会架构只有政府和单位两个层次，每个人的生老病死都是由单位承包的，那个时候，我们不懂什么叫社会，也不需要社会。所以，成立慈善总会时，曾有人反对，说："我们是社会主义国家，慈善是资本主义的那一套，我们不需要。"所以，慈善作为一门社会科学，在中国还是属于新事物。

中华民族是有善根的，"乐善好施""仗义疏财""仁者爱人""毁家纾难"……这些都是中华民族的传统美德。这些古老的善念都根植于儒家思想的民本主义，而现代慈善理念是人文主义精神、现代社会科学、现代管理模式相结合的一个系统工程。

我从事公益慈善近三十年，有些亲身体会愿与大家分享。第一，要有一颗纯粹的公益之心。因为公益慈善本质上是利他主义的。第二，注重能力和实力。在能力建设上，科技的参与可以让公益如虎添翼，而公益慈善也能让科技实现"让人们生活更美好"的初衷。"科技力代表人类最聪明的那一部分，而公益心则代表着人类最善良的那一部分。"公益慈善是为了解决问题的，而科技是解决问题的工具。科学技术有很多伟大的成果，但不一定都至高无上，有些"黑科技"反而会伤害人类。如果科技能得到公益慈善的加持，那科技一定会展现出它积极正面的良好形象，这也是国内外科技巨头都热衷于公益慈善的原因。

爱尔公益基金会虽然成立时间不长，但也加入"互联网+"的行动中了。如今互联网公益开展得如火如荼，互联网让"人人行动，人人慈善"成为可能，让"随手公益""指尖公益"成为潮流，从而呈现出互联网最好的那一面。二〇一八年，在民政部指定的二十家网络平台上，网民参与度达八十四点六亿人次，捐款三十一点七亿，比上一年增长百分之二十六点八，多么惊人的数字！

就拿我来说，以前我所能做的善事就是给乞丐点钱，学雷锋做好事，或者响应组织动员捐点款。现在我可以在网上撒芝麻盐似的，一年捐了二十三个项目，竟然超越公益平台百分之九十九点二的爱心用户，这让我体会到了动动手指就能献出爱心的便捷。互联网公益就是给普通民众一个实现社会责任的平台，这就是我们所说的现代慈善。爱尔的脑瘫儿童救助项目，就搭乘了腾讯公益平台的快车，筹到约三十万善款，初尝甜头。这是一个良好的开端，以善载道，道生无穷。

我们针对孤独症儿童的"启明星"项目也将充分利用互联网进行培训和远程康复指导。我们的助听项目更是与最前沿的听力技术展开合作，随着政府对残疾儿童的关心，越来越多的新科技将用于残疾人的康复治疗上。

相较之下,在教育扶贫这块,新科技的应用就显得单薄。爱尔现在做的是最基础的育种育苗工作,即让小学的孩子们能热爱书籍,喜欢阅读。我们小时候都读过小人书,就是那种物美价廉的黑白线描小书。而如今的儿童读物都是彩色印刷、装帧精美、色彩鲜艳、大开本的豪华书籍,价格昂贵,农村孩子们可望而不可即。所以我们建的图书角非常受孩子们欢迎,他们看到了灰暗、贫穷之外,还有一个色彩斑斓的世界。但这还远远不够。

在开展项目的过程中,我们发现现在贫困地区的学校硬件设施都不错,最缺的是好教师,这是中国教育最大的不公平。5G时代可能会解决贫困地区教育资源匮乏的问题。

中美冲突、华为事件,表面上是贸易大战、科技大战,实际上是人才之战。在中美终极较量中,一定是人才起关键作用。第四次浪潮是人工智能,中国虽占得先机,但仍然是以量取胜,而不是以质取胜。

5G改变社会,也改变教育形态。最近看了一位教育专家的文章,他提到一个实例:山东济南,一位二十多岁的青年教师从学校辞职后,自己在网上授课。一节物理课卖出了两千六百多人次,每人每次九元。也就是说,他四十五分钟一堂的物理课,得到一万八千八百四十二元的收入。专家得出结论:这件事情给了我们一个非常重要的信号,二十一世纪,下一个颠覆的领域,有可能是学校教育。

我认为,5G时代的到来,给我们贫困地区的孩子们提供了一个巨大的机会和希望,我们可以依托科技手段,让城市和农村的孩子接受同等教育。这种共享模式,非常符合中国特色社会主义。

人文慈善到工业化时代走上了科学慈善的新台阶,其特点是理性、组织化、专业化、制度化,这些恰恰是爱尔所长。希望更多的企业家在把资本投向各种高科技领域的同时,能承载着爱心,与专业慈善机构合作,在中国教育变革的暴风骤雨到来之前,做那只掠过海面的勇敢海燕。

辑六　语浅情深

老伴，我还是很崇拜你的！

侃侃我的老伴理由

理由的新书《荷马之旅：读书与远行》（以下简称《荷马之旅》）总算由三联书店出版了，拿到的样书很是精美，作为老伴的我，长长地舒了口气。

一九八八年，理由被组织派往香港，为香港回归写点东西。于是他从报告文学的巅峰状态跌落，突然间销声匿迹，直到二〇〇四年才重返文坛。此时已是今非昔比，报告文学的黄金时期已过，辉煌不在，没有多少人知道他了。另一方面，经过商海沉浮，他已经心淡如水，无欲无求了。理由默默耕耘，相继写了《明日酒醒何处》《打高尔夫的理由》《八千年之恋：玉美学》（以下简称《玉美学》）一批散文，拿到这本《荷马之旅》时，他已步入杖期之年。

凡听说他要写"荷马"的朋友，无不感到诧异，甚至问："是动物园的河马吗？"确实，继《玉美学》后，他又选择了一个吃力却未必讨好的题材。尤其对一个中国文人来说，这挑战是不可想象的。

他为何这么执拗呢？这得先从他这个人说起。在我心目中，理由是一个散淡文人，独来独往，天马行空，游移于文学界各种山头圈子之外。他受不了约束，不爱开会，不喜欢热闹，烟、酒、茶都不碰，除了看书、打球，无别的嗜好。他不善于应酬，在社交场合中很少能见到他的影子。但他自己一个人玩，可以玩得不亦乐乎，玩得很有成就感。他玩《愤怒的小鸟》，可以通宵不睡，直到通关才罢休，这哪像七十多岁人干的事啊！他看似懒散，实际很有毅力，干什么都追求精通、极致、完美。比如打高尔夫，他不仅琢磨出了一本书《打高尔夫的理由》，获得三次"一杆进洞"的证书，而且还成为"全国十二省市青少年联赛裁判长"。他研究表，被嘉德拍卖聘为钟表部顾问。研究玉，写了一部沉甸甸的专著，还成了断玉专家，只要一上手，他就能断出真假、品相、产地。研究荷马，他又写出这部二十七万字的新作。他现在又跟书法较上劲了……每一次他都是由零入行，成为行家。对理由这种咬定青山不放松的韧劲，作为老伴，我打心底偷偷佩服他。

理由是多重性的，但在骨子里他是一个真正的文人。什么是真正的文人？我个人认为，视文学为精神支柱（或信仰）的、有人文情怀的、能守住良知底线的，就是真正的文人。因种种原因，理由一度被迫下海经商，但骨子里的文人情结，使他始终不能忘怀文学。所以在经商多年后，他毅然通过正规手续将公司清零，然后爬上岸，重新拿起笔杆。此时的他，已完全没有功利主义念头，不为钱、不为利、不媚上，也不悦众。经历过商场的磨

侃侃我的老伴理由

砺，他已将金钱看得很透，写了篇《俯仰话金钱》，还被地方出版社选为反腐教材。他知道他的东西绝对不会成为畅销书，但他仍然伏案写、写、写！只是想为社会做点有意义的事情。

像大部分文人一样，理由也崇尚"独立之人格，自由之精神"。他不喜欢中国传统文化中的"中庸"，主张客观理性，独立判断。他研究玉，沉浸在被称为"八千年之恋"的玉文化中。我以为他会变成整天手里盘着玉的老古董，但没有，他赞叹玉文化的博大精深，也遗憾玉作为艺术品却没有受过美学浸润。他从荷马和古希腊的研究中爬出来后，并没有变成一个西方主义者。我曾担心他"言必称荷马"，成天给我念叨那些拗口、古怪又冗长的人名、地名，那会让我头痛不已。还好，他很清醒，他既肯定了西方文明的先进，又对中华民族怀有深深的同情，他说："一个从黄土里刨食的民族，与西方完全是两回事。"读了社会生物学家的著作，他甚至认为东西方人是由两群猴子变的，西方人很可能是由黑猩猩进化而来的，而中国人则可能是由那群温和善良的巴诺布猿变来的。

总之，他是个有独立精神且纯真的散淡文人。

理由把文学创作当作一种使命，所以他写得很苦，却乐在其中。本来挺注重仪表的人，一旦进入写作状态就完全不顾形象了，夏天像一个庄稼汉，冬天像一个"棉包包"。无论酷暑还是寒冬，他都笔耕不辍。往往一本书要写三四年。有一次电脑故障，丢失了刚写完的几万字内容，他竟仰天大哭，我从没见他如此号啕过，吓坏了！

信是一种生活方式，仰则是一种人生态度，理由的生活方式和人生态度都与文学紧贴，完全可以认为，他是视文学为信仰的人。

理由在文学创作上很正统。他遵循的是"真善美"的价值观，认为文章要美，更要真。我很早就发现他的文章风格很像茨威格，这是我非常喜欢的大作家。理由在文字上很讲究，但他更看重材料的真实性，认为写东西不能凭空想象、闭门造车，不能忽悠读者。当记者时，他就总结出"一篇报告文学要六分跑，三分想，一分写"的经验，今天他仍然是这样。写《玉美学》时，他看了所有能搞到手的关于玉的书，以及大量东西方的美学书籍，跑遍了扬州、苏州、广州的小作坊，甚至还买了台小车床，亲自感受玉的制作过程。写荷马又是进入同样的痴迷状态，快八十岁的人，看了一摞又一摞的书，去年（二〇一八年）我们新添了四个大书柜，把走廊都挤占了。最难得的是，这几柜子书他每本都读过。看万卷书还得行万里路，理由不顾年迈体弱，背个双肩包，带上考察提纲，两次远赴希腊探索。我要求同往，他说："我是去工作，你去干吗？我可没闲心旅游。"理由这种消耗生命长度和热度的写作方式，我深不以为然，但他觉得唯有这样才对得起读者。

理由平时是一个清高的人，在写作上却很虚心。为了避嫌，我写东西总是背着他，他开玩笑地说我"鬼鬼祟祟"的。确实，我写的东西从来不给他看，怕人说我得到了他的帮助。但每当他进入创作状态，就会变得非常谦虚，每写一段后都会请我看看，于是我成为他的第一位读者。当然,我代表着广大百姓的审美、口味,常常把他那些阳春白雪的东西往下里巴人上拉一拉。但他虚心接受,说改就改,大有白居易写诗老妪能解的风范。不仅是我,他也向专家教授和青年学子求教,所以他有一个有年轻人的朋友圈。

我们老两口平日在家难得互说一句赞扬彼此的话,我们谈话的内容全是世界大事,所以理由不知道他在我心目中究竟是怎样的。借今天的机会,我向理由表达一句真心话:老伴,我还是很崇拜你的!

女儿，有爱就好！

我还在外地出差，我女儿发来信息说她开博客了。这实在是太超出我的想象了。我女儿是个普通女孩，性格倔强，偏内向，一向处事低调，不喜张扬。无论在家里还是与朋友相聚，她基本上都是静静地听别人说话。她有主见和定力，知道什么是适合她的，什么是断不会碰的。作为妈妈，我很清楚她喜欢的是温馨怡然、平静闲适和自由自在的生活。很明显，开博客不是她的风格。

她有着典型的白领经历，海外留学、在公司打工、靠薪水生存，三十二岁把自己嫁出去，三十六岁带着高龄初产妇的头衔生下一个儿子。她充其量不过是个"白骨"（白领+骨干），断算不上什么"精"（精英）。对她而言，开博客毫无意义，更不符合她的天性，况且写博客又是件劳心耗时的事情！我好生奇怪，所以昨晚回到家，第一件事就是打开电脑。我在女儿博客首页上看到的第一行字是"爱，以婷婷的名义"，原来她是为了婷婷！看了我女儿的第一篇文章后，我的眼睛湿润了——既因为婷婷的不幸，更因为我女儿的善良。

我们家听到"婷婷"这个名字有些日子了。自从三月六日《北京晚报》登出有关婷婷的报道，我女儿看到婷婷那张有着忧郁眼神的相片后，她就像魔怔了一样，怎么都平静不下来。她将自己的业余时间都搭在这个四岁的病儿身上，到处打探消息，了解病情和治疗费用，自掏腰包摆"鸿门宴"，让朋友们为婷婷捐款。家里人就更得起表率作用，我和老伴拿出六七千元的捐赠还不够，她还请求家里人每月从工资里抽出一点钱给婷婷，长期支持婷婷一家的基本生活费用。现在，她更是开博客，组织义卖、义演，在网上征集捐款……所有这一切都是为了婷婷，那个与我们素昧平生的小女孩！

支持我女儿的人固然不少，但泼冷水的也大有人在。我就质疑过："妈妈当过医生，知道再生障碍性贫血是很难治愈的。尽管它还不属于绝症，但有可能转成白血病，愈后难料。即使你们最终能凑足四十万的骨髓移植手术费，有可能最后还是拯救不了婷婷的生命。"我女儿坚定地说："即使真如你所说，我也觉得我必须要为这孩子做点什么，哪怕只是杯水车薪的资助！如果金钱不能挽留住她的生命，我希望她能带着关爱，带着对短暂生命的美好记忆安然离去，不用背负父母的内疚与对冷漠社会的失望。"听我女儿这么说后，我感到在婷婷这件事上，我唯一能做的就是不遗余力地支持她！

还有人揶揄我女儿："婷婷已经引起社会关注了，连陈坤都出面了，你还瞎操什么心？"对此，我女儿别有一番见解。她认为，那些明星大腕、富商大款做的是慈善，"我只是在做一件善事，与慈善无关，我对婷婷的爱是私人的、感情用事的"，女儿如是说。她说的不无道理，我一直热心公益慈善事业，那是出于一种使命感。面对上百万的贫困聋儿，我需要的是完整有效的社会救助体系，而根本不可能具体地爱某一个孩子。像我女儿那么不管不顾地去爱婷婷，那确实是属于她私人的事情，是她的天性使然。我认为恨一定是有原因的，但爱往往是不需要原因的，有爱就好！

也有人说她这是"母性泛滥"，我倒是觉得初为人母的她，有着难得的理性一面。自从我外孙诞生以来，全家人就像捧星星、捧月亮一样，不知怎样疼小宝贝才好。但恰恰是我女儿在对待孩子上最为冷静，一点也不娇惯孩子。她甚至是大大咧咧的，我们常常担心她可能会一个跟头把孩子摔出去。她对她不到半岁的儿子期许很高，小小的婴儿就得像"爷们儿"来养。她给儿子剃了个"秃瓢"，孩子的衣服稍稍有点女孩气就不允许穿，甚至她儿子最喜欢的玩具小猪也被她扔了，只因小猪颜色是粉红色的。这反映了她心思缜密的一面，如今她所做的一切，绝不是"母性泛滥"，而是爱的教育。她身体力行地为她儿子示范着做人的基本原则，想让她儿子在一个具体生动的爱的教育中成长，让她儿子从小就有一颗善良的心，懂得关爱他人，学会帮助那些身处危难的人，长大后成为一名正直的男子汉。她在博客上写道："感谢我的儿子，是他给了我动力。"是了！这就是她的动机，在拯救婷婷的同时也在进行着自赎，起码为自己的生命形态注入一点激情，并在她儿子的成长过程中积累起爱的教育。

作为我一手抚养长大的女儿，我最了解也最看重她善良诚实的品质。记得有一次，她给哥哥打电话，哭得上气不接下气，让哥哥立即回家。哥哥以为发生了什么大事，便匆匆赶回，只见妹妹已哭成了泪人儿，怀里抱着刚养的小狗陶陶。见到哥哥，她只说："陶陶病了，求你快救救它吧！"她对小狗尚且如此，面对那么可爱乖巧，只因贫困而不得不走向死亡的小女孩，我女儿那些被称为"母性泛滥"的所作所为，就一点也不足为奇了。

女儿，你本善良，认准了是对的事，就服从心的意志去做吧！我知道你有颗温润又坚强的心，只要坚持下去，一定会有很多的手来托起婷婷的生命。我敬重的冰心说过："有了爱就有了一切！"我非常喜欢这句话，现在，妈妈就将这句话作为寄语赠送给你吧！

白云山上松风石手印之谜

手印传说

广州白云山上有一块石头,背靠山体,隔马路鸟瞰广州雄姿。石头上刻有两个苍劲大字——松风,广州人叫它"松风石"。

话要说回四十多年前,一九七八年十二月二十四日,党中央在人民大会堂同时为彭德怀和我父亲举行追悼大会,"文革"后的平反昭雪大潮从此展开。

一九七九年一月,我母亲带着全家前往广州,准备埋下装了我父亲骨灰九年的一个破旧匣子,有让我父亲魂归广州的用意。时任广州副市长的林西已经选好地点,在白云山一处僻静的半山坡,虽然人迹罕至,却有气象万千的景致,我父亲可以与他心心念念的广州朝夕相伴。我们亲手挖坑,埋下了那个骨灰盒。我父亲的骨灰被安放在北京八宝山革命公墓,故这个盒子里面只放了一支我父亲生前用过的钢笔。当时,林西市长事先还找到一块石头，形状很好，自然朴素，上有吴作人手书的"松风"两个大字，取意我父亲的著名散文《松树的风格》，同时也是对我父亲风骨的高度概括。

岁月漫漫，我们常住北京，但只要有机会去广州，总会上白云山去看看松风石，不过是心系在人不在石，从来没有发现松风石有何异样。

直到二十世纪九十年代的某天，我偶然看到一张广州小报，刊载了军旅作家权延赤的一篇文章。我与权延赤很熟，他当时红得发紫，但我依然叫他"小权"，为此他总是很生气。权延赤是个天才，他写作时笔走龙蛇，一天能写一万多字，想象力能飞出三界之外。这篇文章的开篇大意是：在一个狂风暴雨、夜黑如墨的晚上，白云山一职工路过松风石。突然电闪雷鸣，只见一道闪电从天而降，直击松风石，一个手印赫然显现，吓得那位职工连滚带爬跑下山去……小权这是在写惊悚小说吗？"陶铸显灵了"的消息不胫而走，我不以为然地直摇头。

很快，我便有了一个上白云山的机会，仔细再看松风石，果然有一个手印，不是十分清晰，但显然是刻意而为的。后来，另一个说法更加广为流传：

……陶铸，这个刚正不阿、宁折不屈的人……石上清晰的手掌印，正是这位具有松树风格的人在临死之前留下的不屈抗争的印记。一九六九年十月八日，得了重病的陶铸，从北京中南海被转移到安徽合肥的"秘密病房"。在生命垂危的最后时刻,一种对革命事业的坚定信仰和对"四人帮"恶行的愤怒,凝聚成一股巨大的力量,使得陶铸举起一只手,以雷霆万钧之势,猛然向墙上一击,"砰"的一声过后,那白色的墙壁上,被汗湿的手掌沾去了一层墙皮,清晰地留下了一个手印!陶铸安静下来了。一九六九年十一月三十日二十二时十五分,他的生命之火熄灭了。……当年广州市委老领导林西,得知陶铸逝世前的情况,派人到合肥,要求务必找到当年的那间屋子,看看墙上的手印还在不在,如果还在,一定把它拓印回来。时间已经过去十年,那个手印居然被奇迹般地保存下来,而且清晰、完好如初!陶铸的手印被拓回来,林西喜出望外,连夜派人上白云山,镌刻在巨石上的'松风'二字下面……

此段文字源自网络,因网上改编转载版本较多,不知原创为谁。

林西曾是广州主管城建的副市长,是我父亲倚重的得力干将,在城建口有着很好的口碑,为广州的城市建设做出过不可磨灭的贡献。我父亲身为当时的省委第一书记,始终用一只眼睛盯着广州市的经济社会发展和城市建设,盯得很死,用林西的话说,"最怕陶铸半夜打电话",那准是约他一起去广州四处探查。他们二人同心协力,与广州市各级干部和百姓一道义务劳动,绿化了白云山,挖掘了好几个公园湖,修筑了几条主要干道,整治了珠江江岸,将三万"疍家"(水上人家)迁上岸,让其住进楼房……

我父亲和林西的感情很深，但真的是林市长让人去拓我父亲的手印的吗？我抱着疑惑去看望病中的林西，得到了肯定的答复。后来我又询问白云山管理处的领导，他们说确实是派人拓上去的。

我以为事实就是这样了。千里迢迢去拓手印成为一个动人的故事，并得到了有关证实，这事必真无疑。又过了几年，我有机会去合肥开会，专门去了一零五医院参观，我父亲就是在这家医院度过了他生命最后的四十三天。我看了我父亲生前的病房和病床，床置于房子当中，不挨不靠，此时他已是弥留之人，下不了床，连呼吸都困难，何来"怒向墙壁猛击一掌"？且力量之大，竟然可以留下一个手印？这对一个将死之人是不可能的事。而且一零五医院的领导也否认广东省派人来医院拓过手印。这就奇了！以我的判断和院方的否认，我父亲不可能在一零五医院的墙上留下手印。但石碑上又确确实实有一个手印。这是怎么回事？我百思不得其解，只好将它放下，不再过问这手印究竟来自何处。

谜中之谜

二〇二二年春节期间，我和老伴带着外孙去白云山瞻仰松风石。献了花，照了相，并且依照惯例又抚摸了手印。当时广州市园林局的吴敏副局长热情地邀请我去白云山庄参观。吴敏毕业于中南林业科技大学，它的前身中南林学院是一九八三年我父亲力主成立的中国第二个林学院,吴敏的父母也是这所大学的教授,所以吴敏对我父亲的感情很深。说来奇怪,几十年来我无数次上过白云山,却从来没有来过这里。猛看上去,这座山庄白墙黑瓦,掩没于浓绿之中,非常低调内敛。一入内,我便感到一股浓浓的文化气息扑面而来:依山而建的岭南风格建筑,满院的奇花异草、灵石秀岩,院内古木参天、清水自流,还有深厚的人文景观,处处摆放着古往今来名人墨客的书法及各种收藏品。山庄体现着一个和谐的整体意境,不仅是建筑与自然的和谐,也是中华民族追求的天人和谐。

最让我惊讶的是山庄的前世今身。原来在一九六二年,在时任中南局第一书记兼广东省委第一书记的我父亲的主持下,在风景名胜"月溪寺"的旧址上,中国工程院院士莫伯治设计修建了这座山庄,用以中央领导与东南亚各国的元首会谈,并安排客人在此休养(现已对外开放)。在广州生活了这么多年,我父亲竟从没带我来过这个神秘的高级山庄。吴敏给我指了几棵花木,有米籽兰、含笑花、禾雀花等,说这些都是我父亲当年亲植的花木。这些本是灌木的小花,如今已经长成有一层楼高的乔木了。

我像刘姥姥进大观园一样,在白云山庄里"大惊小怪",处处称奇。见我喜欢,吴敏在临别时送了我一本画册——《岭南奇舍》。画册印得相当精美,我慢慢翻阅,欣赏,突然眼睛盯在一篇文章上再也移不开了。文章的标题是《陶铸松风石与潘鹤的掌印》,文章作者记录了潘鹤先生及其夫人于二〇一二年十一月四日同游山庄的一段纪实。

潘鹤何许人也?他是中国著名的雕塑家之一,很多人都看过他的作品,如广州海珠广场的《解放广州纪念像》、象征深圳精神的《拓荒牛》、珠海市的标志性建筑《珠海渔女》、作为国礼赠送给广岛(日本广岛县首府)的《和平少女》……我最喜欢的是他创作于一九五七年的《艰苦岁月》,这一雕塑获奖无数,成为几代人的集体记忆,曾经是革命军事博物馆的镇馆之宝,走进军博大厅,首先看到的就是这件雕塑。

再折回到文章中。文中写道:

著名雕塑家鹤老,参与了陶铸同志骨灰(盒)葬于白云山的工作。那天,我们陪着他行至离山庄旅舍大门不过十来分钟的"松风"处,只见鹤老走上台阶,看到那块刻着"松风"二字的石头,便直接将右手伸出去,将自己的手掌与石上的一处略略模糊的掌印相对,他笑起来,说:"就是这里了。"

原来,彼时陶铸同志的骨灰(盒)移回白云山落葬,鹤老回忆,当时他们提出是否可以刻上陶铸同志的诗句,被拒绝了。鹤老便偷偷在那块石头上印上了自己的掌印,就在"松风"二字的右侧。如今二三十年过去,石头已略有风化,可是鹤老居然与自己的掌印相认,彼情彼景,真真令人感动不已。

那个阳光很好的午后,松风阵阵,"八〇后"的鹤老在松风石前为陶铸同志献花,鞠躬,又在石前与我们聊了好久。他的笑容，总叫人感觉仍然是顽皮的，于是想，当年他在松风石上悄悄留下自己的掌印，或许也是因为这份顽皮与不羁……

读到此，我差点蹦了起来！原来是这样，几十年来困扰我的手印之谜，竟在不经意间解开！如果吴敏不约请我做山庄游，我也许永远不会知道这件事的真相。

可惜潘老已于二〇二〇年十一月离世，享年九十五岁，我无法与他重新回忆当年的趣事。他出自艺术家本能的一个顽皮之举，竟然搞出那么大的一个谜团来。我越想越觉得潘鹤可爱，只有艺术家才会有如此天真的举动！

兴奋了一阵后，突然觉得哪儿不对劲，如果真相就是潘鹤的手印，那么"一零五医院拓印说"又该做何解释？我相信林西是一个有情有义、正直严谨的人，绝不会无缘无故地编出一个拓手印的故事来。再说了，雕塑是美术界的"重工业"，是要用刻刀、斧子、锤子等工具的，潘老在松风石上又敲又凿弄出一个手印来，一起干活的人会发现不了？可为什么白云山管理处的同志一口咬定是从一零五医院拓来的呢？我又糊涂了，于是向吴敏求助，请她帮助再找找线索。

真相大白

吴敏不日即发给我潘鹤儿子潘奋的一篇文章，我看后感慨万千。这哪是一个老艺术家的顽皮之举啊！它来自艺术家可贵的灵感一现和内心最深沉的感情！以自己的手为模板，潘老把他的心绪，借用一只痛苦挣扎的手印表达出来，难怪我初看到这只手印时，会有战栗，会有痛，那感觉就像看爱德华·蒙克的《呐喊》一样。

潘奋回忆说：

> 记得家父潘鹤不止一次跟我说过这个创作故事。大概在"文革"结束后不久的一九七九年左右，受到广州市园林局的委托，准备为陶铸在广州白云山设计建造一座纪念像。
>
> 经过一番选址后被告知，不适合在广州为陶铸树碑立传。潘鹤出于对陶铸同志的个人感情（早在一九六〇年就因为工作原因认识陶铸同志和朱光市长），提出了一个点子：既然不批准建造陶铸墓碑或纪念像，我们可以做一个有暗示意味的纪念石。
>
> 刚好那段时间潘鹤完成了海珠广场《解放广州纪念像》，正筹划《珠海渔女》雕像，而在创作之前去附近石景山游玩的时候，看到很多石头神似各种动物造型，只需稍加加工就可以从形似变成神似，所以他突发灵感，不如也为陶铸同志创作一个"传说"，在石头上刻上一只"痛苦挣扎的手印"（以潘鹤自己的手为模版），象征陶铸同志饱受屈辱却又对党和人民充满感情、具有坚定信念的灵魂……同时以不签名的方式引导后人对"手印"产生天然自生的错觉，继

而引起大家好奇追溯的兴趣……

这是一个多么令人刻骨铭心的传说啊！那么多人，从林西、潘鹤，到白云山管理处的同志，四十年多来一直保守着这个秘密，呵护着潘鹤的创意。林西因癌症去世，至死也没对我讲明真相，他真诚地让我相信那就是我父亲的手印，只为给我心里留一点念想。这是怎样的一种感情啊！

著名的旅游景点赵州桥上有一个石坑，导游说那是张果老骑驴留下的蹄印。不会有任何参观者去考察是否真有这个驴蹄印，大家欣享的是这个可爱的故事，眼前浮现的是那个倒骑驴的老头。传说是什么？传说不就是水中月镜中花吗？看似有，实则无，但是谁能说这景象不美呢？我后悔解码了真相，让"陶铸手印"的传说永远保留下去岂不是更好吗？

转而又一想，如今松风石下已经埋下了陶铸、曾志的混在一起的骨灰，石头背后也刻上了陶铸、曾志的名字，松风石已真正成为陶铸的纪念碑，潘鹤心中的遗憾已不存在。"陶铸手印"已经在松风石上待了四十多年，感动了无数人。作为潘鹤的一件奇特的雕塑作品，在那个特定的年代里，它象征着一个艺术家的良知，难能可贵！如今潘鹤已故去，我既然今天揭开了手印之谜，那么还是把它回归为潘鹤的一件艺术作品为好，并且希望潘鹤与陶铸的这段佳话，能成为一个新的传奇，流芳后世。

如此看来，白云山松风石今后也可以称得上"三绝碑"——石碑为一绝，吴作人书法为一绝，潘鹤雕刻的手印也应为一绝。

四十年匆匆忆祖慰

我与祖慰属于认识很早但并没有见过几面的好友。祖慰的突然离去，将我的思绪拉回到四十年前京西宾馆那长长的走廊上。

我在"文革"结束后，第一个写了一篇敢于抒发个人感情的文章——《一封终于发出的信》，给人们冰封的心灵带来了一丝丝的暖意。我从不认为这篇文章是伤痕文学，我不过是舔舔自己的伤口，却引起了人们的同情，纷纷来支持我，鼓励我。我得以参加了一九八一年夏天在京西宾馆召开的"第一届全国优秀小说、报告文学、散文、诗歌大会"。我那时还是空军总医院的一名普通医生，一下子卷进了文人荟萃的群体，见到了久已仰之的作家诗人，真是喜之、恍之、惧之……说实话，多少有点拘束感。

二十世纪八十年代的文学家可谓天之骄子，他们或温文尔雅，或风度翩翩，或豪放洒脱，在走廊上相遇，多是客气地打个招呼。获奖者中有一位从湖北来的作家，个头不高，身材适中，十分干练。他留着一个朴素三七头，有一缕头发总是耷拉在眼前，所以常会做一个甩头的动作（他告诉我，他写作的时候得用发卡别住头发）。总之，祖慰他起初在人群中并不起眼。但我逐渐发现，在这群人里，就数他最热情、最欢实、最健谈，跟谁都能聊得来，每次在走廊里相遇，他对我都像对老熟人一样自然。就这样，我认识了祖慰。

空军总医院冯天友搞的"新医正骨"誉满全球，很多国家领导人都前来求医。因祖慰患腰椎病，我安排他住进了新医正骨科。下班后有时去看看他，才发现他是一个全能大侃爷——文学、艺术、科学、哲学、美学、音乐、绘画……世上就没有他侃不了的事。我第一次从他那里听到"熵"这个词，头一次听说"审丑学"，也学会了他的"阅读他人大脑"的巧妙学习方法，记住了他说"千万别试图去说服与你范畴不同的人"的劝导。除了发现祖慰的聪明，还发现他作为文人张扬的一面，比如他大笑时的高声"呵呵呵"很有感染力。我笑话他："瞧你嘴张得，一眼能看到悬雍垂（小舌头）！"

祖慰喜欢交友（我估计他是想钻进人家的脑子里），他介绍我认识了著名学者叶廷芳。他写信给我："廷芳绝非等闲之辈，他跟你一样，看似憨厚，却非常聪明善良，是一位值得你交的朋友。"就这样，通过祖慰的介绍，我与廷芳果真成了朋友，后来他也成了理由的朋友，我们的友谊一直没有间断过。二〇二一年，廷芳去世，理由著文纪念他、评价他——"在学界，廷芳对卡夫卡的研究无出其右"。

祖慰有一篇写叶廷芳的报告文学，标题叫《清醒，裹着一层恍惚——在第三态下报告学者叶廷芳》（这个标题体现了祖慰典型的第三态下的语言风格）。这是一篇很奇特的文章，比卡夫卡还魔幻，但文中对叶廷芳外在的描写却是赤裸裸的，如"巨儒头上无毛""震天动地的鼾声""浓重的鼻毛"……把拥有"廷芳"这么个秀丽的名字的人，写成了大老粗模样，看得我忍俊不禁。机灵的甚至有些顽皮的祖慰与憨厚老实的叶廷芳相映成趣，却不妨碍他们成为一生的挚友。

后来，祖慰去国二十余载，我们完全停止了联系。

二十一世纪初，我突然接到吴烈修（烈修是我、理由和祖慰共同的朋友）从广州打来的电话。"有一个老朋友要与你通话，你听听是谁？"烈修说。我一下子就听出来是祖慰，但不知道为什么彼此没有久别重逢的喜悦。我很冷漠，还老呛呛他。"你怎么变得这么会打官腔了？"祖慰惊讶地说。电话里两个人不欢而散。至今我也想不明白，我那天为什么会是那样的表现？

我以为从此再也不会与祖慰有交集了。二〇二〇年，新冠疫情暴发，全国人民都把泪水、汗水洒向了武汉。我写了《为你骄傲，我的大武汉！》。一天，理由转来祖慰的电话（原来，他回国后一直定居在武汉），为我的文章点赞，并说他的新夫人，湖北广播电视台主持人、朗诵家江霞女士（天儿）在一帮朋友面前，声情并茂地朗诵了我的这篇文章。接下来，我又写了《依靠还是依赖？》，他又托理由给我带话，认为我前半段写得不错，但对后面提出批评，他认为后半段在罗列标语口号。"因为是朋友，我才给亮亮反映大家的这点看法！"我自然非常感动。见我态度友好，祖慰马上建了一个群，叫"三人侃"，专门用于他、理由和我在网上聊天。就这样，我与祖慰差点绝交，又因为疫情失而复交。"三人侃"因汤本先生加入，祖慰将其更名为"八手联弹"。祖慰在小群里发来不少文章，每篇都是扛鼎之作，但我最欣赏的还是他的那篇《为人类未来解难的下一个先知是谁？》。我将其转发给一些朋友，一位并不认识祖慰的朋友复信我："啊，一气读过，真是一道丰盛的精神大餐！洋洋洒洒、纵横捭阖，古今中外、社会人生，思想政治、精神物质，极其广阔的大观世界！令人眼界大开。"

及至二〇二一年一月十四日，在分别三十多年后，我们终于在海南陵水盼来了相会。两个老友相见，祖慰给我的第一印象竟是年轻得不像话！与我的苍苍白发相比，祖慰发黑面白、腰杆笔直，走路轻盈，身材略显单薄，真的像一个纸面书生！祖慰不再滔滔不绝，而是娓娓道来，少了些年轻时的活泼不拘，多了份温文尔雅、从容淡定。他告诉我，写作仍是他的兴趣和使命，但谋生手段是"规划设计师"。他曾任二〇一〇年上海世博会主题馆城市足迹馆的总设计师，并先后完成了贵阳、武汉、慈溪、盘锦、六盘水等规划馆的总体设计工作。我这才知道祖慰毕业于南京建筑工程学院，是妥妥的理工男。

祖慰有理工科底子、人文基础，很有文学才华，多才多艺，这些造就了他独特的写作风格。说来惭愧，祖慰的文章我有一大半都看不懂，我觉得他的文章更像是一个打着文学旗号的学术论文，文中嵌入了他在科学领域、人文领域乃至宇宙和生命奥秘里深耕后的独到见解,没有一定文化底蕴是看不懂祖慰的文章的。他还告诉我,二〇一八年,他被发现患有小B细胞淋巴瘤,当下还需与病魔抗争,与时间争短长。

这次来的朋友中,还有一位双基因的湖南侃爷。他虽是晚辈,但祖慰在他面前表现得相当谦虚,一直认真地听我的湖南老乡发表宏伟高论,只是会冷不丁地提一个问题。"祖慰又进入人家大脑了!"我想。祖慰是最擅长此道的。陵水相会,另一个让我期待的,是终于见到天儿。我老惊叹祖慰何处修来的福气,竟能娶到这么完美的一个夫人!她事业有成,获得过金话筒百优奖;她年轻貌美,还是个才女;除功力深厚的朗诵外,还绘得好画,写得好文;她温柔贤惠,把小家布置得无比温馨;她厨艺了得,经常把自己烘焙的小点心晒给我看。祖慰喜欢举办咖啡或茗茶"神仙会",他的小客厅可谓是"谈笑有鸿儒,往来无白丁",天儿负责斟茶摆盘做点心,尽心尽意地当好沙龙女主人。

天儿比祖慰小很多,个人条件样样佳,却义无反顾地嫁给了年长自己二十六岁、无名(按他的说法是"早已经过气了")、无钱(他从法国回来没有了工资收入)的祖慰,并且拿祖慰当个宝。我曾开玩笑地对天儿说:"你这个小白兔是不是被大灰狼侃晕了?""我崇拜他,觉得他是一个特别有学问、有才华、有情趣……总之是特别了不起的人!"天儿如是说。是呀,能让天儿这么优秀的女人至死不渝地去爱,祖慰肯定是有特殊魅力的!

祖慰走得太突然了,我至今都难以想象,这么鲜活的一个人会化为桂花树下的一抔泥土。生前,在选这棵桂花树作为生命最后归宿时,祖慰曾深情地对他的天儿说:"以后每年桂花开花季节,看着你的千万双金色的小眼睛,都是我的眼睛,在看向你。"我希望今生有机会在那棵桂花树下放上一束白花。祖慰对我来说亦师亦友,他让我学到了很多东西,遇见了几位杰出的朋友,让我看到了一个珍爱自己的老者应有的样子,更让我认识了天儿。

从京西宾馆的走廊到陵水海边的沙滩,四十年匆匆走过。祖兄,再见在天堂!

陶斯亮与奥斯汀在慈善晚宴上

桂林验配现场的孩子

被孩子们围住的宋兆普医生

陶斯亮代表中国医学基金会向北京强制戒毒中心捐赠戒毒药物"安君宁"

多情到老情更好

陶斯亮终解松风石手印之谜，
将自己的手掌与石上的掌印相对

"世界从此欢声笑语"中国项目
第四万例受助者

周恩来的侄女周秉德
参与斯达克"世界从此欢声笑语"中国项目

善哉！我的老哥们儿、姐们儿！

我与美国斯达克基金会合作，共同救助中国贫困听障人士已超过五年，除了让两万多人回归"欢声笑语"的世界外，于我来说最大的收获是从奥斯汀先生、他的夫人坦妮以及美国医生团队身上，学到了很多东西，特别是两个能力——奥斯汀认为办慈善一定要具备实力，一定要有社会活动能力。

奥斯汀不但是伟大的慈善家，同时还是著名社会活动家，他能让美国总统（无论民主党还是共和党）、好莱坞影星、篮球界巨星、一些救助国的元首……统统都甘当志愿者，参加到他的事业中来。每年在盛大的斯达克慈善晚宴上，奥斯汀的出场都会让全场人起立，鼓掌欢呼，风头甚至盖过了克林顿、布什。一旦到救助现场，他却是最低调的那一个，永远站在最后面，默默地干活，平凡而专注。他总是第一个来，最后一个走，留给我的最后印象永远是他那疲惫的背影。在团队中，他是令人敬畏的"奥斯汀大帝"，但对病人来说，他永远是无比和蔼、可亲和谦卑的。

正是他那无与伦比的社会活动能力和执着的使命意识，使他的足迹遍布一百多个国家,给近两百万听障人士送去了"聆听"这个礼物,而他自己也获得了联合国颁发的"南南合作人道主义成就奖"。

而我从一九九一年开始从事慈善公益事业,干了二十五年,一直寂寂无名。这与我的观念不无关系,我总是认为低调行事、做好事不张扬才符合中国人的行事规则,"小而美"曾是我对基金会建设的最高期许。现在我意识到,若想办好慈善,首先要让自己成为一名社会活动家,一个人的力量是有限的,必须去影响、调动更多社会资源的支持。但是我没有奥斯汀那么广泛的社会资源,那些在中国知名度很高的影星、球星、金牌运动员、文化文艺圈的名流,我是一点奢望都不敢有的。于是我就打起了那些"红二代"的主意,他们中一些人是我的发小,一些人是朋友或熟人,我很了解他们。

用"代"这个词标注身份,难免会让人有出身论、血统论的感觉,而且当下流行的各种"×二代"之称多少含有一丝贬义,因此我并不喜欢"红二代"这个称呼,相信他们当中绝大多数人对自己被打上这样的标签也并不"感冒"。但是,媒体和社会已经约定俗成地在使用这个概念,而且似乎的确没有更准确的称谓来标注这个特殊的群体,我就先加引号姑且用之吧。

"红二代"的父辈大多是开国元勋,与现在所谓的"官二代""富二代"不同,这批在二十世纪四十年代出生的人,生于艰苦岁月,长于物质短缺又崇尚俭朴的计划经济年代,所以他们生而不是"物质主义者"。他们在"文革"中几乎大多成为"黑帮子女",受过常人难以想象的身心折磨。"文革"结束后,便已到中年,他们在平凡岗位上重新起步,没等实现自己的理想抱负就成了退休老人。

每次"红二代"出席社会活动,总让人肃然起敬,给现场带来感动。一方面是由于父辈的光环,另一方面也是由于他们像街道大妈般朴实,有亲和力。有个年轻干部,见到李敏后给我发来一条短信:"第一次近距离看到李敏,朴素平凡得让人难以把她跟领袖联系起来。他们从老百姓中来,又回归老百姓中去,不带走金钱权势,仅传下清白家风。""来自老百姓,回归老百姓",这真是对"红二代"最精准的写照。

绝大多数的"红二代"非常清贫、无权无势,但他们的政治素养高,有家国情怀和"为人民服务"的理念。他们中的很多人在晚年选择了公益慈善作为自己最后的事业。据我得到的零星信息,周恩来总理的后人、陈云的子女、贺龙的女儿、罗荣桓的家人、万里的儿子、徐海东大将的女儿、耿飚的家人……都成立了慈善公益机构,在各个方面为社会做奉献。这些要钱没钱、要权没权的老头、老太太,在古稀之年投身公益慈善,目的非常单纯,只是为了担负起父辈们对国家、对人民的使命和承诺,他们要像自己的父辈一样,做春蚕,做蜡烛,为人民奉献所有。

事实证明,"红二代"虽已老矣,且没有富豪雄厚的实力,没有千万粉丝的支持,但在慈善事业上,他们仍是宝贵的社会资源。这次爱尔公益基金会的慈善拍卖,由摄影大师齐观山拍的四帧领袖相片无底价起拍,现场竟出现最激烈的竞拍,因为相片的拍卖所得将捐给纪念周总理的大鸾翔宇慈善基金会。最后，相片被一位企业家以十六点五万元的高价拍得。拍得相片的企业家说："不管花多少钱我都要拿下，因为这太有意义了！"刘爱琴捐出的两幅"纪念刘少奇同志诞辰一百一十周年"的书画作品，也以远高于底价的价格被爱心人士拍得。这些事例充分说明，人民对老一辈革命家依然怀有深沉的爱戴和敬仰之情。

这次爱尔公益基金会举办的慈善晚会，引发众多媒体铺天盖地的报道，在超过万条的评论中，对"红二代"几乎是零差评，这在网络上是极罕见的。这表明公众对"红二代"参与慈善公益活动持赞赏态度，也说明社会资源是呈多元化的，不依靠明星、名人，公益慈善也会取得好效果。

借写本文的机会，我要向多年来一直身体力行支持我的李敏、爱琴、秉德、木英、伟力、良羽、晓明、小鲁、丹淮、万老大、文惠、韩兢等老哥们儿、姐们儿表达我的一腔感激之情，也向朱和平、孔东梅、若楠、沈清、刘丽、陈奕璇、耿巍、李丹等小辈们致以敬意。

公益路上，我将与我的这些兄弟姐妹继续携手前行！

一个行者

我面前放着厚厚的一摞书稿,我一边读一边暗自惊讶:写出这些优美诗句的是曾经坐在我桌子对面的那个黄怒波吗?可是越往下读就越是觉得有两个怒波在眼前晃动——作为诗人的骆英和作为企业家的黄怒波。

诗中的这个怒波才气四溢,感情丰沛,在现实和梦想中彷徨,在追求美好与愤世嫉俗中挣扎。特别是他对爱情、亲情和友情的那份渴望,都洋溢在整部诗集之中,很有少年维特的味道。这种少年的情怀、浓郁的流露、纯粹的诗句,在当今这个浮躁的、物质崇拜且网络虚拟化的社会中,显得尤为可贵。

下面,我信手引用几段怒波的诗,让我们感受一下诗中的他吧!

> 城市的胡同一样的弯曲
> 却再不会有家乡的蝴蝶等我在庭堂
> 胡同的月光一样的清亮

却再不会有清明的小雨打湿我的牛羊
············
在胡同中奔走如丢失家园的归雁
幸亏
我还有这二十一世纪的忧伤

丢失过欢乐丢失过梦
孩子，爸爸不许你没有新装
不许长夜的风霜扫过你的脸庞
不许寂寞睡在你的枕旁
不许你的清晨没有笑容
黑亮的眼要笑成月牙一样
在你终于背起行囊远行的黎明
孩子，爸爸的泪花一定滚烫

　　读罢这些诗句，人们印象中的作者会是什么样子的呢？也许他是苍白纤弱、柔情似水的，有着一颗敏感的心；也许他是孤独的，甚至有着"二十一世纪的忧伤"；也许他还是愤怨的，甚至于"对自己的细胞也产生着仇恨"。
　　可是诗外的黄怒波完全不是这样的。每当身高一米九的他，眯着一双笑吟吟的小眼迈进办公室时，我顿时觉得天花板矮了一大截。这个被黄河水哺育的西北汉子，热烈、自信、急脾气、火性子，节奏像小鼓敲出来的一样。最常听他说的一句话是"急死我了！"。他的思维更是快如急火。听他讲话，你会觉得这是一部脉冲仪在放电，总有思想的火花冒出来。做他的部下比较辛苦，因为还没等你领会这个意图，他的第二个甚至第三个谋划就已经出来了。偶尔我也听到他的部下抱怨，说实在跟不上黄总的思路！他在表达上很有特点，他表达自己意见的欲念绝对要大于倾听别人啰唆的耐心。往往是还没等对方把话说完，他已经完成了收集信息、分析判断、决策这样一个复杂的过程，而且竟然能和对方说的八九不离十。

我与怒波相识十二年，桌对桌也坐了五六年，我目睹他是怎样走向成功的。当初，他很勇敢地放弃了中宣部外宣局的铁饭碗，到中国市长协会属下的中国城市出版社当副社长。没多久，出版社被迫停业（后经法律裁决，予以纠正，又恢复营业）。为了解决出版社三十多人的生存问题，建设部特批成立了一个信息交流中心，交给出版社去运作。说实在的，那时没有任何人会把这个小机构当回事。谁也没想到，怒波来到这个一穷二白的中心后，就犹如阿基米德获得了举起地球的支点，只见他发力往前冲，几年过去，他竟冲出了好大一番事业来！

今日的怒波是中坤集团的董事长。中坤集团的业务涵盖房地产业、旅游业、教育产业、体育产业、宾馆产业、文化产业等。其中不乏在北京，乃至全国和国际上具备影响力的项目，如黄山黔县世界文化遗产"皖南古民居村落——宏村"；中国网球学校（中国未来的世界冠军将从这儿诞生）；都市网景、交大嘉园等居民小区。眼下,他正雄心勃勃地投入几十亿巨资打造大钟寺现代商城,并开发建筑面积达三十五万平方米的"长河湾"高级住宅区。总之,怒波这几年干的事让人眼花缭乱,我老开玩笑地说他"十个手指能按住十五只跳蚤"!

单从表面看,诗里的怒波与诗外的怒波很难重合在一起。企业家需要理性思维、系统思维,需要逻辑和控制论,而诗人需要的是形象思维,讲的是韵律、节奏和感情。企业家判断事物,而诗人感觉事物。企业家看世界是具象的,而诗人看世界是抽象的。如此看来,两者是怎样的不同啊!但是我认为,恰恰是诗人怒波,才能这么有创意地去完成一个企业家的使命!

为什么这么说呢?我曾拿怒波与一些我较为熟悉的企业界朋友相比较,发现怒波在经营之道上有独到之处。在很多事情上他完全不在意那些条条框框的束缚,而是凭着直觉去决策,带着感情色彩和个人风格去行事。因此,在商界我们可以视他为另类的企业家。这样的企业家有空闲时间的话,只愿看书写诗,绝不会去歌厅消磨时光。这样的企业家不会用金钱开道,但照样能取得惊人的成功。

他成功的秘诀是"在商却不完全言商"。比起很多企业人士,怒波的优势是,他有着诗人的敏锐和良好的艺术感觉。因此,他在面对一个项目时,会本能地以一种人文主义的精神做考量,再加上文化底蕴和独到的鉴赏力,他能够发现不被别人看好的商机背后的巨大价值。例如宏村项目,我目睹了它的决策过程。初见宏村,一般人不会发现它的巨大商机,那么偏僻的地方，偏得绝大多数人认不得"黟"字。它又是那么穷、那么破、那么脏！哪个傻子会往这儿丢钱呢？但是，怒波凭着他那文化人的眼光和感悟力，看到了宏村的巨大的文化价值，以及破败后面的诗情画意，于是力排众议，投资维护，开发旅游。现在的宏村已是名扬四海的，被联合国列为世界文化遗产，连江泽民同志也专程前去参观。

怒波很有个性，他是个性情中人，也是个色彩缤纷的人。他兼诗人与企业家两种身份于一身，总是做着绚丽的梦，又不放弃实践的机会。他的优点和缺点就像白昼和夜晚一样悬于两极。总之，他是个一言难尽的人。他的复杂源自他的丰富，又因他的直率而回归简单。

在怒波所有的特质中，我最欣赏的是他的学习能力和创新思维。作为北大中文系的毕业生，他非常注意吸收各个方面的知识。我在他对面坐了好几年，目睹了他是怎样勤奋地拿下中欧国际工商学院EMBA学位，从而成为企业管理专才的。至于他的创新思维，在同代人当中很突出，我总觉得他的大脑始终处于亢奋状态，一会儿一个点子，协会同志常开玩笑地戏称他为"点子大王"。他是个行动主义者，不仅能"想"，更善于"动"，实践是他崇尚的原则之一。他的成功得益于学习、创新、行动，三者缺一不可！

在成功面前，怒波始终保持着清醒，我们从他的诗中可以感受到这一点。让我们来探究一下他深层的内心世界：

我的过去像小河

有时奔流，有时干涸

我的现在像沼泽

每一脚都可能踩错

我的明天像首无字的歌

不知道唱的是什么

然而，我不许我的帆儿降落

没有终点也要漂泊

被一千次的背叛也要承诺

因为我曾经怯懦

被一万次的拒绝也要追求

因为我曾经获得

有的人，我让他心悸

有的人，我让他快乐

只是在无须设防的午夜

我才承认自己的虚弱

随变调的梦抚摸

在诗中，风风火火的感觉不见了，代之以如履薄冰的危机感，甚至有点高处不胜寒的感慨。面对挑战，他坚定地说："我不许我的帆儿降落，没有终点也要漂泊。"对任何一个成功者来说，保持清醒的判断力和谨慎的心态都是十分重要的。我们相信怒波有足够的智慧和勇气来应对一切，无论是幸运还是灾难。

怒波让我为他的新诗集《落英集》作序，我实在不知道序应该怎么写，于是信笔涂鸦地诌出这么一篇文字来，企图写出我心目中的怒波。但短短几页纸如何容得下一个多彩的他呢？沉思再三，我选出"行者"这两个字作为我对他的概括，同时也放在了本文的标题里。所谓行者，即漫漫长途的跋涉者、风雨兼程的赶路人、没有终点的长跑者、茫茫荒野的独行侠。我心目中的怒波就是这样的人！我对他最发自肺腑的一句祈福是——永做行者！

辑七　白头新识

我这棵老枯树，就算死也绝不会任其腐朽，而是宁愿被千砍万劈，投进熊熊火焰，尽最后一点光热。

人类最高贵的情感

我在很幼小的时候,从大人们讲述的神话中,体验到一种朦胧又真切的同情心。神话中那些人物的命运深深打动了我,如被镇压在雷峰塔下的白娘子;抗婚不成,双双化蝶的梁山伯与祝英台;每年"七七"才能挑着一双儿女在鹊桥相会的牛郎织女;还有鞭打芦花这样关于后妈的故事……那时,我尚分不清这些不过是人们编出来的故事,每每为那些个可怜的人,哭得小脸像只小花猫。

后来,我长大些了,并随父母来到了大城市武汉。刚解放的武汉满目疮痍,触目惊心的贫穷是我所没见过的。有一次,我在院门口玩,吃着一块巧克力,不想一下子就围上来好几个向我讨食的小乞丐。我虽小,却看懂了他们那因饥饿而放出绿光的眼睛。我震惊不已,跑回家去,将家里所有能吃的东西都抱出来,分给那些孩子。当我得意地回到家,才意识到自己干了一件自作主张的事。当时物资十分匮乏,我们家过得也很艰苦,之所以有点饼干糖果,是因为军需部门刚刚分发了一点缴获的美国战利

九岁的陶斯亮在武汉

品。这么金贵的东西,让我顷刻之间就倒腾光了,我父母会不会生气呢?我的小心脏扑腾扑腾地跳。谁知我父亲得知了我的"壮举"后,哈哈大笑,摸着我的头说:"干得好!你已具有了同情心。记住,这是最可贵的!"从此以后,我就将同情心作为一种美德而刻意加以培育。

这种美德,也潜移默化到了我的孩子们身上,我的儿子和女儿都是非常具有爱心的人。记得在我儿子七八岁的时候,那时"文革"结束不久,全国各地的冤案堆积如山。我家对门刚好是中纪委(中国共产党中央纪律检查委员会),去上访的人络绎不绝。其中一个上访者引起了我儿子的注意,那是个下半身瘫痪的中年汉子,他是用手代脚,拖着下半身,异常艰难地爬到中纪委去的。他几乎天天去,又几乎天天失望地离开。他的顽强使我儿子由同情到敬佩,继而开始关照他。我儿子常从家里给他送水、馒头,陪他说话。我儿子了解到他原是一位科研人员,在"文革"中被打致残,生活无着,更不用说看病就医了。他每次去中纪委申冤,都因行动不便而排不上号。我儿子便出主意:"找我姥姥吧!她是大官,一定能帮助你!""如果你姥姥不愿管呢?"那人说。"那我就不认她是姥姥了!"我儿子稚气的小脸上充满了坚定。看准我母亲快下班的时间,我儿子把这位残疾人扶到我家台阶上坐下,待我母亲一从车里下来,我儿子就扑上去说:"姥姥,这个人太可怜了,你一定要帮帮他啊!"时任中组部副部长的母亲,将这人请进客厅,细细听完他的申诉,然后与他的原单位联系。情况核实后,他不仅得到了平反,解决了生活待遇问题，而且还得到了一辆特制的轮椅。打那以后，我就是对儿子有一百个不满意，只要一想起他曾做过这么一件善事，气也就消了。

有一天，《北京晚报》报道了一位身患再生障碍性贫血的四岁女孩，因家庭贫困而求父母放弃治疗的故事。我女儿看到后无比心疼，她通过媒体联系到女孩的父母，寄钱过去还不算，还发动身边的很多朋友伸出援手，发动北京现代舞团的朋友办了一场义演，还组织了义卖音乐会。女儿的帮助持续了很多年。如今十几年过去了，小女孩已经慢慢长大，慢慢康复，我女儿也还在牵挂着她。

朋友们会说我很善良，我的孩子们也善良，但是我见过很多比我还要善良得多的人，例如北影厂（北京电影制片厂）的李晨声导演。他讲了一件事情，让我无比感动：有一次他去外地出差，下火车时已是深更半夜，车站广场上一辆汽车都没有了，只有一辆三轮车在待客。但车夫是个中年妇女，看来这个女人的家庭遇到了巨大的困难，以致她一个女人还得半夜三更来做这等苦力活。李导实在不忍心坐这个女人的三轮车，又实在没有别的车可乘。于是他把这个女人请到车上坐下，他当车夫，一路蹬车到住地后，他只多不少地付了车费。小小的一件事，足以显示他那颗比金子还珍贵的仁慈的心！再比如张百发，虽为高官，但骨子里与劳动人民有着血脉相连的感情。又如我的领导江一清医生，会为病人熬粥炖汤；与我偶尔相遇的一位女子，在骄阳炙烤下耐心为残疾小乞丐喂食喂水。还有为脑瘫儿童白了一头青丝的宋兆

陶斯亮与她的母亲、儿子

普院长,还有《感动中国》每年评选出的人物、各机构评选的公益年度人物、"中国好人"……他们的事迹哪一个不是让人高山仰止的啊!

中国是一个有着古老文明的国度,孔子的"仁爱"、孟子的"恻隐之心"、墨子的"兼爱"、佛家的"行善积德"、道家的"君子不谓小善不足为也而舍之",再到社会主义核心价值观,都是让中国人扬善抑恶,打造一个人人爱我、我爱人人、风清气正的社会环境。

以前,总是听人们说,特别是外国人说中国人是"暖水瓶",外冷内热。但不知从什么时候起,暖水瓶变成冰水瓶,朴实善良如鲁迅笔下闰土一般的中国人变了,变得自私而冷漠。

我第一次体会到中国人普遍的冷漠,是从西单一位盲女身上体会到的。那是二十世纪九十年代初的一个秋天,秋风瑟瑟,我在西单的药店,看到令我难忘的街头小景——一位盲女用录音机放伴奏并唱歌,她前方地上放着纸盒,盒后面坐了一位盲男。我将所有的零钱撒进盒里,又见一个老太太在我之前扔进一元。我遂进店买药,过了好大一阵子出来后,将找回的三元钱又放到了纸盒里。只见盒子里,仍然还是那个老太太和我放的钱,可周围早已远远地围了一大圈人。盲女显然没有受过训练,本色嗓子,自然发音,唱得很动听、很淳朴,她的乐感也非常好,所以吸引了很多听众。当我放下小钱在众目睽睽下离开时,觉得心里很不是味,为什么那些人只欣赏盲女的歌,却不肯往纸盒里放上一分钱呢？我叹息这对盲人今天又要挨饿了……走了很远后，我还能听到盲女唱《军港之夜》的动人的余音。

自此以后，我给自己定下一个规矩——绝不在乞丐面前扬长而过。尽管很多朋友提醒我有骗钱的假乞丐，我仍不为所动。我写了一篇文章《对乞丐之我见》，阐明了我这么做的原因。不过我也碰到了两件趣事：一天，我远远地看见一位老乞丐半躺在人行道上，当我走近他掏钱包时，不承想老乞丐直挥手："你走！你走！我不要老人的钱。"真没想到乞丐也这么讲义气，还尊老爱幼！这些年乞丐也在与时俱进，二〇一九年夏，我在呼和浩特的一家老字号饭馆前，碰到了一个讨钱的大妈，我很歉疚地对她说："大妈，真是对不起！我现在不用钱包了，只用手机。"谁也没想到她马上从怀里掏出一个二维码胸牌，还没等我鼓捣完手机，旁边的同志已经扫进几十元。

进入新世纪后，中国强势崛起，我们在经济上、军事上、外交上、金融上都让超级大国美国感受到了威胁。但中国的国民素质和道德水平依然有待提高，我们也能听到、看到一些国人的冷漠已经突破了底线，让人齿冷心寒极少数案例。

佛山的两岁女童悦悦，被两辆车碾压，有十八个人目睹当时情况，不过竟无一人相救，这事被希拉里大加利用。凤凰台报道，一男子轻生欲跳楼，人群围观起哄，一个大妈居然说："你要不跳你就不是男子汉！"不知这个大妈是否也有孩子，真是枉为人母！在轻生者纵身跳下的一瞬间，这群人都成了帮凶。

二〇一八年发生的重庆公交车坠江惨案，举国震惊。一个蛮横的乘客因为坐过了站与司机发生冲突，在持续五分钟的谩骂和肢体冲突中，车内的乘客没有一个上前规劝和制止。当车子冲向江中的瞬间，不知车上那十四个无辜的乘客，是否想到自己最终会成为冷漠与自私的陪葬品呢？……

再说说身边的事吧！有一次我去东乡县扶贫助学，同行的一位同志带着她漂亮帅气的儿子，她本意是想让她儿子受教育。东乡有很多因贫困而失学的孩子，他们对知识的那种向往，他们眼神里的那份渴求，他们脸上的那种茫然，他们生活环境的恶劣……这一切无不深深触动着每一个去助学的同志，更有情不自禁而潸然泪下者。但这个小帅哥却无动于衷，他远远坐在一旁，戴着耳机，不时跟着随身听的音乐摇头晃脑打拍子。面对东乡的孩子们，他那副与己无关的冷漠样子，让我至今难忘，更多的是叹息……对摆在眼前的苦难都可以视而不见，还能指望他去帮助任何一个人吗？望着这么聪明、漂亮的一个孩子，我痛心！他缺失了一种人类最高贵的情感——同情心。

过去，鲁迅就是因为那些伸着脖子，呆呆地看着同胞被砍头的一群麻木不仁的中国人愤而弃医，拿笔代枪，企图改造中国人的精神面貌。林语堂也对当时的中国人有如下评价：如果说中国人的耐心是举世无双的话，那他们则更是出了名的冷漠。世界级哲学大师罗素在一九二〇年来中国考察后，对他见到的中国人有如下描述：中国人优点在于和蔼可亲，爱说笑，拥有一种冷静的尊严，不屑于自夸与自高自大，享受生活，要面子，忍耐，坚韧不拔，凝聚力强。中国人缺点在于贪婪、怯懦、冷漠。罗素后面用的三个词真扎心!

为何如此?我不是社会学家,给不了系统而深刻的回答,但这不等于我没有想法。我认为"社会冷漠症",与以下几点有密切关系:

一、我们的中华文明源远流长、博大精深。但不可否认传统文化中也有糟粕,例如我们一直都有"事不关己,高高挂起",甚至"人不为己,天诛地灭"这样的劣根文化,如果得不到良好的教育,这种糟粕的东西就会泛起。

二、近几十年盛行的"重金主义"——一切向"钱"看,严重扭曲了人们的价值观。一切真善美的东西,在金钱面前都不值一提。

三、我们现在处在一个信息时代。自媒体、多媒体多如牛毛,然而也有不少自媒体热衷于报道社会负面的东西,而官方媒体又难以及时有力的正面引导,这也对社会风气的变坏起了推波助澜的作用。

可喜的是,"社会冷漠症"引起了越来越多国人的愤怒,社会对其口诛笔伐的力度也越来越大。与此同时,中国人也用行动来证明了我们的血是热的,心是红的。二〇〇八年,汶川大地震让几亿中国人释放了巨大的爱的力量,让天地为之动容。二〇二〇年新冠疫情期间,中华民族再次显示了无与伦比的凝聚力、向善心,真正做到了一方有难,八方相助,让世界为之惊叹!

塞缪尔·斯迈尔斯说:"一个国家的前途,不取决于它国库之殷实，不取决于它城堡之坚固，也不取决于它公共设施之华丽，而在于它公民品格之高下。"所以，我们从小就要保护孩子们的同情心，培养他们高尚的情操和正确的价值观。

中华民族只有在精神上崛起了，才算是真正的崛起！

北京的哥

的哥，是北京人对出租车司机的昵称。我写北京的出租车司机，一个原因是他们曾经是北京的特色、北京的招牌、北京的驰名商标，跟曾在这儿任职的张百发一样名扬全国。别管哪个地方的人，提起北京出租车司机，都会笑着直伸大拇指。他们是一群为首都增光添彩的人。另一个原因则是个人的。

这事得从一九九九年说起，那时还是呼机、手机、商务通一个都不能少的年代。一天，我女儿搭出租车，在车上用BB机留言，女儿最后留名是"姓陶，陶渊明的陶"。司机说话了："现在那些寻呼台的接线员哪知道陶渊明是谁呀！你说是陶斯亮的陶不就结了嘛！"女儿将这桩趣事讲给我听，我好稀罕，觉得倍儿有面儿，自己立马变成了银盘大脸。其实这也不奇怪，那几年我写的《一封终于发出的信》被选进高二语文课本，家中有高中生的家长不经意就可以知道我的名字，不过我仍然受宠若惊。从此以后，我开始留意观察北京的出租车司机，并在日记中记录他们，决心有一天能把他们写出来。今天，是时候完成我的心愿了。

有人说,在北京,随便拎一个人出来那都是"爷",这里说的既不是通常的"大爷",也不是"爷们儿"的意思,只有在皇城根下生活的人才能咂摸出这个"爷"字的味来。早年北京的出租车司机就是典型的北京爷,而现在奔波在北京街头的年轻的或外地的出租车司机已经没有多少这个味了。二〇一九年,有一部建国七十周年的献礼大片——《我和我的祖国》,其中有一个桥段叫"北京你好!",葛优将一个北京出租车司机(张北京)演得活灵活现。张北京在个人生活上其实是挺失败的,离了婚,儿子对他也很冷淡,但这并不妨碍他贫嘴好面儿又热心肠。他人生中唯一一次得意就是抽签抽到了北京奥运会开幕式的票,于是"牛掰格拉斯"①起来,到处显摆。但他遇到一个从汶川来的孩子——孩子的父亲正是建设鸟巢的优秀民工,在地震中不幸遇难,张北京将这张曾让他风光无限的入场票送给了这个汶川小孩,最后还臭贫一句"我有萨马兰奇呢!我再要一张"。这就是北京爷的经典形象!所以用"的爷"似乎比用"的哥"称呼其更准确些,但大家已经叫顺了"的哥",改叫"的爷"反而隔涩了,所以还是随大溜吧!

一九九六年,贾庆林从福建调任北京市市长后,我亲耳听他讲过:"北京的出租车司机,随便拉一个出去都可以当个县委书

---

① 出自电影《我和我的祖国》里张北京(葛优饰)的台词,意为非常了不起。——编者

记!"这话虽然有点调侃成分,但也说明那个年代北京出租车司机确实有水平。

北京的哥最大的特点是讲政治,关心时事。虽然拿的是低工资,他们操的可是全国人民的心,关注的是地球上的事,四海八方没有北京的哥侃不了的。有个段子讲:一个四川人搭的,的哥问:"您是哪儿的呀?""四川的。""四川人民过得怎么样啊?"最后还来了一句:"向四川人民问好啊。"脱口秀演员庞博也非常生动地描述了北京的哥爱聊天的特点,他说:"我拉开车门,坐进副驾驶的那一刹那,他好像找到了一个捧哏……一共就二十多分钟的路,给我透露了七八个国家的军事机密。"这些段子,反映了北京的哥的境界与胸怀。

我本人就遇到过一个特有水平的的哥,一路上给我大讲考茨基、托洛茨基等苏共党史上的早期领袖人物,我除了"嗯嗯",竟无法与他对答。

我还遇到过一位的哥讲了句非常经典的话:"毛主席给了我尊严,邓小平给了我富裕。"这简直就是至理名言啊!

还有一次,我与的哥聊到毛主席,他说:"我们老百姓对毛主席是有感情的,没有毛主席,中国哪能有原子弹哪!谁能有这气派!不过呢,打下江山也不是他一人的功劳,还有一大批人呢!"他还说了一句让我更加佩服的话:"毛主席这人最大特点是会打心理战,他掌握了中国人的心理,像打游击战就特别符合中国人的口味。"您瞧瞧,这话说得比精英们还客观公正,比某些官员还有水平。

二〇〇三年十月份，中国发生了一件让全国人民欢欣鼓舞的事情，杨利伟驾驶神舟五号飞向太空。那天，我搭的去办事，下车时我请求道："师傅，你开着计程器等我一会儿，我办点事就回来，还乘你的车原路回去。""不行不行！我得赶到北京站，那儿有大屏幕，今晚直播神舟五号返回。"宁愿不拉活，宁愿空车跑，也要关心"神五"返回，也就北京的哥能有这种觉悟。

有一天参加完活动后，我叫了辆出租车，送一位国学大师回家。在车上，老人家滔滔不绝，从头到尾都在夸赞自己，说自己"具有屈子的风骨神韵"，还说"金子愿意接近我，因为可愈发证明自己是金子。假金子却害怕我，因为我会揭穿它们是假的"。送大师到家后，我乘原车回家，只听司机厌恶地说："这老头讨厌！"我问："为什么？人家可是有真才实学的！""咱也没说他没学问，可就是有这感觉，说不出原因来。"的哥如是说。

还有一次，我给司机指路："你兜个圈过去。""什么叫兜个圈？用词一点不准确，你说往左拐还是往右拐吧，这多明白！兜个圈，噢，转回原地啊……"我这一个"圈"字，让的哥数落了我一分钟。

北京的哥的又一个特点是豪爽仗义，特有职业道德。有一次我碰上了一位有道德的的哥，由于道路堵得太厉害，他必须绕路才能通过。只见他关掉了计程表。这一圈可不小，要花十几分钟，待回到原路线后，他才又打开计程表："哪能让您多交绕路的钱呢！"我好感动，下车付好车费后，又甩了十元钱给他，他却什么也不要:"该怎么地就怎么地,多余的钱我不收!"

我曾将一副高级墨镜落在出租车上,本没指望能找回来。一天我路过后门,门卫问我:"你是不是落了副眼镜在出租车上?""是。""人家出租车司机专门送来了眼镜,我听他描述估计是你。"心爱的眼镜失而复得,真想向这位好心司机说声"谢谢",但去哪儿找他呢?

全国人民都尊敬的谢晋导演曾对我说,他乘坐北京出租车,当司机认出他后,往往说什么都不收他的钱。"这在上海是绝无可能的!"谢导感叹地说。

北京爷的那股子仗义局气真的是北京的哥身上的共性。

这些年,似乎一夜间北京的爷都不见了,是岁数大了?是搬迁到郊区了?还是生活条件好了无须再辛苦?总之,没了的爷,坐出租车似乎无趣了很多,北京也少了一景。

真怀念那群拿着京腔京调,边辛苦挣钱边操着中南海的心,热情局气、全能神侃、诙谐有趣、生动可爱的北京的爷们儿!

草莽、精英与正能量

我偶然在微信上看到一篇文章,一看标题就皱起了眉头,那个标题是《我一看到"正能量"几个字就恶心!》。我这人是极反感"负能量"的,所以看也没看,直接就略过了。

到了我这个年纪,什么没经历过?什么没见识过?在洪水大潮般的信息流中,我有权选择向"负能量"关闭大脑。当然,我所指的正或负的能量,并非意识形态上的,更不是物理学上的。我指的是一般老百姓认知的常识,指的是人心向善或向恶。例如负能量,指的是语言暴力、过激文章、反智言行,以及社会上那些乌七八糟,让人起鸡皮疙瘩的耸人新闻……我这棵老枯树,就算死也绝不会任其腐朽,而是宁愿被千砍万劈,投进熊熊火焰,尽最后一点光热。这就是我的正能量观,就这么轻浅,无须理论诠释。

话又说回来,这个话题并不简单,精英群体最忧心如焚的是国家命运,说白了是向何种体制去。他们不时发表批判性文章,除少数极端"左"或"右"外,大多数还是希望通过揭示中国当今社会上的种种阴暗面,以期在阳光的照耀下能转化成有魔力的能量球,促进社会进步。精英阶层虽多有负面情绪,但最终追求还是正面的。至于广大民众,他们的诉求更加直截了当,正如一首歌所唱:"只要人人都充满爱,世界就会有美好的明天!"你在大街上任意拦住一位市民,问他对"正能量"怎么看,我敢说他们百分之百都会认为是需要正能量的。但若要去问知识分子,那他一定会首先提出一个前提,即这个正能量为何人何事所用?

其实"正能量"三字本无过,过度延伸或曲解均不足取。

有些对现状特别悲观失望者,在他们眼里,中国如此千疮百孔,社会如此败坏,公民道德如此沦丧,中国正在滑向深渊,还奢谈什么"正能量"。但一个社会,一个社区,一个单位,一个家庭,没有正气正义,没有正能量能行吗?就像蕴藏巨大能量的煤深埋于地底下一样,中国的"正能量"也根植于民间。

"感动中国"年度人物所行的好人好事和见义勇为,有几个是"高大上"的人物所为(企业家做慈善另论)?大多是平凡的小人物、市井草民做出的义举。如果中国社会没有这些人支撑,中华民族恐怕早就气数已尽。所以,今天,谁是当代中国英雄?我认为他"不在庙堂之高,不在江湖之远,也不在学府之深",而就在足下,在拾荒老人中,在卖菜大妈中,在环卫工人中,在消防队员中……在亿万民众之中。总之,我们从人的本性中去挖掘"正能量",这能量不是核弹级的,而是生物级的。

不往大了说,就说说身边的一点凡人小事吧!去年(二○一五年)冬天以来,我一直在海南陵水县"猫冬"。早就听说海南风气不好（三亚宰客事件使之声名狼藉），但我亲身感受到的是，陵水人就像陵水的阳光一样热情而透明。举几个小例子，一位快递员主动为我们在县邮局订了两份报纸，每周来送三次。我拿出两百元作为酬劳，但他拒绝了，说："我们这里不兴这套！"弄得我倒有点不好意思了。过春节，我们包了红包给他，也被他拒绝。这个春节，我们在陵水一个红包都没送出去。

我们还认识了一个纯粹的渔民，暂且管他叫船老大。认识他也是奇缘，我的一位北京朋友在码头上遇大雨，无处躲避，正好船老大的渔船停在旁边，便唤她进去躲雨，并邀她一起吃早饭。先不说吃的是什么，单卫生条件便足以吓退城里人了。但她满不在乎，很爽气地与船老大一家共进早餐。从此，船老大只要一出海，必给她带最好的海鲜。托她的福，我们也认识了这位船老大，他每次都把最珍稀的海鲜留给我们，而且死活不肯收钱，后来送了他点茶叶和酒，才算摆平这事。

除夕那天，我陪先生找县医院胡院长看病，觉得占用了他的法定休假日，心中十分不忍，再说过年送瓶酒也是人之常情。谁知院长让护士把酒给退回来了，倒让我们有种做错事的感觉。

我回北京，陵水至美兰机场的动车票买不到，只好先买到文昌的，从文昌到海口只能站着，当时一位小伙子看到我后立即站起来，把位置让给了我。

这些虽然都是小事，突显不了社会总体的正能量。但让我想起"疑邻盗斧"的典故：若你斧子丢了，你看周围每个人都像偷斧子的人，一旦找到就又看谁也不像。所以，首先要端正心态，别看谁都像"偷斧子"的。要善于捕捉和感受你身边的善意：跟邻里碰面时打个招呼，路上不小心撞人说声"对不起"。我最擅于说"对不起"，一生受益无穷。对出租车司机说声"谢谢"，对环卫工人说声"辛苦了"……你会得到一张张笑脸作为回报。

中国需要"正能量"，你、我、他都能发出正能量。"囊萤映雪"中萤火虫的亮光都可以让穷秀才走向成功，那我们为何不能成为一个个微小发光体呢？

希望你扶起我，尽管我并不需要

我一直怀疑自己的小脑发育不好，因为我特别爱摔跤。这一生摔的跤，不说是"大王"级的，至少也是"老A"级的。有几次摔跤给我留下的印象特别深。

二十世纪五十年代，在广州第十五兵团小学上学时，有一天上体育课，跑五十米。那天我穿了双皮鞋，鞋有点大，我又很笨，没跑几步就摔了个大马趴，一只鞋飞出去老高。只听见旁边一个男生哈哈大笑，他说："陶斯亮，陶司令，飞鞋司令！"那个男孩就是叶选宁。从此以后，他只要一见我，第一句话准是"飞鞋司令"，这一叫就是七十年。不过，我们只是碰面而无交往，只知道他从事的是重要工作。直到二〇一六年夏，我突然接到他的邀请，他让我去广州观看《长征组歌》演出。我去后才知他因肺癌已瘫痪于轮椅上，他请战友文工团的老演员重拍了《长征组歌》，请了一批他的朋友、同学、部下去广州，名为听红歌，实际上是向大家告别。选宁坐在轮椅上，见到我，依旧幽默地叫了声"飞鞋司令"……离开广州前，我给他的助手发了短信，他的助手后来打电话告诉我，他把我的短信念给选宁听，选宁落泪了。唉，从此再也没人叫我"飞鞋司令"了，多希望听选宁再这样叫我几年啊……

还有一次是跟谢晋和余秋雨一起（他们来京参加政协会，我作为中央统战部的工作人员为会议服务），我们在马路上走得好好的，我无缘无故地就吧唧一下，摔在人行道上。谢晋赶忙将我扶起，继而哈哈大笑，是那种遏制不住的大笑。我起初觉得没面子，很尴尬，到后来就有点恼火，悻悻地想："不就摔了个跤吗，有那么可笑吗？还大导演呢！"后来，我膝盖上的擦伤化脓感染，留下了疤痕。现在，我一看到这个疤痕，耳边就会响起谢导的哈哈大笑声。

最奇葩的一次是我骑自行车经过一段有冰的路面，连车带人摔出去好几米远。没等我爬起来，只听到一声惊呼："哎哟，这不是亮亮吗？"我抬头一看，竟然是我的初中同学习乾平。自从初中毕业后，我们有三四十年未见，做梦也没想到，我们会以这样的方式相会。

最近的一次发生在今年（二〇一九年）国庆节凌晨，双腿剧烈地抽筋，我疼得晕了过去，摔倒在地板上，右小腿撕裂伤，淤血肿胀，比好腿足足粗了一倍。年纪大了好得慢，二十多天后还是一瘸一拐的。我要去广州参加活动，孩子们执意为我订了轮椅服务（我对在公共场所坐轮椅或享受特殊陪护有种赌气般的抵触）。这是第二次坐机场轮椅，第一次是在马尔代夫，我稀里糊涂地摔伤了右踝关节，回国后，航空公司还安排了轮椅，推着我下飞机过关。

从广州返京，我没有申请轮椅，也没托运行李，心想这个万向轮箱子可以做我的扶手。没想到这个箱子害了我。在电动步道的尽头，箱子卡了一下，倒下前把我绊倒了。由于右腿不好使，我一时爬不起来，只好无奈地坐在地上，徒劳地想控制我那在电梯上打转的箱子。这时，从远处跑来一位白衣少女、一位黑衣青年，他们将我扶起，把我的箱子放在身旁，然后匆匆离去。我千恩万谢，他们只回给我一个美丽的微笑。

定神后，突然觉得有点困惑，我摔倒后，在那三四十秒的时间里，从我身边走过的人不计其数，为什么没有一个人顺便扶起我呢？转念一想，如今无论媒体还是网络上，都充斥着中国老人不诚实的负面报道，还引发了全社会关于"坏人变老了"还是"老人变坏了"的争论，甚至"老人摔倒要不要扶"都会成为全民话题。有一网友斩钉截铁地写道："老人摔倒，我永远都不会扶！"如此的舆论导向，让人们对老人越来越冷漠。面对倒在地上的无助老人，人们已经从单纯的自我保护变成了习惯性的熟视无睹，这让我们"老吾老以及人之老，幼吾幼以及人之幼"的道德观发生了颠覆。若不是那两位天使，我真要怀疑人生了！

我并不是个娇气的人，我其实很皮实。曾经，我摔断了三根肋骨，三天后就随市长团出国了；从窗台上摔下，尾骨粉碎性骨折，我没缺一天勤；有一次骑自行车，撞在一辆急驰而过的轿车车门上，上嘴唇裂成两半，我戴上口罩，骑着自行车去医院缝了七针……像这样的例子不胜枚举。所以，我在白云机场摔这一跤真不算什么，最终我可以自己爬起来，但心底深处，我多希望此时此刻有人来扶我一把啊！因为这扶起的不仅仅是一位老人，更是一种社会风气。

我也不是个矫情的人，刚结束的十九届四中全会公报中有句话戳中了我："弱有所扶！"我才想起写这篇小文。十九届四中全会公报特别提出："必须健全幼有所育、学有所教、劳有所得、病有所医、老有所养、住有所居、弱有所扶等方面国家基本公共服务制度体系。"这里所说的"弱有所扶"是指全社会对弱势群体的扶助，但是如果连一个摔倒的老人都没有人扶起（并不单指我个人），谈何广义上的"弱有所扶"呢？我曾经得到过很多好心人的帮助，所以我始终坚信中国社会大多数人的血是热的，我在另一篇文章《中国社会正在变好吗？》中专门写过。

不可否认，确实有些人老不自重，做出令人不齿的事情，让年轻人寒了心。我们是礼仪之国，行和合之道，倡友爱和谐，遵扶老携幼。我真心希望我们每个中国人，应该有与我们伟大民族、灿烂文化相匹配的素质。真心希望不再有小悦悦事件，不再有殷红彬事件，不再有彭宇案出现，不再有雪地老人求助引来围观，不再有泉州老人被撞五分钟后，因无人相救终被后车碾压而亡……

我想对整个社会说，如果有弱者摔倒，请扶他一把！让我们伟大祖国的每一个子民，都能享受到尊严和友善。

对待乞丐之我见

去年（二〇一八年）的六一儿童节，我陪小外孙看完动画片后，背着大包小包的节日礼物，找地方吃晚饭。这时，一对父子模样的人朝我们走来。父亲年龄在四十左右，瘦瘦的，上穿一件衬衫，束在一条西裤内，从头到脚都干净利落，手上没携带任何东西。那男孩也就五六岁，穿得干干净净的。这对与路人无异的父子走到我跟前时，那男子突然低声怯怯地对我说："大姐，我们的东西被偷了，一天没吃饭了，好心人，给点钱吧。"我望了一眼身旁正盯着这一幕的小外孙，毫不犹豫地拿出一百元给了他们。

离开这对父子后，七岁的小外孙摇着我的手着急地说："姥姥，他们不像穷人！你怎么给了那么多钱啊？"我对他说："也许他们不像一般的乞丐，但有可能是遇到困难了，这时你有能力，还是要帮一把。姥姥今天为你花了好几千元了，一百元也只够他们吃顿饱饭。"小外孙若有所思，不再吭声。

其实，我知道乞丐不一定都是饥肠辘辘的，若是平常遇到这样的讨钱者，我大概不会给这么多。但今天有小外孙在，我想让他知道应该帮助那些向你求助的人，而不是冷漠拒绝。宁可被忽悠一百次，也不能错过一次真正遇到困境的人。

"面对乞讨者，绝不能漠然走过。"这是我从青年时代坚持至今的一个信条。为什么有这样的坚守？这缘于我大学时碰到的一件事。

中华人民共和国刚成立时，我见过小乞丐，还充当过"散财童子"。后来的十几年，我从这个校门出，从那个校门进，远离了社会和大众，即便是大饥荒年代，我也没看到过什么悲惨景象。从小学到大学，我受到的教育是中华人民共和国彻底消灭了贫穷，人民翻身做主，成为国家的主人，我们正在向全人类最美好的共产主义前进。同时，我们还会去解救全世界三分之二生活在水深火热之中的人民。

大学毕业那一年，我平生第一次下馆子，与同学一道庆祝新生活的开始。我们点了包子和几样小菜，刚吃没几口，一个蓬头垢面、衣衫褴褛、面黄肌瘦的女人，带着一个瘦弱、肮脏的小女孩走了进来，她手捧粗碗，一下子跪到我的面前，高举手，低垂头，喃喃说着我听不懂的土话。我大惊失色——怎么中华人民共和国成立这么多年了还有乞丐？虽然我在童年时也有类似乞讨的经历，但那是我的杨叔叔偷偷摸摸做的事，我则被保护得好好的。在我的意识里，中华人民共和国成立后不会再有乞丐。这对跪在我面前的母女令我猝不及防，深受刺激，我把包子全部倒给她，转身走出饭馆，泪水决堤似的流下来。很久以后我才知道，我之所以见不到乞丐，是因为大城市不允许乞讨，一旦发现，他们就被当作"盲流"收容或驱逐。

大学毕业后，我被发配到大西北，这才目睹了中国社会的真实情况。那是怎样极度的贫穷啊！下雪天，我们走门串户，为老百姓义诊。我看到老百姓穷的连炕席都没有，更别说棉衣、棉裤。全家只能盖着一条破棉被，用一个烧树枝、秸秆的火盆取暖。孩子们天性爱看热闹，尤其喜欢跑到外面看汽车。但当你看到一个个赤条条的小身子在寒风中瑟瑟发抖，皮肤冻得发紫时，你能不落泪吗？他们没有饭碗，用泥在坑沿上做成一排碗形的泥坯，就用这个吃糠糊糊。这哪是人过的日子？

让我困惑的是，我的父母及所有先辈为让普天之下的穷苦人能过上好日子，不畏流血牺牲，艰苦卓绝地建立了一个红彤彤的中华人民共和国。中华人民共和国成立后，他们又夜以继日地扑在工作上，殚精竭虑地想改变中国一穷二白的状况，让老百姓过上温饱的生活。他们的心是那么无私真诚，可是为什么实际情况与他们的理想差得那么远呢？这让我十分纠结，十分痛苦，我想不明白！

正是因为有这样一段经历，回归城市生活后，我为自己定了一个"不漠视任何一个乞讨者"的戒律。几十年来，我基本做到了，特别对那些靠卖唱为生的盲人和歌者，我总是会给出"大票子"。

我最不能容忍的是教唆孩子死乞白赖地乞讨，大人躲在后面收钱的行为。有一次，我在西单碰到一个行乞的小女孩，大概五岁，她抱着我的腿，一副不给钱不松手的架势。我也较上劲了，大喊："大人呢？给我出来！否则我绝不给钱！"过了一会儿，一个年轻女人走出来，我呵责道："要钱你自己要，别拿孩子当工具。你还教她用这种方式，将来孩子就是个二皮脸，不懂什么叫尊严，那就把孩子毁了！"我这么一席义正辞严的教训，也不知那个"母亲"懂了没有。

近些年，一些人把乞讨看作一种行骗手段，假乞丐随处可见。他们无情地消费人们的同情心，使越来越多的人对那些或匍匐在地，或蹒跚于车水马龙之间的真乞丐视而不见。人们有权质疑"我怎么知道这是真的还是假的"。我也曾纠结过，但自从看了一位歌手的自诉后，我就再不犹豫。

这是一位草根歌手，专门在深圳的大排档唱歌，赚钱很艰难，常常一天下来也没有一个人点歌。这天，他又没赚到钱，一天没吃饭，实在饿得受不了，他来到滨海大道放下身段乞讨。直到夜深，都没有一位行人理他。他饿昏了，极度绝望下准备跳海自尽。这时，走过来一对情侣，他想最后试试运气。那对情侣看他身穿奇装异服，起初也想避开，但听完他的诉说后，他们心软了。也许是爱情让人变得格外善良，他们给了他一百元，这在二十世纪九十年代不算少。这一百元彻底改变了这位歌手的人生，他后来有了名气，有了一切。那对情侣在他们所救之人的日夜祝福中，想必生活会更加美满。

这个故事告诉我，不要凭衣貌取人。有些人穿得破破烂烂，不一定是真乞丐。有些人外表不像乞丐，不顾面子向你求助，没准真是走投无路了。

现在很多人不愿再给乞丐钱，但面对那些残疾人、老人和孩子，人们还是很慷慨的。在一个酷热的夏日中午，我在翠微过街天桥上看到一个严重畸形的孩子被烈日炙烤着。我正准备掏钱，一个女士赶上来阻止："不能给钱，给钱就都落到他身后的大人手里了。你没看出这个孩子又渴又饿吗？不如我们买点食物和水吧？"我说："好，我们分头去买！"于是我们分别到天桥的两边街上买了瓶装水、面包、点心等。回到桥上，我们才发现这个孩子不仅双腿扭曲变形，而且上肢也残缺不全，根本无法吃东西（我怀疑这是人为致残的，可惜那时没有随手拍）。我因有事离开了，那位漂亮女士蹲下去开始喂那个孩子吃东西。她一口水一口面包地喂残疾小乞丐的情景，像一幅画一样定格在我的脑海里。无论多少年过去，一想起来，我心里都会涌出一股暖流。

最近在微信上看到一句话："善良比聪明更难。聪明是种天赋，而善良是种选择，选择比天赋更重要。"中华民族的基因里有善根，但需要升华成善良。即便是欧美的富裕国家，无家可归的流浪汉也不少，更何况我们发展中国家。确实还有很多食不果腹的人，所以，我们要拒绝冷漠，善待乞讨者（除非你能明确判断他们是假的）。

"赴淄赶烤"背后

二〇二三年转眼过去大半,中国人个个仔细打点着日子,尽情享受着没有疫情的自在。而我却不然,我的二〇二三年乏善可陈,而且倒霉事一桩接一桩。去年(二〇二二年)十二月底,我感染了新冠病毒,"阳"过之后,中山医院的肾科医生直接就把我打成肾功能三期。祸不单行,今年五月份,我再次感染新冠病毒,这就配成了个双。紧接着,我摔了四跤,其中三次骨折,有好几个月我都是在疼痛的煎熬中度日。都说老人千万不能摔跤,否则会"一摔呜呼",我摔了这么多次,居然四肢都还全乎,连我自己都犯迷糊。

总之,今年对我来说,真是流年不利,没有值得高兴的地方。唯一例外的是淄博。一提起淄博,我的内心总会涌起一股暖暖的热流,传来一阵爽爽的清风。我想写点什么,又怕力不能及,百无聊赖,还是试试吧!

我虽然没有"赴淄赶烤",但确确实实被淄博震撼了!我在市长协会工作了二十四年,跟市长们打交道较多,接触的城市也多,因此对"淄博现象"比较敏感。淄博,一个三线小城市,无任何预兆,一下子就光芒万丈地矗立在神州大地上。人潮像大海啸一般,一波接一波地冲向了淄博。"赴淄赶烤"的有汽车队、摩托大军、高铁专线,甚至还有马队和游艇,蔚为壮观,热烈的气氛直达云端。

今年的社会热点层出不穷。刀郎一曲《罗刹海市》,让全中国为之疯狂,低调的刀郎一直保持沉默,于是"马户"和"又鸟"让国人猜得不亦乐乎;贵州"村BA"和"村超",让偏僻山村的农民火到国外;太原千人大合唱,指挥杨芳气势如虹,名扬天下;天津大爷们在狮子林桥跳水引众人围观……这些都成为平民的狂欢。凡此种种,都比不上淄博的"出圈",因为淄博的火爆具有深刻的社会意义,其本身的自发性和自觉性能引发人们很多思考。

依我个人看,淄博现象的产生有五大原因,这些原因缺一不可。

起因是一个美丽的故事——一个关于善与报恩的故事。一群大学生用他们的青春热血,点燃了狂欢节的篝火,"烧烤节"成为真正意义上老百姓自发的节日,而且具有全民性质。

我在中国市长协会工作时,正值中国招商引资的高峰时期。各城市都在想尽办法做到"文化搭台,经济唱戏",创造了数不胜数的城市节日(非传统和民俗节日),什么"豆腐节""秧歌节""女儿节"……不一而足。我曾应邀参加了其中一些节日,这一些节日或许能达到招商的效果,但似乎与老百姓关系不大。

有次,我对好友申宏磊(《今日中国》专题部部长)说:"要是能办一届让老百姓快乐的节日该有多好!单纯的快乐,就像巴西的狂欢节、加拿大的郁金香节、德国的啤酒节、芬兰的仲夏节那样。"没想到宏磊是个特别敏感而且富于行动力的人,在她的极力推荐下,中国市长协会和《今日中国》一起,在贵州铜仁市举办了中国城市节庆文化研讨会。我记得当时有一个外国专家马利克发言,中国能办狂欢节的唯有上海,他曾在上海试办过一次,失败了。因此他断言在中国办不了狂欢节。

有意栽花花不发,无心插柳柳成荫。没想到中国的大学生以及其他年轻人,愣是把一个本不登大雅之堂的"烧烤节"办成了狂欢节。成千上万的人恣意放飞着自己的快乐,热烈程度达到沸点,欢乐气氛直冲云霄。这里没有领导首长,没有主席台,没有贵宾厅,没有警察,没有保安,这才是真正的人民的节日!真希望那位说中国办不了狂欢节的马利克先生能来淄博感受一下。

淄博的爆红,大学生只是点了把火,而整个事件真正的推手、策划者、领导者,非淄博市政府莫属。我到过那么多城市,淄博市政府是我见过的为数寥寥的"店小二"政府,也就是真正俯下身子为老百姓服务的政府。必须称道的是,淄博市政府在治理理念、管理模式、服务细节、执行力、效率上都堪称标杆。市委书记马晓磊铿锵有力地指出了政府的职能是什么,他说:"我们共产党人是干什么的?就是为了解决老百姓吃喝拉撒睡的问题,如果我们连老百姓的吃喝拉撒睡的问题都解决不了,我们还谈什么企业改革,我们还谈什么热爱共产党,热爱伟大祖国呢。"把老百姓的吃喝拉撒睡都管起来,这就是"店小二"政府。

马晓磊从政府机关基层干起,二〇一八年被调到淄博,从市委副书记到市长再到市委书记,有完整的从政履历。马晓磊出生于一九六八年,理工科出身的他政治上却很成熟,政治素质好,能吃透党的宗旨,站位高。他的一些讲话,让我想起焦裕禄这样的老一代共产党干部。如:"党和国家培养了我们,共产党员就必须全心全意地为人民服务。我们吃着人民的粮食长大,我们手中的权力是人民给的,我们打江山守江山是守着人民的心。我们只有把人民当亲人,人民才会把我们当亲人,我们只有把人民的事放心上,人民才会把我们放心上。如果人民受苦,我们还悠闲地坐在舒适的办公大楼里,难道我们心中没有愧吗?扪心自问,我们为人民都做了些什么?"我认为这番话说明马晓磊把党、江山和人民的关系摆得很正。

正是有这样的一把手,淄博的干部风清气正,执政为民。中国有将近七百个城市,很多城市包括一些贫困的县级市,都把政府大楼、市委大院、政府广场当作城市的门面工程,一个赛一个豪华,一个赛一个雄伟,淄博市政府的办公楼却是二十世纪六十年代的陈旧建筑,看上去破旧寒酸,却感动了无数人,并成为淄博的网红打卡地。这座城市最好的建筑是学校,除此之外,公共基础设施也建得相当棒,环境优美,街区干净,历史文化厚重,政府把钱都放在了城市的"里子"上。当然,这也要归功于马书记的"前任"——前淄博市委书记江敦涛,以及淄博历届领导班子为淄博的奉献。

马晓磊最为人称道的是他不随波逐流，能敏锐地抓住时机，敢为老百姓打拼，有逆向操作的胆量和勇气。他那名扬天下的四句话，让很多人都替他捏把汗："淄博能不能被评为文明城市我不在乎，我只在乎我的老百姓！""老百姓不管用什么方式赚钱，只要正规合法，我们都不能阻止，谁阻止就是跟老百姓过不去，就是跟我过不去。""淄博的口碑是淄博每一个人团结出来的结果，如果有人敢破坏淄博的口碑，我就砸了他的饭碗。""游客来淄博是为了放松，是为了开心，谁要是给游客添堵，影响到游客的心情，除了罚款还需要第一时间给游客道歉，并加以改正。如果还有下次严惩不贷。"这样霸气且有温度的讲话，让听者酣畅淋漓，"我只在乎我们的老百姓！"真是让人眼眶湿润。

人们到淄博后，会看到这里有很多与其他城市不一样的新奇事：这个城市居然允许摆摊，甚至城管帮摊主摆摊；这里的烧烤摊弄得满城烟火气；交通警察只引路不罚款；所有停车场不收费；政府的大院和厕所在下班后向市民开放；中医上街为游客义诊；书法家为外地人挥笔泼墨；电动车新规发布后，淄博来了个"不扣车，不罚款，不禁行"，没牌照的当场安装牌照，没头盔的付二十元钱拿去；公园里为房车基地修建完善的设施，细致到厕所里都安有淋浴。二十天建一座容纳万人的烧烤大棚，七十二个小时建一条主干道，这速度都不在话下。

淄博火了后，一些"暗箱资本"肯定要觊觎这个城市，他们企图盘下商铺，然后控制市场。淄博政府及时阻击了这些资本，只出台了一项措施——全市所有摊位只收二十元卫生费，其他杂费一概不收，这些资本不得不灰溜溜地撤了。淄博政府既敢大声吆喝，更敢在老百姓面前鞠躬哈腰；既有勇气逆流而行，更会诚意、谦卑地对待百姓。这正是我心目中的人民政府。网上有一个民意调查，百分之九十二认为淄博火出圈"是政府的作用"，只有百分之八说"不是"。

"其政闷闷，其民淳淳。"有一个心系人民的政府，人民一定是淳朴善良的。淄博市民团结齐心，热情真诚，为了城市的荣誉，他们像捧着稀世珍宝般小心翼翼，尽其所能，倾其所有。他们主动腾出房子招待住不进宾馆的游客，开自己的私家车接送外地人，马路上礼让外地车，为保护城市的干净，他们甚至不敢扔一根牙签，有痰往肚里咽。淄博允许摆早市，到上午八点准时结束，摊主会将摊位打扫得干干净净，连一点灰渣都会用手捧起。淄博商家最讲诚信，缺斤少两在这个城市是找不到的。即便是热闹的五一国际劳动节，酒店也不会宰人。淄博还有一景，凡喝醉的都有轮椅侍候。淄博市民将粤语歌《上海滩》改编成《烧烤摊》，歌词是这样的："鲁C，撸串，转千湾，翻千山，千里万里来聚首。有惊喜，不胜收，淄博真心把你放心头。烧烤摊，烟火气，片片挚诚将你慰留，问你，宠你，一顿烧烤还不够……"对淄博市民的这种友好和热情，有些外地人直呼"受不了"，"淄博，你努力的样子让人热泪盈眶"，这话真的说到人心坎里了。

淄博能火出圈当然离不开全国人民的响应、支持和呵护。有一个游客说："淄博烧烤让大家明白了，其实谁也不缺那顿烧烤，缺的是父母官，缺的是人间烟火，缺的是人间温暖！大家奔赴淄博不是为了撸串，只是在世态炎凉的生活中凉透了，突然发现有一群温暖的人和一座温暖的城，他们的善良和好客暖了大家的心。"这可能是很多人的切身感受。

淄博，一个拥有四百多万人的小城，二〇二三年一季度就涌进了一千二百七十七点九二万人次游客，约是自己城市人口的三倍，简直不可思议！尽管熙熙攘攘，尽管摩肩接踵，也不会生出事端，因为人人都是友爱文明、礼貌谦和的，生怕给淄博捅乱子。网络及自媒体对淄博几乎是一边倒的赞扬，游客的随手拍也都是爱心满满的。最有趣的是，当有些省市向淄博的烧烤叫板时，竟会被自己的市民拦下。

五一国际劳动节过后，很多人操心淄博会不会"烂尾"。最近一个帖子讲道："它就是一个朴素的、平常的、厚道的小城市。一下子红成这样，很难保证不翻车。结果，现在看来，人家还真就没翻车。还真就在收获了一大波流量后，平安落地了。"现在，所有人都可以为淄博松口气了。中国老百姓对淄博的偏爱、呵护，显示了我们民族最善良、文明的一面。如果多几个淄博这样的城市，和谐社会还会远吗？

凡事都讲究天时、地利、人和，淄博也不例外。如果放在疫情前，或者在今年下半年，淄博"烧烤节"就火不起来，甚至办不下来。我很佩服马晓磊书记，抓住了这稍纵即逝的时机。

淄博是"齐文化"的发祥地,有着辉煌灿烂的历史。中华人民共和国成立后,淄博成为有名的工业城市,GDP曾进入全国前十。改革开放后,由于资源枯竭、产业老化,淄博落后了,变得寂寂无名。最近几年淄博开始二次创业,建立了完善的基础设施,建成了现代化产业园区,对工业体系进行了改造,成为全国工业门类最齐全的地级市。最"牛"的是,工信部已公布的六批共四百五十五家国家级"单项冠军"示范企业中,山东以有一百零九家居全国第一。淄博以有十七家,列全省第一,全国第三,仅次于宁波和杭州,和北京并列全国第三。

淄博早已筑好巢,只等凤凰来。他们等待着时机,苦苦地寻找二次创业的突破口。正在这时,春天里的一把火照亮淄博,也烧向全国,淄博成了网红城市。其实多少有些无奈,市旅游局一官员说:"我们是一个工业城市,却要靠烧烤出名,想想有点心酸!"他说着说着,红了眼圈,一丝悲壮油然而生。但事实证明,他们这个突破口选择得非常及时和正确。淄博第一季度就扭亏为盈,GDP增长百分之四点七。

这两天,网上有人发帖,有些幸灾乐祸的言论:"网红城市淄博又被打回原形,山东上半年各城市GDP排名第七位。"对这种"唯GDP论"我深不以为然。有人计算,在淄博,人均消费只需六百元(包括吃烧烤、住宿和市内交通),各种场馆、停车场等公共区域都免费。五一国际劳动节期间禁止宾馆、饭馆、摊贩随意涨价。政府宁愿财政收入少,也要让利于民。很显然,淄博"烧烤节"拼的是知名度、人气和品牌效应,赚钱不是淄博"烧烤节"的主要考虑。淄博的发展追求的是产业升级和转型，推动传统产业向高端制造、智能制造、绿色制造等方向转型，这可不是一个简单的GDP问题。最近淄博政府发布了二〇二三年重大项目通知，共有五百一十个项目，总投资六千一百亿，其中产业项目四百一十一个，城市建设九十九个。从这个通知看得出，淄博市政府雄心勃勃，并且主攻方向还是工业。还有一个好现象，淄博是山东除青岛、济南、烟台外，第四个人口净流入的城市，流入达三十七万人，今年大学生招到四点七万。还有一个消息说山东省有七个城市有望提升为二线城市，淄博是其中之一。

淄博的优秀还在于，它在改革创新上卓有成效又保持低调。如全国都在打击医疗腐败，而淄博早已进行了医疗改革，全市一百四十家医院统一执行三项政策：第一是药品及消耗性器材实行"零利润、零差价"销售，让"回扣"无机可乘；第二是所有医院做到无陪护病房，将护理的担子压在医护人员身上，从而减轻病人家属的负担；第三是挂一次号三天内均有效。最近淄博还推出了一项让全国专家学者极感兴趣的房地产举措——"旧房换新房"，这项政策最大的好处就是减少"房奴"。不管这项政策最后是否能获得成功，淄博政府都功德自在人心。

如果用一句话来概括，我认为淄博在这一轮发展中，对中国其他城市最大的贡献就是展示了采取怎样的管理模式才能满足人民群众对幸福生活的向往。无论从哪个方面看，淄博都是一个政通人和、社会和谐、发展潜力巨大的绝佳投资地。淄博的大好前程，岂能用一个"GDP"来涵盖？

淄博的"出圈"还有很多方面的因素，比如找到了一种很好的商业模式，政府很好地运用了互联网营销手段，等等。但我认为其成功的根本是"美好的起因""有为的政府""优秀的市民""全国的支持""恰当的时机"五者合一。淄博，两千年的齐鲁古风犹在，现代文明的劲风又呼啸而来。尽管我不爱吃烧烤，但我爱淄博！

中国社会正在变好吗?

我在一份小报上看到了一篇不起眼的短文,原因是它的标题瞬间摄住了我的目光——《中国社会正在变好》,居然是一个日本记者写的。

这位日本记者写了三件极小的事:第一件是在路口等红绿灯的时候,一位年轻妈妈正在对她女儿讲"红灯不能走,绿灯才能过"的交通规则;第二件是过海关时,出入境工作人员一反过去的"冷面孔",变得笑容可掬、热情周到;第三件是乘坐地铁时,看到一位老人主动维持秩序,让大家"先下后上"。

就凭这三件小事,日本记者得出了"中国正在变好"的结论。不知别人怎么想,但与我隐隐中的一种感觉不谋而合,它触动了我。

先不说"八项规定"(《十八届中央政治局关于改进工作作风、密切联系群众的八项规定》)带来的新气象,也不说电视台宣传的"最美人物",单从我经历的凡人小事说起。

三月中旬,我从深圳回京,机场柜台的当值工作人员——一位年轻小伙子问我："您是一个人走吗？"我点头。"那我给您办个无陪伴老人服务吧！"他叫来了一位女服务员，将我交代给那位女服务员，让我享受了贵宾级的服务。我免费坐电瓶车，女服务员一直帮我拎提包，从过安检、过检票口，一直到送上飞机，把我交给空姐后才离去。每次乘飞机，我最头疼的事是往行李架上放手提包，因为我个矮又没有力气，每次举着包都不胜体力，但总有人及时帮我放包，也有人帮我将包拿下来，我最常听见的一句话是"我来！"。

人与人之间似乎友善了一些，且不说服务系统那些个帅哥靓女个个笑脸盈盈，连总是牢骚满腹的北京"的哥"，往往都会在你下车时叮嘱一句"走好！""慢着！""拿好东西！"，这样简短的话让人倍感温暖。我一个朋友说她开车礼让行人时发现，之前行人都是大摇大摆地就走了的，而现在行人会向司机微笑挥手，表示致谢。

如果不抱偏见，你会发现公共场合的痰渍、烟头少了很多。我认为随地吐痰这一陋习，可能是来源于中医——痰在经络中，非吐不可。人们认为吐痰是在"排毒"，所以中国人不再随地吐痰是件非常了不起的事情。

"中国式过马路"虽然还没有得到根治，但这种情况正在好转。我每次过马路时都会观察，虽然有很多人不管红灯绿灯，过马路视若无人。但也总有一部分人跟我一样，会坚持等到绿灯亮起才过（顺便说一下，北京人行道上的绿灯非常迟钝，使那些遵守交规的人显得傻傻的）。我问一个朋友是否觉得中国社会正在变好,她毫不犹豫地回答:"我觉得是这样的,就拿我家门口的红绿灯来说,现在行人真做到了红灯止绿灯行。"

中国人最受诟病的陋习之一——不排队,现在也有了很大改善。无论在什么场合,你都能看到人们自觉排队,"加塞"这个中国人的特有词,已逐渐变得陌生。

用一双慧眼去发现身边的变化吧!哪怕它们微不足道。河边的柳色正润染着大地,春天的花蕾已经吐出小芽,小草正顽强地返青。如果你不抱偏见的话,你就会发现中国社会真的正在变好,这位日本记者的判断是有说服力的。

也许,有些人会满脸不屑地说:"你说的这些变化还不够丢人的呢!"确实,作为一个唯一绵延至今的文明古国、礼仪之邦,我们如今却要学习排队、不闯红灯、不随地吐痰,还要学会说"你好""再见""谢谢"这些幼儿园小朋友学的东西,确实不值得炫耀。不过,可悲的是,很多大人的文明习惯就是不如幼儿园小朋友!

社会的事情,"匹夫有责"。当你痛骂中国时,请扪心自问:"你独善其身了吗?你是'举世皆浊我独清,众人皆醉我独醒'吗?"在你骂得酣畅淋漓之时,千万别忘了自己。中国是骂不好的,只有当每一个微小的自己开始觉醒,中国才会有希望。